Quand les lumières s'éteignent

Mélissa Rivière

Les éditions caméléon
8 place Pierre et Marie curie
60530 Neuilly en thelle

Dépôt légal : Septembre 2022

www.leseditionscameleon.com

Dédicace

« J'écris seulement si quelque chose me coule du cœur jusqu'aux mains. »

Christian Bobin

Lire. Chercher. S'accrocher.
La clé de la compréhension apparaîtra au moment où vous vous y
attendrez le moins.

Prologue

États-Unis d'Amérique, 28 septembre 2013.

Je m'appelle Alexander. Enfin, je m'appelais. C'est le prénom qui m'a été donné à ma naissance et tout le monde me surnommait Alex. Je suis né en 1980, dans une fratrie très protectrice et unie. Depuis que je suis ici, *ne me demandez pas l'endroit exact, je n'en ai aucune idée*, les gens qui s'occupent de moi m'ont donné un nouveau prénom, auquel je ne réagissais pas au début. J'ai mis un peu de temps à m'y faire et à comprendre qu'ils s'adressaient bien à moi lorsqu'ils prononçaient le mot «Reykja». Il faut dire qu'on ne parle pas exactement le même langage. Je suis né en Islande, cependant je suis arrivé ici, il y a presque trente ans. J'ai appris à décoder leurs gestes et leurs sons pour obtenir de quoi manger en échange de ce qu'ils attendaient de moi : l'obéissance.

Ma vie a basculé en 1984. C'était il y a si longtemps… Ma mère m'avait pourtant bien dit de ne jamais m'éloigner d'elle, mais à quatre ans, on ne comprend pas encore les dangers et les insécurités de notre monde. On est curieux, plein de vie, on fait confiance facilement. Cette erreur va me coûter ma liberté. Mais je ne pouvais alors pas imaginer le

9

calvaire qui m'attendait. Mes compagnons d'infortune non plus, d'ailleurs. Car oui, nous sommes plusieurs ici. J'en ai vu passer, des âmes perdues, tristes et apeurées. Rares sont ceux toujours en vie, beaucoup n'ont pas tenu le choc de la séparation, de l'enfermement. Parfois même, des bagarres éclatent. C'est un environnement difficile malgré la bonne humeur et les rires des personnes qui s'occupent de nous. Je ne comprends toujours pas ce qui peut bien les rendre aussi heureuses. À croire qu'ils ne se rendent pas compte de notre douleur malgré les nombreuses morts ayant lieu plusieurs fois par an. Des morts qui semblent de faible importance, puisque toujours remplacés par de nouveaux arrivants.

Pourtant, moi, je suis bel et bien là. Ce n'est pas que je me plaise ici. Au contraire. Je dois être un peu plus résistant que les autres, malgré mes dents très usées à force de mâchouiller nerveusement tout ce qui se présente à moi. Peut-être aussi parce que j'ai toujours espoir. Espoir qu'un jour, je retrouve mes proches. Mes parents sont âgés maintenant, mais sûrement encore vivants. Et mes sœurs… Elles sont probablement devenues mères à leur tour. Je dois rester fort, obéir aux ordres, me nourrir, pour espérer qu'un jour, ils me retrouvent et me ramènent avec eux, afin de retrouver ma liberté, volée il y a des années. Voilà ce qui me fait tenir depuis ma capture, survenue à Húsavík, en 1984. Vous aussi, vous pouvez m'aider. Comment? Tout simplement en ouvrant les yeux… Voici mon histoire.

Première partie

ALEX

L'Islande

Húsavík, petit port de pêche du littoral nord de l'île. C'est là que j'ai vu le jour, en 1980. Je suis le petit dernier de la fratrie. Mes parents, Sven et Nina, ont donné naissance à Palina, ma sœur aînée, en 1970, puis à Katrin, en 1975. Nous sommes tous nés à cinq ans d'intervalle. Les baies, les fjords coupent le souffle à quiconque s'y attarde. Les paysages enneigés confèrent à cet endroit un aspect sauvage, hors du temps. L'été, la nuit existe à peine. Près du pôle Nord, le soleil ne se couche pas pendant cette période de l'année. À l'inverse l'hiver, lorsque la nuit est noire, les aurores boréales prennent place dans le ciel et se reflètent dans l'océan. Un spectacle magique dans un lieu magnifique. Comment ne pas s'émerveiller encore et encore devant une telle beauté !?

Notre quotidien en 1984 est plutôt simple. On passe beaucoup de temps à communiquer et à jouer en famille. Il faut dire que l'on est très soudés. Mes grands-parents vivent avec nous, mes oncles et mes tantes ne sont jamais bien loin. C'est une règle d'or. La famille, c'est sacré. Rien de plus important au monde que les liens qui nous unissent. Plus que des membres liés par le sang, nous sommes un clan, une véritable tribu. Les tatas aiment leurs neveux et nièces comme des mères, la protection des uns et des autres est naturelle, l'entraide est primordiale. Les plus anciens enseignent les bases et techniques de pêche aux plus jeunes. Je viens d'avoir quatre ans, et j'aime le moment de la journée dédié à l'apprentissage de ce savoir que l'on se transmet de génération en génération. C'est pour cela que l'on mange principalement du poisson. On se dépense beaucoup également, en visitant les fjords voisins. Avaler les kilomètres ne nous effraie pas. On se contente de peu, après tout, de quoi d'autre aurions-nous besoin ? Une nourriture abondante, de l'amour, et un cadre de vie exceptionnel nous suffisent amplement.

Seulement, une ombre noircit ce tableau idyllique depuis une bonne vingtaine d'années. Plusieurs membres de familles voisines ont disparu. Pire, ils n'ont jamais été retrouvés par leurs proches. On entend parler de captures, de rapts d'enfants, d'adolescents parfois, parmi les autres communautés. D'assassinats également. Jusqu'ici, nous n'avons pas été personnellement témoins de tels phénomènes étranges. Qui pourrait bien vouloir enlever des enfants à leurs mères ? Pour les emmener où ? Malheureusement, j'allais bientôt pouvoir répondre à ces questions.

Adieu

Je me souviens parfaitement de ce bel après-midi d'automne. Il faisait froid, mais il faisait beau. Le soleil brillait, rien ne présageait que cette journée finirait aussi mal. Mes cousins âgés de huit et dix ans jouaient ensemble après avoir pris leur repas, à la suite de notre partie de pêche familiale. Je me suis éloigné pour les retrouver. Un peu trop. Beaucoup trop.

Alors que l'on jouait comme des fous tous les trois, des bruits de moteur se sont fait entendre. Des sons venus du ciel, tout d'abord. Un petit avion. Puis, ces nuisances sonores se sont rapprochées. Elles venaient d'un bateau. Au début, on a pensé qu'il s'agissait d'une visite amicale, de quelqu'un de passage. On en voit beaucoup dans la région. Et sans que j'aie le temps de comprendre ce qu'il se passe, des hommes ont lancé quelque chose sur moi pour m'attraper. Le reste de la famille n'était pourtant qu'à quelques dizaines de mètres de nous. Mes cousins ont tenté de m'aider et Palina s'est jetée sur eux en leur ordonnant de me lâcher. Mais cela n'a pas suffi à les arrêter. Elle a pourtant hurlé de toutes ses forces. Il était déjà trop tard. Ces barbares étaient nombreux, mieux armés, plus forts. Trop forts pour que je me débatte, empêtré dans ce maudit filet. Je pleurais et appelais à l'aide, je ne voulais pas partir avec eux ! Pour aller où ? Qu'allaient-ils bien pouvoir faire de moi ? Mes parents arrivèrent en trombe, en criant de tout leur être, les suppliant de me rendre ma liberté. Mais ils n'ont pas écouté leur douleur, ils les tenaient même à l'écart pour qu'ils ne m'approchent pas en leur donnant des coups avec de grandes perches et tout ce qui leur tombait sous la main. Ma famille a vu ces hommes m'enlever, sous leurs yeux impuissants. Tout s'est passé très vite. J'aurais dû me méfier. Maman me disait toujours de ne pas faire confiance aux inconnus, que j'étais trop petit, que je devais rester près d'elle. Toujours. Et aujourd'hui encore, je rêve de pouvoir revenir en arrière, remonter le temps, pour rester tout près d'elle.

Coincé dans ce filet, ils m'ont transporté à bord d'un bateau, puis installé dans une sorte de civière, attaché, afin que je ne puisse pas bouger. Je me suis démené pour m'extirper de là, mais les cordes me serraient tellement qu'elles me lacéraient le corps. Mes parents les ont poursuivis, j'ai crié tant que j'ai pu et ils ont fini par les semer. Je ne les entendais plus. Je ne les entendrai plus. Plus jamais.

Une fois au port, les hommes m'ayant capturé prirent soin de me soulever avec une étonnante délicatesse, après avoir vérifié mon état général. Mes blessures semblaient peu profondes, contrairement à mon traumatisme. Envahi par la peur, je n'osais plus bouger du tout. Et nous avons pris la direction de l'aéroport pour qu'ils me chargent ensuite dans un avion. Je ne pensais pas survoler l'océan un jour. Je n'aurais jamais dû me retrouver là, en plein cauchemar. Voici comment, en l'espace de quelques heures, ma vie a basculé pour toujours.

Je ne savais pas où ils m'emmenaient, pourquoi ils n'avaient pris que moi, pourquoi d'ailleurs, ils m'avaient pris, moi ? Au revoir, l'Islande et tout ce que tu représentes : les eaux glacées, les montagnes enneigées, les paysages sauvages, les membres de ma famille, ma jeune vie tout entière. Tu me manqueras. Tu me manques encore, énormément.

Le centre

Interminable trajet. Ligoté, confiné dans un compartiment de transport, je n'avais rien d'autre à faire qu'attendre le dénouement de ce vol. Et plus, il durait, plus, il m'éloignait de mon foyer. À notre arrivée à l'aéroport, il faisait nuit. Mon transfert devait se faire discrètement. À ma descente, des flashs m'aveuglèrent. Quelques hommes attendaient pour me photographier. Puis, après quelques kilomètres supplémentaires en véhicule, je fus enfin libéré. Libéré de mes cordes et de cet horrible brancard, du moins. Quand mes bourreaux me délivrèrent, ce fut pour m'installer dans ce qui allait devenir ma nouvelle maison, pour des décennies. Mon espace de vie, sans trop d'intimité, que les gens d'ici appellent joliment une «loge». Une loge dans laquelle j'étais quand même privé de liberté.

Des projecteurs permettaient d'éclairer dans la nuit noire. On était loin du charme de mes aurores boréales… Je ne le saurai qu'un peu plus tard, les personnes présentes pour m'accueillir étaient celles qui s'occuperaient de moi tous les jours du reste de ma vie : les entraîneurs de l'établissement dans lequel j'avais été affecté. Un centre de recherche et d'éducation.

Personne ne parlait ma langue, je ne comprenais rien à ce qu'ils se racontaient entre eux. Je restais prostré, dans mon coin, sans bouger. Le voyage m'avait éprouvé et la séparation d'avec les miens me faisait l'effet d'un déchirement. Je n'étais qu'un enfant n'ayant besoin que d'une seule chose au monde : sa maman.

L'un d'entre eux s'approcha de moi. Un docteur, souhaitant vérifier mes plaies, puis un éducateur m'apporta de la nourriture. J'ai décliné l'offre, je n'avais absolument pas faim ce soir-là. Effrayé, fatigué et triste, je voulais rentrer chez moi. Mais cela ne faisait pas du tout partie de leurs plans.

Une fois seul, je décidai de faire le tour du propriétaire, pour tenter de trouver une sortie. On ne peut pas dire que cela m'ait pris beaucoup de temps, vu la petitesse de mon espace de vie. Et soudain, j'entendis une voix. Quelqu'un s'adressait à moi, dans ma langue natale :

— Bonjour, toi. Tu n'es pas bien vieux. Comment tu t'appelles ?

— Alex… Et toi ?

— Je m'appelle Dalia. J'ai dix-neuf ans. Mais ici, on m'appelle « Ice ».

— Pourquoi tu as changé de prénom ?

— Je n'ai pas changé, mais ces gens ne parlent pas notre langue. Ils ne nous comprennent pas. Alors, ils m'ont choisi un nouveau prénom, pour que je sache quand ils s'adressent à moi.

— Et où est-ce qu'on est ici ? Pourquoi on est là ? Je veux

voir ma maman…

— Oh! je te comprends mon bonhomme… La mienne me manque aussi, tous les jours. J'étais comme toi, le soir de mon arrivée dans l'ancien centre où je vivais. Et bien que je sois mieux traitée ici qu'auparavant, je suis souvent malheureuse. Je sais à quel point c'est dur. Mais je vais t'aider, ne t'inquiète pas.

— Mais pourquoi je suis tout seul? Tu ne peux pas venir avec moi?

— Demain, ils ouvriront certainement la grille qui nous sépare. Pour que nous fassions plus ample connaissance. À partir de maintenant, nous allons vivre ensemble. Pour l'heure, tu dois te reposer.

Dalia… Elle me faisait penser à mes grandes sœurs. Sa compagnie et sa bienveillance ont été si précieuses! Heureusement qu'elle avait été là pour moi cette première nuit, ainsi que les suivantes… Jusqu'à ce qu'elle se fasse tuer, cinq ans plus tard.

S'adapter

Après une première nuit pas vraiment reposante pendant laquelle j'ai beaucoup pleuré, le jour s'est levé. Je me sentais si mal ici, le lendemain de mon enlèvement. D'ailleurs «ici», je ne savais même pas où cela se trouvait. Et l'obscurité n'a pas emporté mon chagrin avec elle. Les entraîneurs sont venus dès l'aube nous donner le petit déjeuner. J'ai ainsi pu découvrir que nous n'étions pas les seuls retenus dans cet endroit, Dalia et moi. Trois autres âmes vivaient ici, prisonnières. Lola vingt-trois ans, Zoé trente et un ans, ainsi que Sacha, âgé, lui, de vingt-huit ans.

On m'a présenté un à un chacun des pensionnaires dans les semaines suivantes. Sans pour autant nous laisser tous ensemble dans l'espace de vie commun. «*Trop tôt et trop dangereux*» d'après Dalia. Une des plus anciennes résidentes, Lola, *nommée désormais Tania*, ne semblait pas très commode au premier abord. Très agitée, colérique, imprévisible, elle avançait toujours très nerveusement, et ne supportait ni la proximité des éducateurs ni celle de ses voisins. Une fois, elle a mordu à sang Zoé *rebaptisée Nouchka*, juste parce qu'elle passait un peu trop près d'elle. Résultat, Zoé fut gravement blessée, et la sanction de Lola pour avoir déclenché une bagarre a été immédiate : enfermement d'une durée de trois jours dans ses appartements privés. Dalia m'a expliqué que Lola se comportait comme cela depuis la perte de son bébé conçu avec Sacha *devenu Pyram*, plusieurs mois auparavant. Et que depuis, la folie s'emparait d'elle. Maintenant, en plus de m'effrayer, elle me faisait de la peine.

Dalia m'a tout appris. Tout expliqué. Je n'avais beau avoir que quatre ans, il fallait que je m'adapte et que je comprenne vite les choses pour ne pas mourir. Mourir, oui. Car malgré mon jeune âge, j'ai rapidement compris que les perspectives d'avenir paraissaient sombres et compliquées. Dalia était mon exemple, mon repère, une sorte de marraine qui a continué l'éducation donnée par mes parents. Elle m'a inculqué l'acceptation des repas proposés, essentiels pour rester fort, ne pas dépérir et dans mon cas, bien grandir. Elle m'a instruit en m'expliquant comment décoder leurs mots, leurs gestes, à comprendre ce qu'ils attendaient de nous, en échange de nos friandises favorites. Les entraîneurs étaient la plupart du temps gentils avec nous, contrairement à mes ravisseurs. Souriants, joyeux, aux petits soins pour nous faire plaisir. Ils m'avaient même offert un ballon. Et plusieurs fois par jour, ils prenaient du temps pour nous : câlins, activités physiques et ludiques, comme des séances de jeux et de sport. L'esprit et le corps occupés, l'ennui et la tristesse disparaissaient le temps de quelques heures dans la journée. Mais cela ne durait jamais bien longtemps, avant qu'ils ne remontent à la surface.

Le temps qui passe

États-Unis d'Amérique, 1989.

Les mois puis les années passent et tous les jours se ressemblent. Je grandis, je prends du poids. Je n'ai que ça à faire de toute façon. J'obéis aux ordres, je me familiarise avec cet environnement devenu mien, qui me semble de plus en plus restreint à mesure que je gagne des centimètres et des kilos. Le médecin vient nous voir tous les jours et parfois, je sens des choses inhabituelles dans mes repas. Des médicaments cachés à l'intérieur de mon plat. Mais la faim me tiraille tant que je ne me pose même pas de questions. Je mange sans rechigner, comme Dalia me l'a conseillé.

Dalia, cette seconde maman. Il est vrai que l'on s'est tout de suite bien entendus, elle et moi. On s'est apporté une aide mutuelle et un soutien sans faille. Comme on le ferait au sein de nos familles respectives. Il faut dire qu'elle n'a pas eu une vie facile, mais mon arrivée lui a redonné une raison de se battre. Kidnappée comme moi en Islande lorsqu'elle avait trois ans, elle fut d'abord envoyée dans un premier centre pour y être «éduquée». Comprendre, mémoriser, appliquer, recommencer. Encore et encore. Telle est notre mission. De nombreuses familles voyaient leurs jeunes emmenés par des ravisseurs sans rien pouvoir faire et sans jamais pouvoir les reprendre. Quand on entre dans un centre d'éducation, on ne peut plus en sortir. Un peu comme lorsqu'on entre en prison à perpétuité. Sauf que dans notre cas, nous n'avons commis aucun crime. Seulement, celui d'exister, s'il en est un. D'après ce que j'ai pu comprendre, l'établissement précédent semblait abominable, encore plus que l'actuel. Plus petit, et pourtant davantage peuplé. Certains individus s'entretuaient, ne supportant plus d'être enfermés ensemble. Elle y a connu les pires horreurs. Grossesses forcées par inséminations, perte d'un bébé et accouchement difficile d'un second. L'équipe qui s'occupait d'elle lui enleva ce dernier à l'âge de deux ans. Pour l'envoyer où ? Qu'a-t-il bien pu devenir ? Elle ne le saura jamais. En pleine dépression à la suite de cet événement tragique, l'ancien centre a décidé de s'en séparer et de la faire venir ici, pour qu'elle bénéficie de meilleures conditions de vie. Qu'elle retrouve le moral. Si tant est que ce soit possible un jour. *Voilà* la triste histoire de Dalia, vie brisée parmi *tant* d'autres, par des bourreaux sans cœur et sans scrupules.

Certaines de mes questions reste cependant en suspens : pourquoi devons-nous subir tout cela sans que personne ne les arrête, sans que personne ne nous aide tout au long de ces années ? Quel est l'intérêt de nous garder ici et de nous regarder mourir à petit feu ? Elle, comme les autres détenus du centre n'ont jamais pu y répondre.

Deuxième partie

MATHIAS

Savoir pour transmettre

Siège de CBS, 524W. 57th Street, New York
14 août 2013, 11 h 37

— Pour l'argent, bordel de merde ! C'est uniquement pour le fric qu'ils leur font subir tout ça ! fulmine Mathias Collins, en tapant du poing sur son bureau.

— Vu les tarifs qu'ils prennent, il est certain que ça doit leur rapporter gros…, lui répond Guillaume Morrison, son collègue.

Les deux jeunes hommes de vingt-neuf ans ont grandi ensemble, voisins de palier dans le même immeuble du Queens, dans la banlieue de New York. Journalistes dans l'âme, ils s'occupaient déjà de la gazette du lycée et ne manquaient pas une occasion de filmer les différentes activités sportives de l'établissement avec leur caméra achetée en commun, cela va sans dire, paniers percés de lycée obligent. Compétition des équipes de basketball et de football américain de l'école, entraînements des pom-pom girls, mais aussi les élections des rois et reines de promos. Tous les sujets trouvaient un intérêt à leurs yeux. L'important pour eux étant de traiter avec honnêteté et objectivité les faits à relater.

Devenus reporters pour CBS, une très grande chaîne de télévision américaine à l'issue de leurs études et de différents jobs dans des journaux locaux, ils voyagent beaucoup selon les demandes de la direction. Habitués aux sujets difficiles, ils ont notamment été les premiers à tourner des images apocalyptiques du passage de l'ouragan *Sandy*. En 2012, la catastrophe naturelle condamne à mort plus de quarante personnes à New York et fait près de cent victimes à travers le pays. Recueillir les témoignages des survivants ne fut pas chose simple, mais le documentaire parfaitement réalisé a suscité l'intérêt de millions de téléspectateurs. Carton plein d'audience, ils se sont ainsi fait un nom dans le domaine du reportage.

Depuis la fin du mois d'avril, ils préparent un nouveau documentaire sur des enlèvements plus ou moins récents, à l'échelle internationale. Russie, Japon, Colombie-Britannique, Islande… La chaîne leur a donné carte blanche. Leur enquête, tellement prenante, a dépassé le cadre professionnel. Tout ce qu'ils découvrent au fur et à mesure des recherches menées les intrigue, les étonne, les abasourdit, les révolte. Complètement passionnés par le sujet, leur investissement est total. Ils n'ont même pas besoin de se concerter pour aller chez l'un ou chez l'autre chaque soir après le travail, pour continuer sur leur lancée. Recherches papier, internet, récolte de photos, de témoignages, ils avancent progressivement dans un monde qu'ils ne soupçonnaient pas aussi cruel. Profondément empathiques, tous les deux, meilleurs amis au boulot comme dans la vie, c'est naturellement qu'ils souhaitent ouvrir les yeux du monde sur ces atrocités perpétuellement renouvelées. Que la vérité éclate une fois pour toutes. Faire bouger les choses pour que les mentalités changent, telle est leur nouvelle mission. Beaucoup de gens savent, peu parlent et rares sont ceux qui agissent pour que cela cesse. Tant pis pour les heures supplémentaires non rémunérées. Célibataires, personne ne les attend à la maison de toute façon.

Au nom de la science

Siège de CBS, 524 W. 57th Street, New York
17 août 2013, 9 h 20

— Ça va, mec? lance Mathias à son acolyte qui vient d'arriver au bureau, avec vingt minutes de retard.

— Ça va, je suis crevé, j'ai trop mal dormi, lui indique Guillaume tout en bâillant.

— Pareil…, dit-il, en portant sa tasse de café à ses lèvres. Ces histoires me retournent. J'ai du mal à trouver le sommeil et quand enfin cet enfoiré de marchand de sable passe, je fais des cauchemars.

— Ouais, idem. Ils vont finir par me rendre dingue. Tout ça dure depuis tellement d'années, c'est incompréhensible, ajoute Guillaume en sortant son ordinateur portable de sa sacoche.

— Je sais bien mon pote, je sais bien… J'espère qu'on ne dépense pas toute cette énergie pour rien et que ceci servira à quelque chose… Mais cette filiale implique tellement de gens, tellement de pays, de gouvernements qui savent, mais qui ne font strictement rien, et ce, depuis tant d'années… Et la population qui participe, sans s'en rendre compte, à cette mascarade, c'est tout bonnement hallucinant!

— Raison de plus pour faire notre boulot. Exposer des faits, uniquement la vérité, attirer l'attention du grand public là-dessus et dénoncer ce qui doit l'être. On ira jusqu'au bout, coûte que coûte!

Aussi exténués physiquement que moralement, la détermination du duo aurait pu battre de l'aile à de nombreuses reprises. Mais chacun leur tour, en bons camarades, ils se soutiennent tant bien que mal face à l'afflux d'informations qui leur parvient, toutes plus scandaleuses et délirantes les unes que les autres.

Les garçons ont procédé à la répartition des tâches. Guillaume focalise ses recherches sur les kidnappings les plus anciens. Il crée des tableaux récapitulatifs, reprenant les noms des individus enlevés, leurs pays d'origine et si c'est indiqué quelque part, le centre à «vocation pédagogique» dans lequel ils ont été affectés. Pour ceux-là, une dernière colonne s'ajoute : la date de décès. Colonne malheureusement remplie, pour la grande majorité.

Mathias, lui, se concentre sur ceux toujours en vie, retenus dans les centres encore actifs à travers le monde. Dans les années 70, l'ouverture de tels établissements a explosé. Les créateurs payaient grassement des ravisseurs pour aller chercher de nouvelles têtes d'affiche à exhiber au public, telles les «expositions ethnographiques» du jardin d'acclimatation de Paris à la fin des années 1800. Et le pire, c'est que le grand public dépense encore aujourd'hui des fortunes pour admirer ces êtres enfermés. Au nom de quoi? La recherche scientifique et le divertissement! Sans avoir tiré aucune leçon du passé et de ce que l'exposition contrainte et forcée fait endurer aux victimes. Qu'importe, il s'agit d'une véritable manne financière. C'est bien connu : «*Quand le dernier arbre aura été abattu, quand la dernière rivière aura été empoisonnée, quand le dernier poisson aura été pêché, alors on saura que l'argent ne se mange pas.*». Alors, il sera trop tard pour l'humanité tout entière.

Tous coupables

— Morts, morts, morts… Tous morts, et pas de vieillesse. La majorité d'entre eux ne dépasse pas l'âge de quarante ans, déclare Guillaume, consterné.

— Il y a des exceptions. J'ai trouvé un cas. Tiens écoute ça : «*En Floride, Lexie a plus de cinquante ans maintenant, dont environ quarante-six passés au sein du Research Center of Miami.*» C'est incroyable. Comment fait-elle pour survivre à tous ses camarades lorsque l'on sait qu'il s'agit d'un des centres les moins bien équipés du monde ? s'étonne Mathias.

— Le moins bien équipé ? Explique.

— L'établissement a été construit dans les années 50. Arrachée aux siens en 1970 lors d'une capture particulièrement violente, Lexie y a été admise et n'en est plus jamais sortie. D'autres jeunes de sa famille ont aussi été enlevés et envoyés au Japon, en Australie, en France, mais aucun n'a survécu plus de cinq ans à cette épreuve. Elle est donc l'unique survivante du rapt de Pen Cove, en Colombie-Britannique. Malgré l'argent qu'elle leur rapporte depuis des années, les responsables n'ont jamais cru bon d'améliorer son quotidien. Elle vit actuellement et depuis plus de quatre décennies dans un gourbi où elle tourne littéralement en rond.

— Mon Dieu, mais quelle tristesse, quel drame…, affirme Guillaume, accoudé à son bureau la tête dans ses mains, dépité par le récit que vient de lui établir son ami. Elle n'a jamais eu de compagnie ?

— Si, un jeune a vécu avec elle pendant dix ans dans ce minuscule endroit. Jusqu'à ce qu'il se suicide en 1980, après s'être frappé plusieurs fois la tête contre un mur, certainement de désespoir.

— Quelle horreur ! Et on laisse vraiment faire ça ? C'est inhumain ! se révolte Guillaume, faisant valser sa chaise de bureau.

— Je suis aussi choqué que toi… Et ce qui me choque le plus, c'est que je crois me souvenir d'être allé là-bas, une fois…

— Sérieusement ? Quand ça ?

— Oh ! il y a longtemps, je devais avoir huit ou neuf ans. On passait les vacances d'été chez ma tante Claire. Tu sais, elle venait d'emménager près de Miami. Elle avait entendu parler du Centre de Recherche et nous avait emmenés le visiter… Oui, c'est ça, je m'en souviens maintenant ! Bon sang, mais ce n'est pas vrai ! s'énerve Mathias en tapant du poing sur son bureau. Une mauvaise manie chez lui.

— Quoi ? Qu'est-ce qu'il y a ?

— Je n'étais qu'un gamin, je n'ai rien vu, je me suis fait berner, je ne me suis rendu compte de rien ! Mais comment mon père, ma tante, ont-ils pu cautionner et participer financièrement à l'exploitation de cette pauvre Lexie ? Parce que tout le monde le faisait, on devait le faire aussi ? Bordel, on n'est rien d'autre que des moutons sans cerveau !

Se repentir

— Je vais prendre l'air, dit Mathias à Guillaume, d'un ton inhabituel.

— Tu veux que je t'accompagne ? Ça n'a pas l'air d'aller fort, s'inquiète son binôme.

— Non, t'en fais pas, j'ai juste besoin de marcher un peu. Je vais aller me chercher un café au *Starbucks* à l'angle de la 3ᵉ avenue et de la 66ᵉ rue. À tout à l'heure.

Avec son café latte en main, le reporter s'octroie une balade nécessaire pour s'aérer la tête dans les rues bondées de New York. La foule l'aide à réfléchir. Il a toujours apprécié l'idée de passer inaperçu parmi des centaines de gens autour de lui. Plongé dans ses pensées les plus lointaines, c'est le commencement d'une véritable remise en question. Du haut de son mètre soixante-quinze, le jeune homme aux cheveux châtains et aux yeux aussi bleus que le plus clair des océans se concentre pour récapituler mentalement ses souvenirs d'enfant.

« Lexie. Mais oui, bien sûr, c'était en quelle année déjà, 92 ? Évidemment, 1992… le séjour chez tante Claire, les vacances à la plage

avec ma cousine Rachel, et ce fameux centre à deux pas de la côte ; c'était l'attraction du coin, tout le monde devait aller voir au moins une fois les prouesses de Lexie. Et on n'avait pas dérogé à la règle, pour faire "comme tout le monde". Du moins pour me changer les idées, me faire plaisir après ce que nous venions de traverser, mon père et moi.»

À l'époque, ça le rendait même heureux. Il se souvient de l'avoir trouvée très belle. D'une extrême agilité, elle exécutait parfaitement les numéros dignes d'un spectacle de cirque, millimétrés, sur des musiques entraînantes. À la différence que les artistes de cirque, eux, choisissaient délibérément cette vie. Elle semblait heureuse, pourtant... Mais avec le recul et tout ce qu'il avait découvert ces dernières semaines, il se rendait bien compte que ce n'était que son interprétation de la situation à «l'instant T». Ce qu'on voulait qu'il voie. Il se sentait manipulé, trahi par tous ces businessmen qui donnaient une image positive au grand public de leur industrie pour mieux faire passer la pilule. Et il s'en voulait. Profondément. Pendant toutes ces années, il avait oublié, refoulé. Non pas parce que la cause n'était pas noble, mais parce qu'elle avait été banalisée. Peut-être aussi parce qu'associée à un événement douloureux dans son esprit. C'est vrai, après tout, personne ne s'est jamais demandé comment Lexie était arrivée là ? Tout cela au fur et à mesure du temps qui passait, devenait normal, à une exception près. Cela lui revenait, maintenant. Au Mexique, à la fin des années 90, un jeune, appelé William, bénéficiait d'un grand renfort médiatique et retrouvait enfin la liberté après des années d'enfermement. Ramené dans son pays natal, l'Islande, il put terminer son existence comme il aurait dû la vivre pleinement : libre.

Mais les gens avaient la mémoire courte. Et surtout, sans

eux, comment les exploitants et les ravisseurs pourraient-ils se remplir les poches ? Mathias, plus motivé que jamais, venait d'avoir un déclic. Il fallait rafraîchir la mémoire de l'opinion publique. Et vite !

Agir

Guillaume Morrison, petit brun barbu aux yeux noisette et légèrement rondouillard à cause de son régime quasi exclusivement basé sur des hot dogs et des burgers, est né d'une mère française et d'un père américain. À l'occasion d'un échange scolaire entre lycéens parisiens et new-yorkais, Céline, sa maman, a fait la connaissance d'Edward. Ce qui aurait pu s'apparenter à une simple amourette le temps d'un séjour linguistique s'est révélé être une véritable histoire d'amour, résistant à la distance. Edward est revenu quelque temps à Paris pour retrouver sa belle, une fois leurs études achevées. Trois mois plus tard, ils se sont envolés vers l'Amérique pour s'installer dans un appartement du Queens. Ils y ont rapidement fondé une famille. Lindsay a vu le jour en 1981, Guillaume est arrivé en 1984. De ce fait, le garçon a passé ses vacances d'été entre Paris et la Bretagne. Parfaitement bilingue, il est un atout précieux au sein de la chaîne pour les reportages dans les pays francophones.

C'est d'ailleurs sur les enlèvements survenus en Europe dans les années 70 et 80 que Guillaume planche en ce moment.

Et ce n'est pas une mince affaire. La tâche est lourde, voire colossale. Comme il l'indiquait plus tôt dans la matinée à Mathias, rares sont les survivants de cette époque. Mais il en reste encore quelques-uns, comme Lexie, à trouver la force de se battre et de résister. Parfois même causant de graves problèmes au sein de l'équipe chargée de leur prodiguer soins et *entraînements*. En cherchant inlassablement sur internet, usant de son large réseau professionnel, Guillaume trouve des contacts. Des anciens membres d'équipes médicales dont les langues se délient et qui acceptent dans le cadre du reportage de lui envoyer par e-mail des images d'archives personnelles. Des preuves incontestables, irréfutables. Il clique sur «Play», et c'est la consternation. Sous ses yeux, des vidéos de séances dites «d'apprentissage» qui tournent au drame. Des films amateurs qui auraient dû être effacés de suite, mais qui ont sans doute été gardés religieusement dans le but de ne jamais oublier à quel point tout ceci pouvait s'avérer dangereux. Mais après avoir vu cela de leurs propres yeux, certaines personnes n'ont pas eu le courage, voire l'inconscience de continuer, et ont préféré démissionner. Les images sont très claires : on y voit des salariés, attaqués violemment par leurs protégés. Sur l'une d'elles envoyée par Amber Davis, ancienne employée du centre de Jacksonville en Floride, on distingue très nettement Reykja. Des scènes invraisemblables. Guillaume, creusant encore un peu le sujet, finit par tomber sur des sites internet d'associations espagnoles et américaines, rendant hommage aux soignants tués par leurs soi-disant complices de jeux, de qui ils prenaient soin chaque jour. Sous les apparences d'une bonne ambiance générale, derrière les discours parfaitement huilés des dirigeants, se cachent en réalité des cas bien plus dramatiques qu'il n'y *paraît*.

— Je sais! s'écrie Mathias en déboulant dans le bureau comme une fusée.

— Oh merde ! Tu m'as fait peur ! sursaute Guillaume, trop absorbé par sa trouvaille pour le voir arriver.

— Je sais ce qu'on va faire! s'exclame-t-il, le regard déterminé.

— Et on va faire… quoi? répond Guillaume, un peu inquiet.

— On va infiltrer un de ces établissements! Fais tes bagages, on part pour Jacksonville.

Troisième partie

DEBORAH

Educational & Discovery Center of Florida

Banlieue de Jacksonville, 20 août 2013

6 h 15. Deborah Evans, dite Debby pour ses proches, éteint le réveil qui n'a pas eu le temps de sonner. Ses yeux sont ouverts depuis près de quarante-cinq minutes déjà. En réalité, elle n'a certainement même pas dormi, tant l'excitation de la journée à venir est à son comble. Aujourd'hui, c'est LE grand jour. Elle va enfin exercer officiellement le métier de ses rêves. Après plusieurs stages d'étude un peu partout dans le pays, une place s'est récemment libérée dans l'un des deux établissements présents en Floride. Le directeur Mitchell Clarkson lui a téléphoné pour lui proposer le poste vacant, qu'elle a évidemment accepté tout de suite. Une aubaine, lui donnant l'occasion de frimer un peu devant les copines, qui seront à coup sûr, vertes de jalousie. Ce Centre d'Éducation et de Découverte de Jacksonville, elle le connaît par cœur. Ses parents la conduisaient là-bas à chaque période de vacances, chaque anniversaire, depuis ses six ans. Son admiration est sans limite pour les résidents avec lesquels elle espère vraiment créer un lien. Surtout avec son favori, le doyen Reykja, qu'elle avait la sensation de connaître depuis toujours. Ce qui est un

peu le cas, puisqu'elle passe des heures à le regarder à chacune de ses visites, depuis dix-sept ans.

— Coucou, ma grande ! Bien dormi ? Pas trop stressée ? demande John, son père.

— Salut, Papa, non, ça va, j'ai surtout hâte d'y être.

— J'imagine, depuis le temps que tu en parles !

— Oh oui ! Ce sera différent des stages cette fois, je vais vraiment pouvoir m'investir, prendre des initiatives, créer quelque chose avec eux, donc c'est génial. Mais tout en étant prudente, je sais !

— Exactement ma puce, je suis content pour toi et tu le sais, ta mère aussi d'ailleurs. Ce n'est pas un métier sans risque. Tu dois impérativement prendre toutes les mesures de sécurité qui s'imposent.

— Oui, ne t'en fais pas, je ferai bien attention. C'est promis ! À ce soir !

— Eh, attends ! Tu ne manges rien avant de partir ?

— Je mangerai en chemin ! Bisous, papa ! lance Debby, attrapant un pancake avant de filer vers la sortie donnant sur le jardin.

La jeune femme de vingt-trois ans habite chez ses parents. Récemment diplômée, n'ayant pas eu d'autres jobs que ses emplois saisonniers de vendeuse de crèmes glacées, elle économisait dans l'attente de trouver le travail de sa vie et de s'installer «chez elle». Et tant pis si c'était à l'autre bout du pays. Être l'employée de l'un de ces centres formidables, dédiés à la recherche, à la connaissance, à l'apprentissage dans le but d'enseigner des valeurs concrètes aux adultes de demain valait bien la peine de faire quelques concessions.

Ceci dit, elle avait eu de la chance. Résidant en banlieue de Jacksonville, elle n'avait que quinze minutes de bus pour se rendre à son nouveau travail. Ses parents s'en voyaient soulagés, leur poussin ne serait pas contraint de quitter le nid pour déménager à des centaines de kilomètres. Elle resterait près d'eux encore longtemps. C'est ce que souhaitent tous les parents, non ?

Debby arrive à l'entrée du personnel où sa responsable, Kelly, l'attend pour lui souhaiter la bienvenue. Les deux femmes se connaissent déjà, puisque cette dernière a recommandé Debby à son patron pour la place disponible.

— Hey ! Comment ça va, ma belle ? s'exclame Kelly, ravie de revoir sa petite protégée.

— Super bien ! Je suis trop contente de revenir parmi vous et pas pour un stage cette fois !

— C'est vraiment génial que tu sois disponible pour venir au pied levé, on avait vraiment besoin de quelqu'un rapidement et j'ai de suite pensé à toi. Ton enthousiasme, ta joie de vivre, ton intérêt, tu as tout ce qu'il faut pour être un bon élément ici. Sois-en certaine !

— Oh ! merci beaucoup ! Je suis touchée ! On peut dire que j'ai de la chance. Tiens d'ailleurs, comment ça se fait qu'une place se soit libérée ?

— T'inquiète pas de ça, le plus important c'est qu'elle soit pour toi, cette place ! répond Kelly avec un large sourire, tentant d'éluder la question.

— Oui c'est vrai, tu as raison. Par quoi commence-t-on ?

— File te changer au vestiaire ! lui dit Kelly, en lui tendant sa nouvelle tenue réglementaire. Voilà ton badge pour pouvoir entrer et sortir seule. Quand tu es prête, tu me rejoins devant la loge de Reykja, pour lui apporter son petit-déj'. C'est toujours ton préféré ? demande la cheffe avec un clin d'œil, connaissant d'ores et déjà la réponse.

Debby prend alors la direction des vestiaires, en remerciant sa bonne étoile de lui avoir fait ce merveilleux cadeau. Aucune journée ne pouvait mieux démarrer.

Reykja

Dans les vestiaires, Debby ne parvient pas à se défaire du large sourire affiché sur son visage. S'ils ne la connaissaient pas déjà, ses collègues la prendraient pour une gamine devant un sapin de Noël. Tenue enfilée, badge et vêtements rangés, la voilà parée pour s'occuper de Reykja. Cette fois, elle va pouvoir profiter pleinement de son rôle pour prendre soin de lui, comme elle en a toujours rêvé.

— Debby, tu te souviens de tout le monde ? interroge Kelly. Salvador, Justin et Madison. L'équipe, voici, Deborah, qui fait son grand retour parmi nous en tant que collègue, à partir d'aujourd'hui !

— Salut, Debby ! Content de te revoir ! Dans mes bras ! lui dit Salvador, avec son charmant accent ibérique.

— Bonjour, ma grande, bienvenue, on espère que tu te plairas ici ! l'accueille Madison.

— Hey, ça va ma jolie ? Félicitations ! continue Justin, en faisant une bise à Debby.

— Merci, merci beaucoup ! Je suis contente de vous revoir

et vous promets de faire de mon mieux. Et bonjour, Reykja ! Comment tu vas ? demande Debby au trentenaire, sans qu'il ne fasse attention à elle.

— Eh bien, on va commencer tout de suite ! ordonne Kelly, en indiquant de la main le chemin de la cuisine à Debby. On va préparer le premier repas de la journée pour tout le monde, avec les vitamines, les médicaments pour ceux qui sont en traitement en ce moment, tout est noté sur le tableau. Viens, je vais te montrer. Pour les autres, vous démarrez l'entretien quotidien et préparez l'entraînement sportif de ce matin, c'est bon pour tout le monde ?

— Okay, cheffe ! répondent en chœur les trois employés.

Une fois dans la cuisine, Debby reprend ses marques. Toujours le même tableau blanc fixé au mur de droite pour y noter au feutre à encre effaçable les traitements quotidiens, les choses à surveiller, les dates de réception des commandes de nourriture à venir. Sur sa gauche se trouve la porte qui mène à la chambre froide, qui peut contenir un énorme stock de nourriture. En face d'elle, un îlot central dans lequel sont rangés les différents ustensiles nécessaires tels que couteaux et planches à découper, la pharmacie et derrière, un évier prolongé d'un grand plan de travail.

— Alors, commence Kelly. On va préparer les repas de chacun. Tu te souviens de leurs prénoms ?

— Reykja, Sofia, Louna, Isis et Sam ! répond fièrement la jolie blonde.

— Super ! Tu as tout bien retenu ! Mais il te manque le petit dernier ! jubile la responsable.

—Le petit dernier ? demande Debby, surprise et euphorique

à la fois.

— On a eu un nouveau-né, la semaine dernière ! Tu vas pouvoir faire la connaissance de Clay, le fils de Louna et Sam ! annonce Kelly.

— Whaou, mais c'est génial ! Je ne savais pas !

— Tu vas voir, il est trop craquant. Bon, Sam ne nous laisse pas trop nous en approcher donc nous avons dû le séparer de Louna pour le moment, mais elle est plutôt cool. C'est important que l'on puisse le voir de près et vérifier que tout va bien. Les premiers jours peuvent être critiques.

— Cette première journée démarre très fort ! Je n'envisageais pas un si bel événement !

— On prépare tout ce dont on a besoin et on va le voir. Allez, au boulot ! Je te laisse gérer les portions pour Reykja, tu t'en souviens ? C'est toujours la même chose, j'ajouterai juste son traitement ensuite.

— Son traitement ? Qu'est-ce qu'il a ? s'inquiète Debby.

— Rien de bien grave, quelques problèmes de peau et un peu de stress. C'est courant, surtout avec l'arrivée d'un nouveau membre, ça chamboule un peu les habitudes de tout le monde ! On lui donne des antibiotiques et un léger anxiolytique, répond Kelly, tentant de rassurer son employée.

Debby acquiesce et se tourne alors sans poser de question en direction du grand frigo, un peu chiffonnée tout de même, par ce qu'elle vient d'apprendre. À bien y réfléchir, c'est vrai que Reykja n'avait pas l'air dans son assiette ce matin.

Les apparences

Les mains pleines de victuailles pour les résidents, Kelly et Deborah font la tournée du matin. Vérification des états généraux, distribution du premier repas, des médicaments, apports des soins nécessaires. Puis elles se rendent devant Louna et son bébé :

— Debby, je te présente l'objet de toute notre attention! Voici Clay, notre merveilleux petit ange. Toute l'équipe est ravie de cette naissance. Il se porte bien pour le moment, mais on le surveille de manière constante pour prévenir tout risque éventuel.

— Il est magnifique! Mon Dieu, qu'il est beau! Louna, tu peux être fière de toi, ton petit est superbe. Bravo, ma belle!

— On laisse la maman avec son fils. Elle est dispensée d'activités jusqu'à nouvel ordre. Sam étant un peu agressif, on lui donne un tranquillisant et on l'occupe avec des exercices. Mais son attention étant limitée, les sessions sont plutôt courtes. En revanche, Isis demande à participer davantage. Elle devient de plus en plus complice avec Madison, le feeling

passe entre elles. Viens, elles vont bientôt commencer.

Debby suit sa responsable et ensemble, elles rejoignent Madison. Elle se trouve dans l'espace de vie commun, utilisé pour les séances éducatives, sportives, mais servant aussi de «cour de récréation». Elle vient d'y faire entrer Isis, douze ans. Très docile, excellente acrobate, elle fait une très bonne démonstration de sauts sous les ordres de Madison, son principal repère depuis maintenant quatre ans.

Isis a vu le jour dans un centre d'éducation au Canada, en 2001. Séparée de sa maman à l'âge de huit ans, son arrivée à Jacksonville en 2009 fut difficile. Madison s'est prise d'affection pour cette toute jeune demoiselle au tempérament discret et réservé. Elle lui est venue en aide, lui accordant la majorité de son temps. De ce fait, Isis semble lui demander beaucoup d'attention. Très fusionnelle avec elle, l'adolescente essaie toujours de lui faire plaisir en exécutant à la perfection toutes ses demandes.

Un peu plus loin, Justin s'occupe de Sam. Le jeune papa obtempère plus ou moins. Cependant, en échange de quelques douceurs, il accepte de faire ses exercices d'équilibre du jour avec un ballon. Il n'est pas de très bonne humeur, or, cela pourrait être pire. Ça a déjà été pire, avec lui, tout comme avec Reykja. Mais ces informations, Debby n'a pas besoin de les connaître. Il ne faudrait pas gâcher son enthousiasme dès le premier jour.

Quatrième partie

JACKSONVILLE

Le ticket d'entrée

Aéroport international John Fitzgerald Kennedy,
New York, 20 août 2013, 17 h
Dans l'avion à destination de Jacksonville.

— Alors, c'est quoi le plan ? sollicite Guillaume.

— Quel plan ? répond son acolyte.

— Ben, le plan ! Ton plan, quoi ! Une fois arrivés au Centre d'éducation et de découverte, on fait quoi ? On leur présente gentiment nos cartes de presse en expliquant qu'on vient faire un reportage sur les abus de ce type d'établissement ? On va se faire recaler direct ! Alors, je te le répète, c'est quoi le plan ?

— Y a pas de plan… déclare calmement Mathias, les yeux rivés sur son téléphone.

— Hein !? Non, mais attends, tu te moques de moi j'espère ? Tu me fais partir pour la Floride sur un éclair de génie, sans savoir comment on va entrer là-bas ?

— *No stress*, on trouvera bien quelque chose, indique Mathias, toujours absorbé par son écran.

— Ben y a plutôt intérêt qu'on trouve un truc, sinon on est carrément foutus, on va rentrer bredouille à New York, c'est moi qui te l'dis ! s'agite Guillaume, aussi stressé par le décollage que par le «je m'en foutisme» de son ami.

— Au lieu de râler, écoute ça : «*Le Centre d'Éducation et de Découverte de Jacksonville est heureux de vous faire part de la naissance de Clay, le 14 août dernier. La maman et le bébé se portent bien.*»

— Pfff, ce n'est pas possible, un bébé!? Un pauvre petit qui va grandir enfermé et rapporter de l'argent à ses geôliers, si ce n'est pas malheureux un truc pareil à notre époque… s'agace Guillaume. Ils ont noté les noms des parents?

— D'après les photos, il s'agit de Louna. Pas de précision pour le père, indique Mathias.

— Il ne manquerait plus que ce soit Sam, tiens…

— Pourquoi tu dis ça?

— Parce que, d'après mes recherches, Sam et Louna sont nés dans deux centres différents et ne sont pas arrivés dans celui-là, la même année. Mais il semblerait qu'ils soient nés du même père, ce qui ferait d'eux… des demi-frères et sœurs.

— Et merde! Ça ne m'étonnerait même pas que ça puisse arriver, ce genre de trucs… Ah, fait chier. Attends, regarde! Il y a quelques lignes destinées aux médias à la fin de l'article : «*Pour les journalistes qui souhaiteraient faire la connaissance de Clay, une conférence de presse sera organisée le Jeudi 22 août à 11 h. Merci de nous indiquer par mail vos noms, prénoms, ainsi que le média pour lequel vous travaillez afin de procéder à votre inscription.*» Le voilà, notre ticket d'entrée!

— Bien joué, mec! On a même un carton d'invitation. C'est exactement ce dont on avait besoin pour filmer incognito l'envers du décor.

Accident mortel

ALEX
États-Unis d'Amérique, 1989.

J'ai neuf ans. Miguel, mon entraîneur de l'époque, m'en demande beaucoup. Il estime que j'apprends vite grâce à Dalia, il devient donc de plus en plus exigeant à mon égard. Parfois, cela me plaît, parce que de cette manière, la journée passe plus vite. Mais la plupart du temps, j'en ai marre et je refuse de réaliser une énième pirouette pour que l'on me regarde faire le beau. Dans ces cas-là, je n'ai pas la totalité de mon repas. Du coup, le lendemain, même si je n'ai pas envie, je me force à obéir. Parce que j'ai faim.

Après une démonstration pédagogique publique à laquelle je n'avais pas envie de participer, sa patience montre quelques signes de faiblesse. Je suis resté dans un coin de l'espace commun où les gens viennent nous observer et admirer nos progrès. Alors qu'il veut me faire rentrer dans ma loge personnelle et que je ne vais pas assez vite à son goût, Miguel se munit d'une perche pour m'impressionner et commence à perdre patience :

— Avance, merde ! Faut pas trois jours pour passer de l'autre côté ! Allez, Reykja !

63

— Attention, Miguel! Ice fonce sur toi! indique l'une de ses collègues.

Dalia ne supporte pas que l'on s'en prenne à moi. Alors elle décide de lui faire peur, pour qu'il me laisse tranquille. Mais dans sa course, elle heurte violemment Lola, qui, comme à son habitude, débarque de nulle part avec sa nervosité chronique. Dalia ne pouvant plus l'éviter, une terrible collision a lieu entre elles. Dans ce dramatique accident, Dalia se fracture la mâchoire, ce qui entraîne la section de l'une de ses artères. Elle s'est vidée de son sang en à peine vingt minutes. Personne n'a rien pu faire pour l'aider. Elle est morte sous nos yeux, me laissant orphelin pour la seconde fois. Un incident parmi d'autres qui n'aurait jamais eu lieu, si l'on ne nous avait pas contraints à vivre ici. Dalia est morte, pour rien.

fin de journée

DEBBY
Chez Deborah, banlieue de Jacksonville
20 août 2013, 19 h

— Salut ! C'est moi ! Y a quelqu'un ? Je suis rentrée !

— Dans la cuisine, chérie, on t'attendait pour le dîner ! lui indique sa mère, Ashley.

— Alors, ce premier jour de travail ? Raconte-nous tout, dans les moindres détails ! ajoute John.

— Papa, maman, j'ai passé la plus belle journée de toute ma vie ! C'était incroyable ! Ma responsable Kelly est vraiment trop sympa. Et mes collègues, Justin, Madison et Salvador, tous contents de me revoir. Ils m'ont réservé un superbe accueil, je n'ai pas vu la journée passer avec tout ce que l'on a fait ! Et vous savez quoi ? Il y a un bébé !

— Oui, on a lu ça ! lui dit Ashley en lui montrant le journal. C'est formidable ma puce, c'est génial que des couples se forment et donnent la vie. Et Reykja ? Tu as pu aller le voir ?

— Oui, je me suis occupée de ses repas et j'ai eu le droit de lui en apporter un. Mais il n'est pas très en forme. D'après Kelly, l'arrivée d'un nouveau-né l'a un peu déstabilisé. Il faut lui laisser le temps de s'y faire. Surtout avec Sam qui s'énerve pour un rien. Des tensions se sont créées, j'espère que tout rentrera bientôt dans l'ordre, répond Debby d'un air crispé.

— Du coup, tu vas certainement passer à la télé ? demande John, en pointant du doigt l'article de presse.

— Ah ! Tu parles de la conférence ? Eh bien ! Oui, peut-être, je ne sais pas encore comment M. Clarkson envisage les choses. Un briefing est justement prévu demain matin. On en saura un peu plus à ce moment-là.

— Tu as travaillé dur pendant toutes ces années, réalisé des stages dans d'autres États, effectué des petits boulots pour gagner ta vie, et tes efforts sont récompensés par cet emploi dont tu rêvais. Cette passion pour eux ne t'a jamais quittée. Maintenant, tu vas pouvoir leur prodiguer les soins dont ils ont besoin, leur apprendre des choses et évaluer leurs progrès ! Quel parcours, quels objectifs ! On est très fiers de toi, ma grande. Bravo !

— Oh, merci, maman, répond elle touchée. Dites, on passe à table ? Je meurs de faim !

Debby, John et Ashley profitent de leur repas, en terrasse, dans le jardin situé à l'arrière de leur jolie maison. Une belle soirée pour une vie de famille idéale, heureuse, dans laquelle des parents s'occupent naturellement de leur progéniture. Elle est adulte, mais restera toujours leur enfant. Ils la protègent, la couvrent d'amour par un regard, l'encouragent d'une main sur l'épaule. Une soirée banale comme en vivent des milliards de parents sur la planète. Une soirée ordinaire, insouciante.

Une soirée durant laquelle Sam tourne en rond, dans ses quelques mètres carrés, tout seul, pendant qu'Isis et Sofia se tiennent compagnie pour tromper l'ennui. Louna, elle, ne peut s'empêcher de s'inquiéter pour l'avenir de son fils. Une soirée de plus pendant laquelle Reykja se morfond, triste, à attendre un miracle qui ne se produit pas, à espérer une libération qui ne vient pas.

Au cœur du système

MATHIAS
À l'entrée du Centre de Jacksonville,
21 août 2013, 10 h

— Voilà, on y est, déclare Mathias, pas franchement à l'aise à l'idée de franchir la gigantesque grille juste devant eux. Regarde-moi tout ce cinéma, cette propagande… « *Venez découvrir leur univers* » non, mais sans blague… Comme si tout cela pouvait ressembler à la vraie vie… Manque plus que la femme à barbe, des frères siamois et quelques nains pour retourner près de cent cinquante ans en arrière. Tu sais, à l'époque des montreurs d'hommes et d'animaux que l'on exposait pour notre seul plaisir égoïste. Ben, là, c'est pareil. On n'a donc rien appris pendant toutes ces années !?

— La conférence de presse n'est que demain, tu es certain de vouloir y aller aujourd'hui ? demande Guillaume.

— Oui, même si cela ne m'emballe pas, il faut qu'on y aille comme de simples visiteurs. Demain, on sera surveillé, ce sera bondé de journalistes, les conditions ne seront pas les mêmes.

— Ouais, t'as sûrement raison, valide Guillaume.

— Et puis, je peux t'assurer qu'ils s'en tiendront à leur discours bien propret, limite appris par cœur. Il n'y aura aucune spontanéité. Les employés sont formatés sans qu'ils ne s'en aperçoivent. Ils pensent tellement bien faire qu'eux-mêmes n'ouvrent pas les yeux sur ce qu'ils voient pourtant au quotidien.

— Allez, mec, même si j'ai déjà mal aux tripes à l'idée de participer à cette mascarade en leur payant deux places, va falloir se décider à entrer là-dedans pour tâter le terrain.

— Quand faut y aller…

C'est presque à reculons que Mathias et Guillaume se dirigent à l'intérieur du Centre, au milieu d'une foule composée de jeunes, de vieux, de blancs, de noirs, de chrétiens, de musulmans, en bref, de toutes couleurs et de toutes confessions religieuses. Une multitude de personnes souriantes, complètement ahuries, courant presque dans l'allée principale comme en période de soldes, pour se ruer devant un bébé, fruit de l'inceste. Les deux amis restent sans voix, choqués, sidérés devant tant de désinformation. Comme quoi, la connerie est universelle.

***

Pendant ce temps, en salle de réunion.

— Bonjour à tous, merci de votre présence ce matin, dit M.Clarkson à ses employés. Je ne vais pas vous retenir longtemps, vous avez du travail et moi aussi. Cependant, je souhaiterais faire un point avec vous sur la conférence de presse qui se tiendra demain. Voilà comment les choses vont se dérouler : nous recevrons tous ensemble une cinquantaine de journalistes, de la presse écrite comme de la télévision, venus dans le but de couvrir l'événement qu'est la naissance de Clay. En tant que directeur, je me charge de réaliser une présentation générale. J'insisterai sur sa bonne santé, sur le fait que vous êtes aux petits soins pour lui comme pour sa mère et qu'elle se porte très bien. Inutile d'évoquer les tensions et les traitements médicaux en cours. Je compte sur votre discrétion, ces éléments ne regardent que nous. Nous nous concentrerons plutôt sur l'agrandissement de nos locaux dans le but d'accueillir de nouveaux membres venant tout droit du continent asiatique. Un buffet sera offert à nos invités et ils auront ensuite le loisir de rencontrer Louna et Clay, avec Kelly. Votre présence est requise, mais seule votre responsable interviendra auprès des médias. Ce qui nous permettra ainsi d'éviter d'éventuelles confusions dans les déclarations et d'apporter une certaine cohérence. Est-ce bien clair pour tout le monde ?

Les employés acquiescent, le sourire aux lèvres, ayant l'impression d'être importants pour la direction qui requiert la présence médiatique de chacun d'entre eux.

— Très bien, alors bonne journée à tous et rendez-vous demain, en pleine forme.

M. Clarkson quitte la salle et les entraîneurs retournent à leurs occupations. Debby est aux anges. Elle ne dira pas un mot, mais elle passera à la télévision, comme membre à part entière de l'équipe.

Sans elles

Guillaume et Mathias sont inséparables depuis l'enfance, depuis que Monsieur et Madame Collins ont emménagé dans l'appartement situé en face de celui de Monsieur et Madame Morrison. Les garçons étaient âgés de seulement six ans, lorsqu'ils sont entrés dans la même école. Tels des frères jumeaux, ils ne se sont plus jamais quittés. Il faut dire qu'ils ont passé plus de temps sous le même toit que séparés.

Au début de l'année 1992, Jenna, la mère de Mathias, tombe gravement malade. Hospitalisée pour un cancer du sein détecté trop tardivement, elle ne pouvait plus rentrer à la maison. Grant, son père, passait tout son temps à son chevet pour qu'elle ne se sente pas trop seule. Ayant compris la gravité de la situation, les Morrison ont proposé une fois, puis deux, puis trois, de garder Mathias chez eux afin de lui éviter des moments traumatisants à l'hôpital. Entouré de Lindsay et Guillaume, occupé à jouer, les heures le séparant de sa mère passaient ainsi un peu plus rapidement. Jusqu'au triste soir du 6 mars, lors duquel Grant a débarqué en larmes chez ses voisins, vers 22 h 30. Mathias comprit de suite qu'il ne reverrait plus sa maman. Il courut alors se blottir dans les bras de son père et du haut de ses huit ans, le serra très fort contre lui, en le rassurant «Ça va aller papa, je suis là moi». Grant le regarda alors, surpris par les paroles de son petit garçon et lui promit de rester fort. Ils s'en sortiraient tous les deux, quoi qu'il puisse arriver.

Ce soir-là, et les soirs suivants, père et fils restèrent dormir chez les Morrison. Grant ne se rendait dans son appartement que pour aller se changer ou récupérer des papiers pour la préparation des obsèques de son épouse. Céline et Edward ont ainsi élevé Mathias comme leur propre fils et épaulé Grant devenu pour eux, un membre à part entière de leur famille.

Quatre mois après le drame, Grant décida d'emmener son fils en voyage chez sa sœur Claire, qui venait de s'installer à Miami avec sa fille Rachel. En ce début du mois de juillet, un séjour sous le soleil de Floride ne pourrait que leur faire du bien. Châteaux de sable sur la plage, dégustation de crèmes glacées chaque jour de tous les parfums possibles et inimaginables, Mathias reprenait une vie de petit garçon de son âge. Depuis la mort de sa mère, il avait fait preuve d'une grande maturité. Il ne pleurait presque pas. Voir son père souffrir lui était insupportable. Alors, il s'efforçait d'être fort, sage, bon élève, pour causer moins de soucis à son papa qui lui, montrait plus de difficulté à sortir la tête de l'eau. Pour leur faire plaisir et les divertir, Claire et son frère emmenèrent donc Mathias et Rachel au Centre de Recherche de Miami. Tout près de la plage, ils iraient voir la fabuleuse et célèbre Lexie en chair et en os. Tout le monde à Miami, résidents comme touristes, devait avoir vu au moins une fois la splendide Lexie réaliser son numéro d'artiste, qu'elle maîtrisait si bien.

Plus de vingt ans après, Mathias prit conscience du point commun qu'il avait avec Lexie et les autres : tous grandissaient sans leur mère, sans jamais avoir pu leur dire au revoir.

La nouvelle

Mathias et Guillaume marchent un peu à l'écart de la foule. Heureusement, personne ne les remarque. Ils sont bien les seuls à tirer une tronche de six pieds de long au milieu des éclats de rire et des yeux émerveillés. Mathias replonge vingt et un ans en arrière. Il ne s'agit pas du même centre, mais de fortes similitudes existent. Il reconnaît cette atmosphère qui lui plaisait tant quand il n'était encore qu'un gosse, mais aujourd'hui sa vision des choses a changé. Aujourd'hui, il sait. Il est adulte, il est informé, il est lucide. Et il est révolté. Bien décidé à mettre un grand coup de pied dans la fourmilière de la publicité par omission et donc mensongère. Après avoir passé la journée à déambuler dans les allées ouvertes au public, les deux reporters s'apprêtent à partir. Quand soudain, Mathias aperçoit une jolie blonde qui bifurque dans l'allée réservée au personnel. Elle porte la tenue des soignants. Il marque un temps d'arrêt. Sa beauté est à couper le souffle.

— Qu'est-ce qu'il t'arrive ? C'est par ici la sortie. Hé ho, t'as vu un fantôme ou quoi ? interroge Guillaume.

— Mais non, t'es con. C'est qui la fille, là-bas ? demande

Mathias, en indiquant sa direction d'un signe de la tête.

— Laquelle ?

— La blonde, là-bas ! insiste Mathias, pressé d'obtenir une réponse.

— Ça doit être la nouvelle, celle qui remplace Amber Davis. Tu sais, la nana qui m'a envoyé la vidéo de Reykja... dit Guillaume à voix basse tout en scrutant autour de lui, pour ne pas se faire remarquer.

— Tu connais son nom ?

— Non, pourquoi ?

— Comme ça, dit-il en haussant les épaules. Je m'informe. Pour les besoins du reportage.

— Ouais, c'est ça, il a bon dos le reportage. T'as craqué sur elle ou quoi ? Je te rappelle qu'elle est salariée du centre et qu'elle a pris la place d'Amber sans problème malgré ce qui a pu se passer ! Ce n'est pas le moment de tomber amoureux, mon pote !

— Ne dis pas n'importe quoi non plus ! Elle est charmante et probablement sympathique. Mais qui nous dit qu'elle est au courant pour Amber ? Si elle est nouvelle, ils n'ont sûrement pas voulu l'effrayer avec ça.

— Tu n'as peut-être pas tort, analyse Guillaume en croisant les bras sur son ventre. Dans tous les cas, elle sera certainement là, à la conférence de presse. Tu sauras comment elle s'appelle et on pourra peut-être lui demander de nous dire quelques mots.

— Si elle est fraîchement arrivée, cela m'étonnerait que la direction la laisse parler aux journalistes. Mais bon, on verra ça demain. On retourne à l'hôtel, on a encore du boulot, informe Mathias en montrant la caméra.

Il leur fallait traiter les photos et les vidéos du jour pour les analyser, les comparer, lire à travers les lignes afin de déceler la réalité des faits et non ce que l'on voulait bien leur faire croire. Comprendre par eux-mêmes. Ne pas se fier aux apparences. En attendant la conférence du lendemain qui révélera à Mathias le prénom de cette mystérieuse jolie blonde.

Réunion de presse

Salle de Conférence — Centre de Jacksonville
22 août 2013, 11 h 05

— Mesdames et Messieurs, bonjour et bienvenue au Centre d'Éducation et de Découverte de Jacksonville. Je me présente, Mitchell Clarkson, directeur de l'établissement. Derrière moi, voici Salvador, Madison, Deborah, Justin et Kelly, la responsable coordinatrice de l'équipe…

— Elle s'appelle Deborah! chuchote Guillaume à Mathias, assis tous deux au fond de la salle.

— Oui merci, je ne suis pas sourd! Écoute donc et prends des notes!

— T'énerve pas, ça va! Toujours aussi susceptible quand tu as le béguin toi, hein?

— Mais arrête, je n'ai pas le «béguin». J'essaie de m'intéresser à ce que dit Clarkson sans m'énerver, nuance.

— Ouais c'est ça, ce n'est pas à moi que tu la feras. Je te connais par cœur, elle te plaît! Faut dire qu'elle est canon la petite… Dommage qu'elle soit soignante, quand même… Mais bon, pour un soir! Je suis certain que tu aurais toutes tes chances!

— Bon, ça suffit les gamineries, oui? Elle est jolie certes, mais inutile d'en faire tout un plat. On a du boulot, je te signale. Alors, écoute!

Nous tenons à préciser que la mise au monde de Clay s'est parfaitement déroulée, Louna se porte bien et le bébé aussi, précise M. Clarkson. Ce petit fait le bonheur de tous. Chaque naissance est une extraordinaire nouvelle et les autres membres s'en occupent également à merveille. Il apporte beaucoup de joie et renouvelle les interactions. Kelly pourra vous donner plus d'informations à ce sujet cet après-midi, lorsqu'elle vous le présentera par petits groupes. La seconde excellente nouvelle à vous communiquer n'est autre que l'agrandissement de nos locaux, pour accueillir un nouveau groupe de jeunes. Leur arrivée aura pour but de poursuivre l'apprentissage déjà inculqué dans leurs centres respectifs. Ils comprennent très vite et adorent travailler ensemble! Nous pourrons aussi continuer nos recherches scientifiques via des examens médicaux, par des prises de sang notamment. Le public pourra bien évidemment venir les découvrir, et participer directement avec eux aux activités pédagogiques que nous proposerons. Ce sera une grande première en Floride. Les travaux commenceront à l'automne et dureront, nous l'espérons, un peu moins d'un an. Ceci, de manière à ce que nous puissions les accueillir dès l'année prochaine. Avez-vous des questions?

Toutes les mains se lèvent avec enthousiasme, mis à part Guillaume et Mathias qui viennent de prendre un bon coup sur la tête.

— Et merde! s'énerve Guillaume en regardant Mathias. Un agrandissement? Un nouvel arrivage de prisonniers, ils ont été les chercher où ceux-là encore?

Mathias se met debout pour se faire remarquer et lève le bras dans la foulée. M. Clarkson lui fait signe de poser sa question.

— D'où proviennent ces nouveaux arrivants? questionne Mathias, s'efforçant d'afficher un sourire aimable.

— Nous recevons certains membres d'un établissement chinois et d'autres d'un centre russe. Notre projet ayant été validé, nous serons aptes à leur offrir des conditions de vie exceptionnelles, des traitements médicaux de grande qualité, du matériel dernier cri et beaucoup d'amour. Nous les traiterons comme nos propres enfants! L'heure du déjeuner approche à grands pas, indique M. Clarkson en jetant un œil à sa montre de luxe. Je vous propose maintenant de profiter du buffet servi sur la terrasse du restaurant, privatisée ce jour spécialement pour vous. Bon appétit à tous!

Vers de nouvelles conquêtes

*Terrasse du restaurant — Centre de Jacksonville
22 août 2013, 13 h 30*

Les cinquante premiers journalistes inscrits par mail sont présents sur la magnifique terrasse du restaurant, à déguster champagne et petits fours. Les petits plats ont bien été mis dans les grands pour faire bonne impression et récolter les meilleurs articles de presse qui soient. Végétation luxuriante, grands crus, beau buffet garni, tout semble réuni pour que l'endroit paraisse être un lieu de vie extraordinaire. La vue donne sur l'espace d'entraînement où Reykja est justement en train de travailler avec Salvador. « *C'est magique* », s'exclame une rédactrice de magazine. « *Quel endroit sublime !* » renchérit une de ses consœurs. Tous imaginent quel bonheur cela doit être de travailler ici, dans ce cadre idyllique. Idyllique, cela dépend pour qui.

— Bonjour, je viens chercher le groupe des dix personnes suivantes, s'il vous plaît ! demande Madison.

Guillaume et Mathias en profitent pour à leur tour, caméra, appareil photo et blocs-notes en main, aller découvrir le petit Clay, tout juste âgé d'une semaine. Un tout petit bébé en train de téter sa maman, qui elle, a l'air très calme malgré les allers-

83

retours des gens de presse.

— Bienvenue à vous, je m'appelle Kelly, je suis la responsable d'équipe et j'ai l'honneur de vous présenter Louna et son fils, que nous avons prénommé Clay.

Tandis que certains prennent des photos du nouveau-né pendant que d'autres le filment, Guillaume se hasarde à poser une question :

— Kelly, pourriez-vous nous dire qui est le père de Clay ?

— Sam est l'heureux papa !

— Sam ! Non, mais c'est...

— Formidable ! s'exclame Mathias, coupant Guillaume dans son élan. Peut-on le voir ?

— Malheureusement non, je suis désolée, il est un petit peu sur la défensive donc nous préférons l'isoler afin d'éviter tout incident. Sam a un fort caractère, nous lui accordons une attention toute particulière en ce moment.

— Très bien, merci pour ces informations Kelly, dit Mathias, échangeant un sourire avec la responsable.

Mathias prend Guillaume par le bras et l'éloigne du groupe. Il sent bien la contrariété de son acolyte et la comprend. Seulement, ce n'est pas le moment de montrer ses doutes envers les propos tenus par la responsable.

— Mais enfin, pourquoi tu m'as coupé ? s'indigne Guillaume.

— À ton avis gros bêta ? Tu penses vraiment qu'il faut leur dire que l'on n'est pas d'accord avec leur façon de faire ? Que la consanguinité est contre-nature ? Si ça se trouve, le personnel ne sait pas qu'ils ont un lien de parenté. Sam et Louna ne le savent même pas eux-mêmes !

— T'as raison, pardon… Je n'ai pas réfléchi, ça m'énerve tellement que je laisse, à tort, mes émotions prendre le dessus. Je me calme, c'est bon, mec.

— J'espère! Parce que si l'on veut mener à bien ce documentaire, il va falloir garder les idées claires, assure Mathias.

Alors que Guillaume se rapproche du groupe de journalistes pour prendre quelques clichés de Clay, Mathias observe Deborah qui s'occupe de Sofia, dans la loge voisine. Elle est jolie, Deborah. Elle est splendide, même. Il n'a pas eu de petite amie depuis un moment. Ni même de relation d'un soir, pour être honnête. Son travail accapare tout son temps. Mais à la voir si belle et si sensuelle, dans son uniforme mettant si bien ses formes en valeur, des idées déplacées lui viennent en tête. Son cœur s'emballe pour la première fois depuis des lustres. Elle réveille en lui des désirs enfouis depuis si longtemps, qu'il ne pensait pas les voir ressurgir comme cela, sans prévenir. Mathias n'a jamais eu de relations sérieuses. Les femmes tombent souvent follement amoureuses de lui, ce qui le fait fuir. Il a privilégié les histoires sans lendemain, ne souhaitant pas d'attache. Debby répond physiquement aux critères qui ne le laissent pas indifférent. Mais il doit garder en tête le métier qu'elle exerce. Par conséquent, elle cautionne tout ce qu'il dénonce. Mais quand même, elle l'attire. Il ne cherche pas une vraie relation, il veut juste l'admirer et prendre du plaisir avec elle, le temps d'une nuit.

— Debby! appelle soudain Kelly. Tu peux ramener ces messieurs-dames au restaurant s'il te plaît et faire venir le dernier groupe?

— Bien sûr, j'arrive! obéit-elle sur-le-champ.

— Elle arrive… déclare Guillaume, qui a repris ses esprits.

— Oui, j'ai entendu, Sherlock.

— Qu'est-ce que tu comptes faire ?

— Rien, que veux-tu que je fasse ?

— On cherche des infos, on réalise un reportage, tu te souviens ? Elle travaille ici, donc elle détient des infos. Débrouille-toi pour l'inviter à boire un verre, que ce soit un peu moins formel. Montre-lui que tu t'intéresses à elle et fais-la parler.

— Tu me suggères de me servir d'elle ? D'être un gros connard pour les besoins du reportage, quoi. Okay, super. Si t'as d'autres bonnes idées comme ça, tu peux te les garder… s'indigne Mathias.

— Ne fais pas ton rabat-joie. On est au vingt et unième siècle, mon pote ! La fin justifie les moyens, comme on dit. Et pense à notre mission. Pense à Clay, à Reykja, Sofia, Sam, Isis, Louna et tous les autres. Pense à Lexie.

Guillaume vient de toucher la corde sensible. Il se peut que Mathias déroge à ses règles habituelles de respect et d'honnêteté envers ses conquêtes féminines. Uniquement dans le but de servir leur documentaire, bien entendu. Un mal pour un bien. Seulement pour la bonne cause.

Arrivées et départs

ALEX
États-Unis d'Amérique, 1995

Zoé vient de mourir. Son corps gisait là, un matin, sans que l'on ne sache vraiment pourquoi elle n'avait pas tenu le coup. Les lambeaux de peau qui se détachaient de son corps telles des lanières de cuir depuis plusieurs semaines laissaient présager un sérieux problème de santé. À quarante-deux ans, elle était encore jeune et aurait dû pouvoir profiter encore de nombreuses années. Mais nous le savons. Ici, notre espérance de vie est réduite. À cette époque-là, j'ai quinze ans. Mes hormones me travaillent. Je n'ai jamais eu de rapport sexuel. Pourtant, j'y pense de plus en plus souvent. Surtout avec le débarquement inattendu et plutôt agité de Josefine.

Rebaptisée Lily, Josefine venait tout droit de Russie. Et elle était vraiment très énervée, à son arrivée. Elle se débattait tellement dans tous les sens qu'elle manqua renverser l'une des personnes qui tentaient de défaire les nœuds de ses cordes. Un caractère bien trempé qui lui valait son transfert ici. Elle me rappelait ma propre arrivée, mon mal-être, mon désespoir causé par l'incompréhension totale. Pourquoi nous enferme-t-on ici contre notre volonté, sans plus jamais avoir le droit d'en sortir ? Toujours les mêmes questions sans réponses.

J'ai tenté de réconforter et de soutenir Josefine, de deux ans mon aînée, comme Dalia l'avait fait pour moi. Malgré la barrière du dialecte, les semaines passant, nous nous sommes rapprochés. Je ne sais pas si l'on peut parler de sentiments, mais en tout cas, nous nous entendions assez bien pour devenir intimes. Si bien que plusieurs mois plus tard, en 1996, elle donna naissance à notre premier enfant. Une magnifique fille que Kelly prénomma Leila. Nous nous en sommes tenus à ce prénom. Mais je n'avais pas bien pris la mesure de mes actes. Ce besoin animal que je ressentais mena à une naissance. Je pris alors conscience que mon enfant ne connaîtrait jamais la vraie vie, en liberté. Et cela me rendait fou. Elle serait cloîtrée ici, comme nous l'étions tous. J'ai commencé à me rebeller, à ne plus écouter les consignes et à ne plus m'appliquer pendant les entraînements. Josefine ne supportait plus que l'on s'approche de Leila. Quant à Lola, ses penchants schizophrènes remontaient à la surface. Ayant perdu son premier enfant, elle tentait de s'approprier celui-ci. Les tensions prenaient une telle ampleur que des bagarres éclataient régulièrement entre Josefine et Lola, mettant en péril la vie de ma fille.

Un matin très tôt, avant même le lever du soleil, une certaine agitation commençait à se faire sentir. À la vue de la civière, nous avons de suite compris. L'un d'entre nous allait être envoyé ailleurs. Josefine était déchaînée et gardait Leila tout près d'elle de peur qu'on la lui retire. Mais ce n'était pas le tour de Leila, cette fois-ci. Ils s'y sont pris à plusieurs, pour installer Lola sur le brancard, la ligoter et la transporter jusqu'au véhicule prévu pour le voyage. Nous ne l'avons plus jamais revue.

Invitation

Tandis que le groupe regagne le restaurant avant d'avoir «quartier libre», Guillaume et Mathias ferment la marche. Ce dernier vient tout juste de recevoir un coup de coude dans les côtes de la part de son meilleur copain.

— Aïeee! Bordel, mais merde! C'est nouveau ça, tu me frappes maintenant? s'énerve Mathias.

— Tais-toi, chochotte. Tu as vraiment besoin d'être aussi vulgaire? Reprends-toi et va donc faire une démonstration de charme à la jolie Debby!

— Tu me fatigues sérieusement… Tu n'as qu'à y aller toi-même, si tu penses que c'est une bonne idée!

— J'irais bien, figure-toi, mais je ne pense pas correspondre au type d'homme qu'elle affectionne. Je parie qu'elle préfère les sportifs, vu comme elle t'a maté tout à l'heure. D'un regard qui ne trompe pas, si tu vois ce que je veux dire. Tu as toutes tes chances, alors fonce! ajoute Guillaume en lui mettant une claque derrière l'épaule.

— J'y vais, à une condition.

— Laquelle ? demande Guillaume, la mine réjouie.

— Arrête de me taper et admire le boulot de séducteur. Prends-en de la graine !

— Ça fait trois conditions, ça !

— Oh ! la ferme…

Le groupe regagne la terrasse suspendue, Debby invite les derniers journalistes à la suivre et Guillaume sourit à s'en décrocher la mâchoire. Mathias se dépêche de l'aborder, avant qu'elle ne reparte.

— Excusez-moi, mademoiselle ?

— Oui, je peux vous être utile ?

— Oui, bonjour, je… je m'appelle Mathias. Mathias Collins, annonce-t-il, en lui tendant une poignée de main.

— Bonjour, Mathias Collins, je suis Deborah Evans. Que puis je faire pour vous ?

— Eh bien, j'aimerais vous poser quelques questions dans le cadre du reportage que nous réalisons. Accepteriez-vous une petite interview ?

— Oh, c'est très gentil à vous, mais pour les questions, il faut demander à Kelly, ma responsable. C'est elle qui gère les communications à la presse.

— Oui, oui, bien sûr, je comprends. Mais j'aurais aimé avoir votre ressenti, votre avis personnel, concernant votre travail ici.

— Je suis vraiment désolée, mais je ne suis pas autorisée à répondre à vos questions, nous avons des consignes et c'est à Kelly qu'il faut vous référer.

— Bon, très bien… Écoutez… Je me rends bien compte

que je suis nul à ce petit jeu, alors je vais être franc avec vous. Je souhaitais vous inviter à boire un verre, mais je ne savais pas comment m'y prendre. Voilà, vous m'avez démasqué !

— Effectivement, vous n'y allez pas par quatre chemins… déclare Debby en baissant les yeux, laissant échapper un petit rire gêné.

— Désolé, vraiment, je ne voulais pas vous mettre mal à l'aise. Cependant, je vous trouve charmante et j'imaginais pouvoir passer un moment avec vous autour d'un verre, après votre travail. Vous pensez que ce serait possible, d'accepter l'invitation totalement ratée d'un jeune journaliste new-yorkais comme moi ? Ne me laissez pas planté là, avec la honte de ma vie devant mon collègue et mon ego en miettes, s'il vous plaît… demande Mathias, affichant son plus beau sourire.

— Eh bien… D'accord, pourquoi pas ? Uniquement pour votre ego, alors. Je m'en voudrais d'être responsable de la disparition d'un sourire si séduisant !

— Parfait, à quelle heure vous terminez ?

— Je finis à 18 h aujourd'hui. Le temps que je rentre me doucher, on dit 19 h 30 au *Black Sheep* ? Vous connaissez ?

— Je trouverai ! Super… J'ai hâte. Dans ce cas, à tout à l'heure.

— Très bien, dit-elle en tournant les talons. Et préparez votre ego, faites-lui savoir qu'il paiera l'addition ! renchérit Debby, avec une pointe de malice dans le regard.

Une fois la jeune femme partie, Guillaume rejoint Mathias et le félicite chaudement.

— Eh bah, mon pote ! Bravo ! La grande classe ! Ça ne servait à rien de faire des manières, vu comment tu t'en es sorti! Chapeau, l'artiste…

— Tu as pris des notes j'espère? se moque Mathias.

— Je te savais bon dragueur, mais à ce point, je ne m'en souvenais plus! Dis-moi, quelle est l'étape suivante?

— Eh bien, tu vas faire ta part du boulot, mon vieux.

— C'est-à-dire? s'inquiète Guillaume.

— Tu files à l'hôtel pour enlever de ma chambre tout ce qui traîne concernant nos recherches et tu laisses la carte magnétique sous le tapis. Je pense que je ne vais pas rentrer seul ce soir…

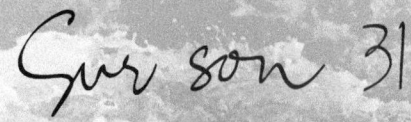

Sur son 31

DEBBY
Dans les vestiaires du centre, Jacksonville

— Dis donc, tu as un de ces sourires ! Qu'est-ce qui te met tant en joie, comme ça ? demande Madison.

— Rien du tout, je suis comme d'habitude ! nie Deborah.

— Oh ! allez, pas à moi, hein ! On dirait que tu lances une publicité pour un nouveau dentifrice. Raconte !

— Bon, d'accord ! Je viens d'accepter une invitation à boire un verre…

— Génial ! Un visiteur a osé te draguer ouvertement ?

— Non, un journaliste ! Mathias Collins. Il est… à tomber.

— Un journaliste ? Mouais… tu devrais tout de même te méfier, ma belle. Il ne faudrait pas qu'il te cuisine pour avoir des infos confidentielles.

— Non, ne t'inquiète pas ! Il m'a vraiment fait bonne impression et puis, je l'ai déjà prévenu que pour toutes questions concernant le centre, Kelly devait y répondre par elle-même.

— Bon, c'est bien. Et alors, quand est-ce que vous avez rendez-vous ?

— Ce soir! On se retrouve au *Black Sheep*.

— Très bon choix! Cet endroit est super sympa. Alors, profites-en bien, ma belle! Mais reste sur tes gardes, recommande Madison. Un journaliste, selon moi… reste un journaliste! Poser des questions et obtenir des réponses est leur principale préoccupation. Certains sont vraiment prêts à tout pour un scoop.

— Promis, je ferai attention. De toute façon, il habite et travaille à New York, on ne se reverra sûrement jamais ensuite, donc je compte juste passer une bonne soirée, sans me prendre la tête!

— Parfait! Alors, amuse-toi bien et je compte sur toi pour me raconter tous les détails croustillants demain! Bonne soirée! lui dit Madison, en quittant le vestiaire.

Debby range sa tenue dans son casier, en sort ses chaussures et attrape son sac en bandoulière. Après avoir noué les lacets de ses baskets et fait un ourlet à son jeans, elle met en place son cadenas et quitte les vestiaires pour rejoindre l'arrêt de bus situé à trois cents mètres de là. Le temps des quinze minutes de trajet, elle porte ses écouteurs à ses oreilles pour se mettre dans sa bulle. Elle réfléchit d'ores et déjà à la tenue qu'elle va choisir. Sexy, mais pas trop, il ne s'agirait pas de passer pour une fille vulgaire. Certes, elle ne le reverra pas. Elle sait pertinemment que ce ne sera qu'un «coup d'un soir». Les relations longue distance ne sont pas faites pour elle, et puis cela fait bien trois semaines qu'elle ne s'est pas abandonnée dans les bras d'un homme. Elle sent que ce sera une bonne soirée. Elle est dotée d'un sixième sens pour ces choses-là. Ce Mathias Collins est prometteur. Pour l'occasion, elle enfilera son plus bel ensemble de sous-vêtements, histoire de ne pas le décevoir et même mieux, de lui laisser un souvenir impérissable.

En poussant la porte de chez elle, Debby demande à haute voix s'il y a quelqu'un. N'ayant pas de réponse, elle se dirige vers la cuisine où elle trouve un mot de ses parents : «*Nous passons la soirée chez les Rhodes, au bout de la rue. Tu peux nous rejoindre ou te faire à dîner, comme tu veux mon ange. On t'embrasse. Maman et Papa*»

Elle sourit en voyant ces lignes écrites soigneusement à l'encre noire par sa mère sur une feuille blanche pliée en deux. À l'ère du vingt et unième siècle, ses parents n'ont toujours pas l'idée de lui envoyer un SMS. Elle parie même qu'ils n'ont pas pris leurs téléphones portables avec eux. Elle se rend dans le salon pour vérifier et bien évidemment, les deux cellulaires sont posés sur la table basse. L'utilisation de la technologie comme moyen de communication n'est pas leur point fort. Elle décide d'écrire à son tour un mot au dos du leur, pour les prévenir qu'elle dînait à l'extérieur ce soir, qu'elle rentrerait tard. Ainsi, ils ne s'inquièteraient pas de son absence à leur retour.

Maintenant, il ne faut pas traîner. Elle monte quatre à quatre les escaliers. Se précipitant dans la salle de bain pour prendre une bonne douche, elle ouvre la porte de son placard et attrape un rasoir qu'elle pose sur le rebord de la baignoire. Une fois sous l'eau, elle le passe minutieusement et sans précipitation sur ses jambes et partout, où cela est nécessaire. Pas un membre de la famille « pilosité » ne devait participer à cette soirée ! Après avoir effectué un shampooing et un masque, elle rince soigneusement le tout avant de tirer le rideau. Les cheveux enroulés dans une serviette, elle se sèche à l'aide d'une seconde et commence à se maquiller. Elle applique délicatement une crème hydratante puis une légère touche de fond de teint, le tout recouvert d'un peu de poudre matifiante. Sur les paupières de ses yeux oscillant entre le marron et le vert, un smoky de soirée accompagné d'un trait de liner et de mascara. Sur les lèvres, du gloss pour ne pas trop charger le tout. Elle se regarde dans le miroir et admire son œuvre. Debby est canon, mais trop modeste pour se complimenter. Elle n'allait faire qu'une bouchée de son journaliste. Rapidement, elle sèche ses longs cheveux blonds, en tentant un brushing afin de les lisser le plus joliment possible. Se rendant nue dans sa chambre, elle se dirige vers sa commode remplie de sous-vêtements très affriolants. Ce soir, elle sort le grand jeu. Deborah tire l'un de ses tiroirs et en sort un ensemble shorty et soutien-gorge pigeonnant violet, arborant une fine dentelle noire très sexy. Simple, mais terriblement efficace. Puis elle choisit une jupe huilée de couleur bronze avec un petit top noir au léger décolleté, ainsi qu'une paire d'escarpins en velours du même coloris. Pour accessoiriser sa tenue, un collier fantaisie de couleur or, dont le pendentif en forme d'ancre marine vient parfaitement se loger au creux de ses seins. Et voilà, elle est fin prête. Nul besoin d'une montagne de bijoux. Deborah est une fille naturelle, qui aime les choses simples et qui est suffisamment belle pour ne pas se cacher derrière un tas d'artifices. Un dernier regard dans le grand miroir de sa chambre d'enfant pour vérifier que rien ne cloche. Elle sourit, s'empare de son sac à main et recherche sur internet le numéro d'une société de taxis. Hors de question de marcher avec ces talons pour prendre le bus. Jamais elle ne tiendrait toute la soirée !

Alchimie

Mathias est en avance. Ce n'était pourtant pas gagné. Il a quitté le centre avec l'ensemble des journalistes à 18 h 45, peu avant la fermeture. Il n'aurait guère eu le temps de repasser à l'hôtel, celui-ci se situant à une trentaine de minutes du restaurant. Mieux valait qu'il prenne directement un taxi et que Guillaume s'en tienne au plan. Ainsi, il ne ferait pas attendre «Blondie», comme ils l'appellent entre eux. Il décide de s'installer sur le rooftop du restaurant et de commander un verre en attendant l'arrivée de sa proie. Sa proie, oui. Il le reconnaît. Car malgré le charme dévastateur et la grande beauté de Deborah, Mathias n'en oublie pas pour autant son objectif. Il lui faut des informations, des preuves, tout ce qui pourra s'avérer utile pour son documentaire. De toute façon, elle ne doit pas s'attendre à ce qu'ils vivent un grand amour. Il a été partiellement honnête avec elle, en lui glissant qu'il était New-Yorkais. Traduction : il n'habite pas en Floride. Elle sait à quoi s'en tenir. Forcément. Peut-être essaie-t-il surtout de se persuader lui-même qu'il n'est pas aussi mufle et goujat qu'il en a l'air ? Ce sera au mieux un coup d'un soir, au pire, un dîner en bonne compagnie. Tandis qu'il sirote un délicieux cocktail avec une vue imprenable sur les toits de Jacksonville, il remarque une magnifique femme perchée sur des talons noirs à l'entrée du toit-terrasse. Il se demande comment peut exister une créature pareille. Sa jupe couleur bronze met en valeur ses courbes parfaites. S'il n'avait pas déjà rendez-vous, il ne se serait pas gêné pour aller la draguer. Elle parle avec un serveur. Ils le regardent. Elle sourit et vient vers lui. «Bon sang, ce n'est pas possible!» se dit Mathias pour lui-même. Abasourdi, le jeune reporter en perd ses bonnes manières. Il reste assis, à fixer cette femme plantureuse qui se tient debout devant lui, à lui sourire, et qui attend une réaction de sa part.

— Bonsoir, lance Debby, souhaitant amorcer une conversation.

— Bon… bonsoir! Pardon! s'excuse Mathias en posant son verre et se levant enfin de sa banquette. Tu es resplendissante, je t'avais à peine reconnue! Enfin, non, ce n'est pas ce que je voulais dire… lâche-t-il maladroitement.

Le bougre se gratte la tête.

— Ne t'en fais pas, réplique Debby en riant. Je sais que ça change de la tenue de travail et des cheveux attachés. Mais il me semblait logique et approprié de faire un effort pour ton ego. Tu sais, celui qui m'invite ce soir!

— Mon ego me transmet qu'il est ravi de te voir et que tu es… à couper le souffle. Vraiment, tu es magnifique.

— Merci beaucoup, c'est très gentil. Il m'offre un verre, ton ego?

— Bien sûr! Garçon?

La jeune Deborah Evans ne manque pas de répartie. Et

Mathias adore ça. Son cocktail commandé, les deux jeunes célibataires entament une discussion des plus banales : âges respectifs, enfance, parcours, activités sportives pratiquées… Ils apprennent à se connaître. Debby se confie facilement sur son enfance joyeuse de fille unique auprès de ses parents, de sa passion pour la danse, pour les animaux également. Au fil de leur dialogue, l'un comme l'autre ressentent les effets du désir monter en eux. L'alchimie fonctionne. Ils décident de commander un repas afin de continuer sur leur lancée. La nuit est tombée, les lumières tamisées du rooftop se sont allumées pour laisser place à une atmosphère chic et feutrée. Mathias semble avoir un peu perdu son objectif de vue. Rattrapé par l'ambiance de cette soirée avec Debby, il se laisse aller à un simple jeu de séduction. Il faut dire que l'endroit s'y prête fortement. Un lieu idéal pour se découvrir. Partager un repas. Manger un dessert à deux. Boire un second cocktail. S'apprécier. Se chercher. Tenter une approche en effleurant ses doigts. Commander un troisième cocktail pour ne pas devoir mettre un terme à cette soirée. Prendre son courage à deux mains et la rejoindre sur sa banquette. La faire rire. Ce qu'elle peut être belle et désirable lorsqu'elle rit !… Mathias est sous le charme. Caresser ses cheveux. La regarder droit dans les yeux et lui dire à quel point elle lui plaît. Debby a pleinement conscience de l'effet qu'elle lui procure. Elle partage son désir et ne souhaite qu'une chose : échanger un baiser. Leurs bouches s'effleurent timidement. Puis un second. Plus fort, plus intense. Ne plus pouvoir s'arrêter. Et quitter ensemble l'endroit magique d'un commun accord, avant de se sauter dessus devant le reste de la clientèle.

Atteindre ses objectifs

Si le trajet avait dû être plus long, Mathias et Deborah auraient fait l'amour dans le taxi. Rien qu'à s'embrasser à l'arrière du véhicule, les trente minutes de route leur ont paru une éternité. À leur arrivée à l'hôtel, Mathias prend Deborah par la main et la guide vers l'ascenseur. Ils se retrouvent seuls dans celui-ci. Le jeune homme appuie sur la touche du seizième étage et son instinct prend le dessus. Il la plaque contre le mur, passe sa main gauche sur sa cuisse et soulève sa jambe pour mieux l'étreindre. Elle l'enlace et le serre contre elle, pendant que leurs langues dansent entre deux respirations saccadées. À l'ouverture des portes, ils sont de marbre. Juste leurs mains se tiennent fermement, certainement à cause de l'excitation grandissante. Ils saluent les personnes qui les laissent sortir, puis ils longent le couloir et arrivent devant la chambre de Mathias. Il soulève le tapis et récupère sa carte magnétique. Guillaume a suivi le plan à la lettre. Il ne peut pas en dire autant… Il n'a rien concernant le documentaire, strictement rien…

— Pourquoi ta carte est-elle sous le tapis ? interroge Debby,

101

suspicieuse.

— C'est ma cachette, invente-t-il du tac au tac. J'ai toujours peur de la perdre. Alors, je préfère la laisser ici, cachée. À portée de main !

Il ne laisse pas le temps de réfléchir à la jeune femme, passe la carte dans le boîtier prévu à cet effet et l'attire vers lui en la prenant par la main. Il dépose un baiser sur ses lèvres et referme la porte. Un coup d'œil sur la table de sa suite : plus aucun document n'apparaît. Guillaume a tout emmené dans la sienne, située juste à côté. Il peut maintenant se laisser aller avec sa partenaire d'un soir. Le désir est si grand… Il se demande comment la satisfaire, comment être à la hauteur ? Ce n'est pas le moment de passer pour un débutant. Mais cette fois, c'est Debby qui ne lui laisse pas le temps de réfléchir. L'entraînant dans la chambre, elle pose son sac à ses pieds et le pousse sur le lit. Il apprécie la scène. Tout en enlevant son top, Debby soutient son regard. Certaine de son sex-appeal, elle pince sa lèvre inférieure, ce qui fait monter la pression d'un cran chez son partenaire. Lentement, elle le rejoint et se positionne à califourchon sur lui. D'abord doucement, puis avec ardeur, et l'embrasse en laissant courir ses mains dans ses cheveux. Elle passe sa main derrière sa nuque, relève Mathias contre elle et lui ôte son tee-shirt pour sentir sa peau contre la sienne. Elle découvre un torse musclé comme elle les aime. Mathias a tout pour lui physiquement. Son désir monte davantage. Alors qu'elle caresse ses abdos du revers de la main tout en effleurant son cou du bout des lèvres, il prend quelques secondes pour profiter de l'instant présent. Son visage à hauteur de poitrine, il embrasse son collier niché au creux de ses seins. Lentement, il dégrafe son soutien-gorge, puis le jette par terre. Mathias est fasciné par ce corps qu'il a sous ses mains. Totalement absorbé par son désir, il la fait basculer pour se redresser au-dessus d'elle. Il déboutonne son pantalon et lui retire plus sauvagement sa jupe et son shorty. Tandis qu'il prend son sein gauche à pleine main, Mathias descend lentement tout le long de son corps avec sa langue jusqu'à son entrejambe. Debby est délicieuse et le journaliste ne pense plus qu'à une chose : lui donner du plaisir. La main que la jolie blonde plonge dans ses cheveux lui indique que sa langue lui procure l'effet escompté. Elle gémit de plaisir. Ne tenant plus, elle passe sa main sous son menton pour le ramener au-dessus d'elle. Mathias comprend que Debby en veut davantage. Il enfile un préservatif, la pénètre, commence son mouvement de va-et-vient, s'abandonne à elle. Debby caresse son dos, le griffe dans les moments les plus intenses. Les minutes qui suivent sont sans égales.

À la fin de leur ébat, les deux amants sont agréablement surpris. Chacun pensait passer une soirée sympa, comme ils en ont déjà connu par le passé. Mais certainement pas à ressentir une telle passion, une fusion improbable entre deux personnes qui se connaissent depuis seulement quelques heures. Debby en est même un peu choquée. Les mecs, elle en a connu quelques-uns. Un coup pareil, jamais. Perturbée, elle récupère son téléphone dans son sac pour vérifier l'heure. Presque 1 h du matin. Elle souhaite dire à Mathias qu'elle doit partir, mais il semble plongé dans un profond sommeil. Elle prend ses vêtements par terre avec délicatesse et se dirige vers la salle de bain de la chambre, pour se revêtir. Sentant qu'elle quitte le lit, Mathias reprend ses esprits d'enquêteur. Il fouille dans son sac à main, puis regagne immédiatement sa place, faisant semblant de dormir. Debby sort de la salle de bain une minute plus tard, ses chaussures à la main. Elle se munit d'un papier, d'un stylo et laisse un mot sur son oreiller.

«*Merci pour cette agréable soirée. Je dois rentrer. J'espère que nous aurons l'occasion de nous revoir avant ton retour à New York. Tu sais où me trouver... Je t'embrasse, Debby.*»

Lorsqu'il entend la porte se refermer, Mathias saute du lit d'un bond. Il jette un œil sur le mot et culpabilise déjà. Mais sa mission est importante. Il ne doit pas se laisser distraire davantage. Il s'habille rapidement et va toquer à la chambre voisine.

— Tiens, qu'est-ce que tu fais là? Tu pouvais attendre demain pour me raconter ta soirée, tu sais! se moque Guillaume, vêtu d'un pyjama et du peignoir de l'hôtel par-dessus, un paquet de chips à la main.

— Allez, habille-toi, il faut qu'on y aille, dit Mathias en ignorant les sarcasmes de son meilleur ami.

— Qu'on aille où, t'as vu l'heure? T'es malade! Je ne bouge pas de cette suite, en plus je n'ai pas terminé mon film.

— On va s'introduire dans le centre.

— Hein? Quoi? Dans le centre? Et on y entre comment, dans le centre à 1 h du matin?

— Avec ça, indique Mathias, en montrant le badge qu'il vient de subtiliser dans le sac de Debby.

Sacha

Le départ de Lola nous a remués, de par son extrême violence. Il est certain que sa schizophrénie grandissante nous effrayait et que son envoi dans un autre centre nous soulageait, pour la sécurité de Leila. Mais nous ne savons pas ce qu'ils ont bien pu faire d'elle. Remplacée six mois plus tard par Sofia, alors âgée de seulement cinq ans, nous nous retrouvons en petit groupe. Nous avons alors pris cette enfant sous notre aile et la considérons comme notre seconde fille.

J'ai maintenant dix-huit ans, Josefine vingt, et notre petite Leila tout juste deux. Notre famille recomposée a encore diminué depuis que Sacha *qui répondait aux membres de l'équipe médicale au nom de Pyram* s'est éteint lentement, l'année dernière. À quarante-trois ans, il n'aura connu que trois années de liberté auprès des siens, en Norvège. Sacha était vraiment très gentil, sans jamais montrer un geste de rébellion, toujours obéissant dans chacun des nombreux centres dans lesquels il a séjourné. Son calme et sa sérénité m'ont toujours impressionné. Contrairement à moi, Sacha baissait les bras. Il a compris très tôt qu'il ne reverrait pas ses proches. Les changements d'établissements, les différentes rencontres, les enfants engendrés qu'il ne voyait pas grandir, les traitements physiques et psychologiques vécus, toutes ces expériences infligées au cours des années l'ont abattu. Résigné à subir cette vie imposée, on ne lisait que le vide dans son regard. Nous avons partagé la même «prison» pendant environ dix ans. Tout ce temps, je n'ai pas décelé en lui une once de colère, de méchanceté, de désir de vengeance. Il est mort comme il a vécu : dans une douleur silencieuse.

À la recherche de preuves

Devant l'entrée réservée au personnel du centre d'Éducation et de Découverte de Jacksonville
Dans la nuit du 22 au 23 août 2013, 1 h 48

— Franchement, Mathias, je ne le sens pas du tout!

— Et c'est moi, que tu traites de chochotte? Allez, ce n'est pas le moment de te défiler, dit Mathias en tenant sa capuche noire d'une main et le badge de l'autre.

— Non, mais sérieusement, tu sais très bien que je ne suis pas à l'aise avec ces trucs-là, dit Guillaume à voix basse, tout en faisant le guet.

— Tsss… reporter en carton, va! Faut savoir prendre des risques pour obtenir des preuves! le charrie-t-il.

— Coucher avec Blondie, ça me paraît plutôt sympa comme risque! Entrer par effraction dans un centre de recherche, beaucoup moins!

— On ne commet aucune infraction, on a un badge, je te rappelle. T'es prêt? demande Mathias.

— Non! Pas du tout!

— Parfait, on y va…

Mathias pose le badge sur le boîtier électronique situé à côté de la porte, ce qui entraîne son ouverture. Certes, il va

107

falloir faire attention aux caméras de surveillance. Au vigile aussi, car il y a certainement quelqu'un en charge d'effectuer des rondes la nuit. Mais l'emprunt du badge permet au moins de ne pas déclencher les alarmes.

— C'est bon ! Suis-moi, fais-toi tout petit et regarde bien où tu mets les pieds.

— Tu me prends pour un manchot ou quoi ? s'offusque Guillaume.

— Ne te froisse pas, monsieur le susceptible. Tu as bien la petite caméra dans ta poche ?

— Oui je l'ai. Allez, avance !

Les deux jeunes hommes se chamaillent comme des frères même dans les moments les plus inappropriés. Ils prennent soin de raser les murs et de se faire les plus discrets possibles. Ils passent tout d'abord devant les vestiaires du personnel. Longeant le bâtiment dans la pénombre, ils progressent doucement jusqu'à la cuisine. Mathias recherche quelque chose de bien précis.

— La cuisine est certainement fermée à clé ! l'informe Guillaume, à juste titre.

— T'as raison… dit Mathias en appuyant sur la poignée. Merde, je n'avais pas pensé à ça ! Comment faire pour prouver qu'ils leur donnent tout un tas de médocs, alors ? Kelly a dit qu'ils isolaient Sam à cause de son caractère et Reykja avait l'air stone !

Guillaume se sent pousser des ailes. Le détective, qui sommeille en lui, vient de se réveiller.

— Il doit bien y avoir une fenêtre ! Fais le tour et regarde !

Mathias, tout en scrutant les alentours, rejoint pas à pas

l'arrière du local et voit une fenêtre sans store ni volets. De là, il éclaire l'intérieur de la pièce, à l'aide de la torche de son téléphone.

— Tu sais que t'es loin d'être con! Bien joué mon vieux!

— T'as trouvé quoi? questionne Guillaume, tapi dans l'ombre, très fier du compliment.

— Le tableau sur lequel ils inscrivent les traitements de chevaux qu'ils leur donnent! Avec le dosage!

— Génial, on tient quelque chose! Prends une photo du tableau et on se tire!

— Ah non, pas encore! annonce Mathias.

— Que veux-tu que l'on trouve de plus? Tous les bureaux doivent être fermés à double tour et si on va plus loin, on risque de se faire prendre! soulève Guillaume. Le détective a perdu de son éclat en l'espace d'une phrase.

— Je veux tourner des images d'eux.

— Hein!? T'as perdu la tête? C'est le parfum de Blondie qui t'est monté au crâne ou quoi?

— On ne peut pas les libérer, on ne peut pas leur redonner leur vie, on n'est que des témoins impuissants. Si on veut plaider leur cause, il nous faut des images. Des images de ce qu'est véritablement leur existence quand les portes du centre se ferment. Il faut montrer l'envers du décor, l'ennui et la tristesse qui se dégagent d'ici quand les lumières s'éteignent. Allez, viens!

Lendemain de fête

Devant l'entrée réservée au personnel du centre d'Éducation et de Découverte de Jacksonville
23 août 2013, 7 h 45

Deborah n'a quasiment pas fermé l'œil de la nuit. Le temps de rentrer chez elle en taxi, de se changer et de se mettre au lit, elle repassait inlassablement le film de la soirée dans sa tête. Elle qui pensait laisser un souvenir inoubliable à Mathias, ne s'attendait pas en revanche à la réciproque. Lorsqu'elle l'imaginait, seule dans ses draps, elle ressentait presque à nouveau ses mains sur son corps et sa bouche contre la sienne. Trop excitée pour dormir, elle se contentait de sourire en pensant à son beau reporter. Le réveil à 6 h 30 fut plus complexe. Mais Debby relativise. Sa soirée en valait vraiment la peine et aujourd'hui, elle termine à 15 h 30. Elle rentrera faire une sieste. Peut-être auront-ils un autre rendez-vous ce soir ? Dans l'attente, elle croise les doigts pour le revoir aujourd'hui au centre.

Debby sort du bus et prend la direction de son lieu de travail. Elle marche, toujours pensive, avec ses écouteurs dans les oreilles. Adorant la musique, ses goûts sont très diversifiés. La chanson donnée à cet instant par la lecture aléatoire est *Sexual Healing* de Marvin Gaye. Très explicite, bien adaptée à la situation. Son sourire cacherait presque ses cernes. Elle arrive à l'entrée du personnel et cherche son badge dans son sac. Elle engage sa main machinalement, ne le trouve pas. Elle tâte encore à l'intérieur et regarde en ouvrant bien grand son sac à main, passe ses doigts sous son portefeuille, pousse ses clés, son paquet de mouchoirs, rien.

— Et merde! Où est-ce qu'il a bien pu passer? rage-t-elle, accroupie, vidant son sac sur le trottoir afin d'y voir plus clair.

Soudain, elle entend une voiture ralentir à sa hauteur. Mathias descend d'un taxi.

— Bonjour, ma belle, lui dit-il, arborant son plus beau sourire.

— Salut, tout va bien? Qu'est-ce que tu fais ici si tôt? Le centre n'ouvre pas avant 10 h, tu sais…

— Je sais, mais en me réveillant cette nuit j'ai trouvé ton mot. J'ai eu très envie de te retrouver. Tu ne m'as pas laissé ton numéro de téléphone et le centre accueillait les journalistes seulement hier. Et puis, j'ai trouvé ceci par terre, au pied du lit. Il a dû tomber de ton sac, je me suis dit que tu en aurais besoin ce matin.

— Mon badge! Oh merci, tu ne peux pas savoir à quel point je suis soulagée… Je pensais l'avoir perdu!

— Je t'en prie, c'est normal. En remerciement, tu pourrais peut-être m'envoyer un message pour que l'on se retrouve ce soir? propose-t-il, en lui tendant sa carte professionnelle où son numéro est inscrit.

— C'est la moindre des choses que je puisse faire pour te remercier de me l'avoir apporté, répond-elle, en s'approchant de lui pour l'embrasser. Mais là, il faut que j'y aille. Je ne dois pas être en retard.

— Oui, vas-y, on se retrouve plus tard. J'attends ton message.

Mathias la serre contre lui, l'embrasse sur le front et remonte dans son taxi. Debby est sous le charme de son beau journaliste. Elle badge, ouvre la porte et se rend au vestiaire le cœur et la tête chargés d'émotion et de désir. Il lui tarde de le revoir, de sentir à nouveau ses mains sur son corps. Cette nuit passée ensemble a été magique.

Explications

Ce matin, Debby est chargée de préparer le premier repas de la journée pour tous les résidents. Elle apprend vite, comprend tout aussi rapidement. Kelly l'a missionnée du petit déjeuner et de la distribution des traitements. Consciencieuse, elle suit de manière attentive les instructions notées sur le tableau blanc et procure ainsi les bons médicaments aux bons individus. Il y en a beaucoup, mais elle se débrouille bien. Le médecin est venu réapprovisionner le stock tôt ce matin, elle a donc tout le nécessaire pour guérir et soulager les maux de ses protégés. Kelly le lui a affirmé, c'est une chance de proposer des soins aussi complets et d'un tel niveau.

Madison entre dans la cuisine. Elle vient chercher le repas d'Isis.

— Ouh là! Tu as des petits yeux, toi! rit-elle.

— Tant que ça? C'est vrai que ma nuit a été courte, mais je suis bien réveillée! Ne t'inquiète pas!

— Eh bien, je l'espère, il ne faudrait pas te tromper dans les doses! Bon, alors, raconte! Comment c'était?

— Grandiose ! répond-elle fièrement, en posant son couteau sur la planche à découper. Écoute, j'ai passé une excellente soirée. On a démarré au *Black Sheep* autour d'un verre, on a mangé ensemble, partagé un dessert, bu un autre verre, discuté et on a fini dans sa chambre d'hôtel.

— Carrément ! lâche Madison, les yeux écarquillés, abasourdie par ces révélations. On se croirait dans un film ! La suite, dis-moi tout !

— Tu imagines bien qu'on ne s'est pas regardés dans le blanc des yeux, en silence, pendant des heures… souligne-t-elle malicieusement.

— Forcément, je n'en attendais pas moins ! C'était bien, alors ? Tu ne regrettes pas d'avoir perdu quelques heures de sommeil ?

— Oh que non !… Cette soirée a été parfaite, meilleure encore que mes attentes. On se revoit ce soir !

— Super ma belle ! Tu as bien raison, profite à fond. Il repart quand ?

Debby perd soudainement son entrain. Il va repartir, elle l'aurait presque oublié. La vie de Mathias est à New York, la sienne à Jacksonville.

— Je ne sais pas encore, on n'en a pas parlé. Mais après tout, il repart quand il veut, hein ? On n'est pas mariés, dit-elle, essayant de se détacher de la situation.

— Tout à fait ! Les petites histoires sans lendemain, sans prise de tête, sans avenir, il faut savoir les apprécier. Allez, je prends tout ce qu'il me faut pour ma petite Isis et je file. Bisous, à tout à l'heure !

Madison partie, Deborah voit son enthousiasme s'échapper.

La journée commençait plutôt bien, seulement l'idée du départ de Mathias lui fait ressentir un truc qu'elle n'avait pas prévu au programme : de la peine. Mais il se peut que de la peine à la haine, il n'y ait qu'un pas. En sortant de la cuisine, Debby tombe nez à nez avec le directeur :

— Ah, mademoiselle Evans. Justement, je vous cherchais.

— Bonjour, monsieur Clarkson, vous me cherchiez ? À quel sujet ?

— Eh bien, mademoiselle, la sécurité m'a prévenu que votre badge avait pointé cette nuit, aux alentours de 2 h du matin. Avez-vous une explication à fournir ? Vous savez qu'il est strictement interdit de venir au centre en dehors de vos horaires de travail, ce qui est bien stipulé dans votre contrat, d'autant plus la nuit, ce qui peut se révéler dangereux pour votre propre sécurité, comme pour celle de nos pensionnaires. Donc je vous le demande, que faisiez-vous dans nos locaux à une heure aussi tardive ?

Debby est sous le choc. À cette heure-ci, elle se prélassait dans son lit. De plus, elle n'avait récupéré son badge que ce matin, quand Mathias... «Oh putain !!», jure-t-elle intérieurement. Elle venait de comprendre.

— Oui, oui, pardon, monsieur Clarkson, je... Je suis confuse. En effet, hier soir, je... je suis sortie, avec des amies et... en partant du restaurant je me suis rendu compte que... j'avais oublié... mon téléphone. Mon téléphone, dans mon casier. Je suis donc revenue uniquement pour le chercher, mais ça ne se reproduira plus. Je vous le promets.

— Bon, très bien, mademoiselle Evans. Inutile que je demande à ce que les enregistrements des caméras de surveillance soient visionnés ?

— Oui oui, complètement inutile. Je vous présente toutes mes excuses.

— Cela ira pour cette fois. Mais veillez à ne rien oublier dorénavant, sinon je devrais prendre des mesures. Ce ne sera pas de gaieté de cœur, vous êtes appréciée ici. Mais le règlement s'applique pour tout le monde. Ai-je bien été clair ?

— Parfaitement clair, monsieur Clarkson…

Après une poignée de main, le directeur quitte le seuil de la cuisine et Debby lutte pour ne pas pleurer. Elle s'était fait berner et en beauté. Elle n'avait rien vu du tout du jeu du reporter. Pire, elle aurait pu perdre son travail. Madison l'avait prévenue, elle aurait dû l'écouter. Ce petit con de journaliste allait devoir lui fournir une explication, et cela n'attendrait pas ce soir.

À bout de nerfs

Debby a ruminé toute la matinée. Pas franchement concentrée, même les soins médicaux tels que prise de sang et pesée de son Reykja préféré n'ont pas suffi à lui enlever de la tête le coup foireux de ce crétin de journaliste. Si elle a bien horreur d'une chose en règle générale dans la vie, c'est qu'on la prenne pour une imbécile. Mais la séduire dans le but de la ramener à l'hôtel pour la mettre dans son lit et lui voler son badge pendant qu'elle se rhabille alors là, cela dépasse l'entendement. Et dire qu'elle commençait presque à regretter son départ à New York ! Non, mais qu'il y retourne, chez lui ! Le plus tôt sera le mieux. En attendant, elle allait lui laisser un second souvenir de sa personne, beaucoup moins agréable que le premier. Lors de sa pause-déjeuner, Deborah s'isole dans les vestiaires. Elle s'assoit sur le banc en face de son casier. Adossée au mur, elle frotte ses yeux du bout de ses doigts et essuie quelques larmes. En colère, triste, sidérée, le film de sa soirée qui a tourné en boucle dans sa tête n'a plus du tout la même saveur. « Dire qu'il a eu le culot de m'apporter mon badge ce matin en affirmant qu'il était tombé de mon sac! Quel enfoiré!» fulmine-t-elle à voix haute, comme pour exorciser sa douleur. La boule au ventre, sans le moindre appétit, Debby tient à régler ses comptes au plus vite afin de se débarrasser de ce malaise. Elle se relève du banc en bois, avance vers son casier et déverrouille le cadenas. Elle saisit son téléphone et la carte que Mathias lui a donnée plus tôt dans la matinée. Elle se force à lui écrire un message :

«Salut, beau gosse. Encore merci pour ce matin, tu m'as sauvé la mise. Je termine à 15 h 30, tu viens me chercher? Je n'ai pas envie d'attendre ce soir pour te retrouver…»

Elle se relit, grimace, efface, puis retape la même chose. Cet idiot ne mérite pas qu'elle lui parle si gentiment, mais tant pis pour sa fierté. Peu importe combien cela lui coûte, si elle veut pouvoir mettre les pendules à l'heure, les points sur les «i», les barres sur les «t», et tout ce qui sera nécessaire, il faut savoir ruser. La réponse ne se fait pas attendre très longtemps. L'énergumène est du genre réactif.

«Pas de souci, ma belle, je serai là à 15 h 30. Hâte de te voir. Je t'embrasse.»

Elle voulait lui répondre, mais cette fois-ci, c'était au-dessus de ses forces. Il ne fallait pas trop en demander, non plus. Elle range alors son téléphone dans son casier et prépare mentalement la façon dont elle va accueillir cette enflure de première. Il ne va pas être déçu du voyage.

Cartes sur table

Entrée du personnel du Centre de Jacksonville
23 août, 15 h 40

Deborah sort du vestiaire. Tremblante, énervée à l'extrême, elle se contient depuis l'entretien avec son directeur pour ne rien laisser paraître de son agacement. Cependant, la bombe à retardement logée dans sa tête va bientôt exploser. Elle ne va pas tarder à lâcher les chevaux et il ne restera alors plus grand-chose de Mathias Collins. Paix à son âme.

— Salut, toi… Tu m'as manq… AIIEEEE! Mais ça ne va pas? Qu'est-ce qu'il te prend?

Debby vient de lui décocher une droite mémorable en plein visage. S'il n'a pas les dents déchaussées, c'est qu'elle n'a pas encore tapé assez fort. Il ferait peut-être bien de prendre rendez-vous chez le dentiste à l'occasion, on ne sait jamais. Une Blondie en colère peut faire des dégâts considérables.

— Ce qui me prend? Tu n'as pas une petite idée, par hasard? Réfléchis, tu vas peut-être trouver tout seul, à moins que tu veuilles une deuxième gifle pour te rafraîchir la mémoire?

«Merde», pense-t-il intérieurement. Comment a-t-elle su? Ils ne se sont pourtant pas fait attraper, même s'il s'en est fallu de peu… Le vigile ne les a pas vus, sinon ils auraient

121

eu des ennuis. Son plan pour le badge avait fonctionné, non vraiment, il ne voyait pas où se trouvait la faille. Inutile de nier, vu son état, elle savait.

— Attends, je vais t'expliquer… Ce n'est pas ce que tu crois…

— Ce que je crois ? Eh bien ! Pourtant, ça m'en a tout l'air ! Tu veux des informations pour ton reportage donc tu dragues la nouvelle, tu la séduis pour coucher avec elle et tu lui voles son badge pour t'introduire sur son lieu de travail en pleine nuit ! C'est aussi simple que ça ! Tu n'es vraiment qu'un beau salaud…

— Non, attends ! Debby, je t'en prie, écoute-moi, je sais, c'est dégueulasse ce que j'ai fait, mais j'ai une bonne raison ! S'il te plaît, monte avec moi dans le taxi et je t'expliquerai tout.

— M'expliquer ? Mais m'expliquer quoi, Mathias ! Que tu n'es rien d'autre qu'un enfoiré ? Que tu t'es servi de moi ? M'expliquer que tu es désolé d'avoir failli me faire perdre mon boulot parce que mon badge a été détecté par la sécurité vers 2 h du matin, et que j'ai dû te couvrir pour ne pas me faire virer ? Qu'est-ce que tu foutais là, en pleine nuit, hein !? Tu cherchais quoi ?

— Monte avec moi dans ce taxi et je te promets de jouer franc jeu. Je ne t'embêterai plus, tu n'entendras plus jamais parler de moi si c'est ce que tu souhaites, mais tu sauras pourquoi j'ai fait ça. S'il te plaît, viens avec moi, la supplie-t-il en lui tendant la main.

Aussi curieuse que furieuse, Debby monte dans le taxi en évitant la main tendue de Mathias et en lui adressant un regard plein de mépris. Il fallait qu'elle en ait le cœur net. Aussi pourri soit-il, elle méritait une explication de sa part.

Avertissement

ALEX
États-Unis d'Amérique, 2001

Les journées sont toutes les mêmes. Petit déjeuner, vérification de notre état de santé physique, ouverture des loges pour se rendre dans l'espace de vie commun et début des entraînements quotidiens. Ils ont fait de nous des sportifs certes, mais aussi des pantins. Plusieurs des acrobaties dignes d'un numéro de cirque qui nous sont demandées ne nous seraient jamais venues à l'esprit. Même Leila doit participer. Du haut de ses cinq ans, elle se débrouille vraiment bien, suivant pour modèle les moindres mouvements de sa mère. Elle comprend vite et les visiteurs accourent pour admirer les prouesses d'une si jeune danseuse. Un sentiment paradoxal nous envahit très souvent, Josefine et moi. Attristés par les conditions de vie que nous lui offrons en lui ayant donné naissance ici, il faut bien admettre que nous sommes très heureux de l'avoir. Après tout, nous sommes faits pour vivre en famille. Je me souviens qu'en Islande, mes grands-parents faisaient partie intégrante du clan. Ma mère n'a jamais, jamais quitté la sienne. Tout comme mes sœurs sont sûrement auprès d'elle, encore aujourd'hui. Notre tribu est ce qu'il y a de plus important au monde, pour nous. Aucune famille ne devrait être séparée. Mais ici, personne ne tient compte de cette évidence, de ce besoin essentiel et primordial à notre santé mentale. Un soir, après une énième représentation, Leila a été isolée seule. Et cette maudite civière que l'on ne connait que trop bien a fait son apparition. Josefine comprend immédiatement de quoi il retourne, car le même scénario se répète inlassablement. Voyant sa mère adopter un comportement digne d'une furie, Leila commence à s'affoler, hurlant pour que l'on vienne la sauver. Josefine tente de forcer la grille, mais sa solidité l'empêche de rejoindre notre enfant. Et puis la colère m'a pris. Toutes ces années à obéir, à rester calme, pour ne rien obtenir d'autre en retour que monotonie et enfermement. Oubliant ma force, je me précipite au bord de l'espace de vie commun où nous sommes regroupés pour me ruer sur l'entraîneur qui passait au même moment. Je l'ai attrapé par le bras, traîné par terre et retenu en otage sous mon poids. Paniqués, les autres éducateurs ont voulu faire diversion. Mais je suis déterminé. Je n'ai pas lâché Dimitri et ils n'ont pas eu d'autre choix que de rouvrir la grille. Une fois Leila auprès de sa mère, j'ai rendu sa liberté à mon prisonnier. Cela n'a été qu'un sursis. Le lendemain matin, ma loge reste fermée. Coincé à l'intérieur, ils n'ont eu qu'à isoler de nouveau Leila de sa maman lorsqu'elle est sortie pour son entraînement. Leur plan n'avait pas échoué, il avait simplement pris un léger retard. Je n'ai plus revu ma fille. Et Josefine, dévorée par le chagrin, s'est laissé mourir petit à petit. En l'espace de dix-sept ans, ils m'ont volé ma liberté, mes parents, mes sœurs, mes grands-parents, mes oncles et tantes, mes cousins, mes amis, Dalia, mes camarades d'infortune, ma partenaire et même ma fille. Ils m'ont volé ma vie entière.

C'est aussi la dernière fois que j'ai vu Dimitri. Au moins, l'un d'entre eux avait pris mon avertissement au sérieux.

Confrontation

— Tu vas peut-être enfin m'expliquer ce que je fous là? grogne Debby dans l'ascenseur. La colère de la jolie blonde n'est visiblement pas retombée.

— Oui, ne t'inquiète pas.

Ils sortent au seizième étage, remontent le même couloir qu'ils ont emprunté la nuit précédente et s'arrêtent devant une porte à laquelle Mathias toque.

— Euh, tu fais quoi? Ta chambre est juste à côté, pourquoi tu frappes chez le voisin?

— C'est la chambre de Guillaume, mon collègue.

— Je vois, tu n'es pas capable de m'expliquer tout seul? Il te faut un chaperon?

— Tout ce dont j'ai besoin se trouve dans sa suite.

Guillaume ouvre la porte. Il esquisse un sourire et, en voyant Debby, se décompose.

— Bon… bon… bonjour, Blondie, euh, Deborah! Pardon. Entrez…

«Blondie… Tsss, on aura tout vu !», râle-t-elle à voix basse. Mathias fait signe à Deborah d'entrer la première dans cette suite «Saint Johns» identique à la sienne, en référence à la vue sur le fleuve du même nom. Il referme la porte derrière lui. Le visage grave, il l'invite à s'asseoir autour de la table sur laquelle sont installés leurs ordinateurs, et entassées des centaines de feuilles – articles de presse, photos, documents en tout genre. Guillaume est tétanisé. Il ne s'attendait pas à ce que son collègue débarque avec elle dans sa chambre. Avant de laisser échapper une bêtise supplémentaire, il préfère patienter, profiter un peu du calme avant que n'éclate la tempête. Vu les yeux noirs de Debby, cela devrait se produire incessamment sous peu.

— Bon, je vous écoute. Dépêchez-vous, car je n'ai pas franchement envie de passer mon après-midi avec vous deux.

— Je sais et je comprends très bien, assure Mathias. Pour ce que ça vaut, oui, mon intention était mauvaise, mais la situation m'a rattrapé et je n'ai pas joué avec toi, hier soir. Cette soirée était vraiment parfaite et je m'en veux que tu puisses penser que j'ai profité de toi.

— Parce que voler mon badge dans mon sac pendant que je me rhabille après avoir couché avec toi, ce n'est pas «profiter de moi» selon toi !? On ne doit pas avoir bénéficié de la même éducation. Bref. Pouvez-vous me dire maintenant ce que vous avez foutu au centre cette nuit, grâce à mon badge ?

— On cherchait des preuves ! lance Guillaume. La phrase est sortie de sa bouche sans prévenir. Il se replie derrière Mathias.

— Des preuves ? Des preuves de quoi ? Crachez le morceau, à la fin ! s'énerve Debby.

— Des preuves de leur mauvais état de santé. De leurs mauvaises conditions de vie.

— Oh putain! Alors quoi, vous êtes des «activistes»? Vous faites partie de ceux qui pensent que l'on s'occupe mal d'eux, qu'on les exploite, qu'ils seraient mieux libres sans tout l'amour qu'on leur apporte! C'est bien ça?

— Debby, je t'assure que ça n'a aucun rapport avec toi. Tu t'occupes d'eux du mieux que tu le peux, tu les aimes oui, mais… ils n'ont pas besoin de ton amour.

— Mais tu te prends pour qui, monsieur l'expert? Comment tu peux savoir ce qui est bon pour eux, hein? Tu as fait tes études sur le sujet? Non, mais ce n'est pas croyable ça, merde! jure-t-elle, se levant de sa chaise et tapant du poing sur la table. Un point commun avec Mathias.

— As-tu pensé une seconde à leur place? Est-ce que tu t'es mise dans leur peau, obligés de vivre enfermés, séparés de leurs familles, avalant tout un tas de médicaments et effectuant des figures acrobatiques pour le seul plaisir des visiteurs venant les observer comme des bêtes de foire? Tu aimerais ça, toi, que l'on te fasse subir le même sort?

— Bien sûr, l'anthropomorphisme dans toute sa splendeur, le discours typique… Nous sommes différents, il ne faut pas voir les choses comme ça! Ne compare pas ce qui n'est pas comparable!

— Mais enfin, pourquoi? De quel droit se permet-on de leur infliger tout ça, hein? Parce que ce ne sont que des orques?

Cinquième partie

LES BALEINES

Sentiments et sensibilité

Hôtel Hyatt Regency
Chambre de Guillaume, 16 h 25

— Tu parles sans savoir… affirme Debby.

— Je sais très bien, au contraire. C'est toi qui ne te doutes pas un instant de la réalité des choses, continue Mathias. Ton travail de soignante te plaît, tu…

— Soigneur, le coupe-t-elle.

— Pardon ?

— Si tu as si bien creusé le sujet, appelle ça par le bon terme. Je suis soigneur animalier et j'en suis fière !

— Soigneur, si tu veux ! Dans tous les cas, tu penses bien faire, tu les aimes, je n'en doute pas une seule seconde. Mais les orques sont faites pour évoluer en mer, elles n'ont jamais eu besoin de l'amour des hommes pour vivre.

— Ça suffit ! Je m'en vais. Je ne sais pas à quoi vous jouez tous les deux ni quel torchon vous allez sortir, mais je ne veux plus participer à cette mascarade. J'espère que tu es content et que tu as obtenu ce que tu voulais.

— Ne pars pas ! Reste ! S'il te plaît, reste…

Mathias attrape délicatement Debby par le bras et l'invite à s'asseoir à nouveau. Il saisit des documents et lui parle le plus calmement possible.

— Écoute-nous, je t'en prie ! Accorde-nous juste quelques minutes. Et après tu seras libre de partir, de ne plus jamais m'adresser la parole si c'est ce que tu veux. Mais laisse-nous simplement te montrer quelques exemples…

Mathias saisit le tas de documents posé à sa droite. Guillaume s'installe à son tour à la table ronde placée derrière le canapé entre son ami et Blondie.

— L'orque que tu vois ici, bébé, c'est Sam. Il est né dans un centre au Texas. Et là, sur cette photo, c'est Louna qui, elle, a vu le jour en Californie. Seulement le mâle reproducteur qui a fécondé la mère de Sam est celui qui a été transféré par la suite, avec la mère de Louna. Les dates correspondent, il n'y a pas d'autre option. Louna et Sam sont demi-frères et sœurs. Clay est donc né d'un inceste qui ne se serait jamais produit dans la nature. Les orques possèdent un lien familial très particulier et ces pratiques ne font pas partie de leurs mœurs.

Debby reste silencieuse. Elle écoute, sceptique, se mordillant l'intérieur de la joue nerveusement. Guillaume prend son ordinateur et le tourne face à la jeune femme.

— Cette vidéo m'a été envoyée par un ancien salarié d'un centre au Canada. Il a démissionné après avoir filmé ça.

Guillaume clique sur «Play» et commente la situation à Deborah.

— Ce film amateur date de 2009. La petite que tu peux voir sur les images, c'est Isis. À cette époque, elle avait huit ans et vivait aux côtés de sa mère. Mais les directeurs se sont entendus pour qu'elle rejoigne Jacksonville. Là, comme tu le vois, ils mettent en place la civière pour l'installer et la retirer du bassin. Tu entends les cris ? demande Guillaume en montant le volume et restant silencieux quelques secondes. Sa mère est cloîtrée dans la loge d'à côté, on voit sa nageoire dorsale devant cette grille, juste là. Isis est mise dans le brancard, elle se débat, elle hurle. Elle appelle sa mère à l'aide.

Debby peine à regarder les images. Elle n'a jamais assisté à un tel transfert. Mais elle ne le montre pas. Face à ces détracteurs, elle tente de faire bonne figure. Même si ce qu'elle voit lui tord les tripes.

— Tu as été embauchée pour remplacer un départ au pied levé, continue Mathias. Est-ce que quelqu'un t'a expliqué pourquoi ?

— Quoi ? Mais… Comment tu sais ça ? questionne-t-elle, outrée qu'il connaisse ces détails professionnels.

— Guillaume a obtenu cette information grâce à son réseau. La jeune femme qui occupait ton poste s'appelle Amber Davis. Le directeur, Kelly, ou un de tes collègues t'a-t-il dit la vérité sur sa démission ?

— Non, mais ça ne me regarde pas. Le plus important c'est que j'ai un travail, moi, aujourd'hui ! Et en jouant les cow-boys comme vous l'avez fait, vous risquez de me le faire perdre !

— Je sais ! Mais enfin, regarde cette vidéo, s'il te plaît Debby. Tu peux croire que je suis le pire des salauds, mais quand tu auras vu ce film envoyé par Amber, tu comprendras que je puisse m'inquiéter pour toi. Je redoute qu'il t'arrive malheur.

Guillaume lance les images. Debby reconnaît immédiatement Reykja. Elle voit Amber au bord du bassin, souriante, joyeuse. Il s'agit d'une session d'entraînement comme il s'en passe tous les jours. Amber fait un «coucou à la caméra», qui est en réalité son téléphone avec lequel l'un de ses anciens collègues la filmait. Reykja enchaîne les sauts sur demande de la jolie rousse. Des figures qui n'ont rien à voir avec des comportements que l'on retrouverait en milieu naturel. La jeune femme récompense l'animal avec du poisson se trouvant dans un seau presque vide et se penche pour lui caresser le bout du nez. Soudain, Reykja attrape son bras et la tire dans l'eau avec lui. Un cri s'échappe de sa bouche et immédiatement les autres soigneurs rappliquent, tentant de lui venir en aide. L'orque l'emmène vers le milieu du bassin et plonge. Par chance, Amber est bonne nageuse. Elle reste calme malgré la situation, se laisse emporter par l'animal sans se débattre, ce qui serait bien évidemment peine perdue. Elle en a parfaitement conscience. À chaque fois, Reykja la remonte à la surface pour qu'elle reprenne son souffle. Tel un manège sadique, il reste quelques minutes en dehors de l'eau avant de réitérer la manœuvre. Pendant ce temps, les autres soigneurs s'affairent à tirer des filets et apportent des seaux débordants de poissons pour attirer l'attention de la baleine devenue folle. Au bout de huit minutes trente interminables, Reykja relâche sa victime qui peine à regagner le bord du bassin. Debby est stupéfaite, sous le choc de cette atroce vidéo qui remet en cause la façon dont elle voit son pensionnaire favori. Jamais, elle ne l'aurait cru capable de tels agissements.

— Tu n'as pas été mise au courant pour que tu ne sois pas effrayée, annonce Mathias. Depuis ce jour, Reykja reçoit quotidiennement des doses de tranquillisants afin de rester calme. Tu le sais, puisque tu les lui as toi-même préparés… J'imagine que c'est dur pour toi de voir ça, mais il faut que tu ouvres les yeux et que tu te raisonnes… Vous n'avez plus le droit de nager avec vos animaux depuis que plusieurs soigneurs ont été tués. Enfermés, ils deviennent dingues. Et pourtant, vous êtes toujours exposés au danger, pour continuer les spectacles et faire rentrer toujours plus d'argent.

— Il y a forcément une autre explication…

— J'ai bien peur que non, répond Guillaume. Nous avons encore plein de documents, d'images, de témoignages qui vont dans ce sens… Je sais que c'est difficile à imaginer, mais on peut te montrer les images que l'on a tournées cette nuit si tu le souhaites…

Sans attendre sa réponse, Guillaume lance le film. Les images sont sans appel. Les orques, cloîtrées chacune dans leurs loges respectives, dans lesquelles elles peuvent à peine se tourner, semblent communiquer entre elles. Debby demande à Guillaume de monter le son et s'approche de l'écran pour mieux voir. Au bout de quelques secondes, elle tente une question sur ce phénomène qu'elle n'a jamais observé.

— Elles chantent? demande-t-elle.

— Non, répond Mathias. Elles pleurent.

Deux visions opposées

— Je ne peux pas vous croire, s'indigne Deborah. Vous mentez.

— Et comment veux-tu que l'on te mente, avec tout ce que l'on vient de te montrer ? s'indigne Mathias. On ne peut pas tricher, beaucoup d'anciens soigneurs nous ont apporté des preuves tangibles. Ils aimaient tous leur métier, ces animaux étaient leur passion et c'est toujours le cas, d'ailleurs. Mais ils ont renoncé à faire partie de ceux qui les exploitent.

— J'en ai assez vu et entendu, déclare-t-elle en se levant de sa chaise et en se dirigeant vers la porte. Mathias l'intercepte.

— Où est-ce que tu vas comme ça ? Attends…

— Attendre quoi, hein ? Que tu me montres encore tout un tas de pseudo-preuves ? Que certaines exceptions deviennent la règle générale ? On fait tout pour les soigner, leur apporter tout ce dont ils ont besoin, on les stimule avec des activités, il suffit de voir Isis avec Madison pour se rendre compte du lien extrêmement fort qui les unit ! Tu voudrais quoi, qu'on les relâche ? Ils mourraient ! Ils ne peuvent pas survivre dans la nature, la majorité d'entre eux sont nés dans les parcs !

— Mais ça, c'est le discours que l'on tente de te faire croire ! Des scientifiques se penchent sur la question justement, ils mettent en place des sanctuaires marins dans des baies protégées de manière à ce que des essais soient effectués. Ils seraient alors surveillés par une équipe dédiée, mais pourraient réapprendre à chasser sur des centaines de kilomètres carrés, vivre au rythme des marées, des courants, avoir un vrai fond marin et non pas un bassin en béton d'eau chlorée ! Voilà ce que c'est, l'avenir idéal pour eux !

— C'est si simple que ça, selon toi ? Et le fait que l'on perde tous notre travail, cela ne dérange personne ? Ces parcs font vivre des familles entières à travers le monde !

— Et donc ces animaux doivent sacrifier leur liberté, vivre traumatisés et mourir d'ennui pour qu'une poignée d'hommes puissent avoir un salaire, gagné sur leur dos ? C'est normal ça, selon toi ? s'insurge le journaliste.

Debby le regarde, les larmes aux yeux et quitte la pièce en lui adressant une dernière phrase.

— Je ne veux plus jamais te revoir.

Message vocal

En poussant la porte de chez elle après avoir payé son taxi, Deborah monte les escaliers en silence. Elle entre dans sa chambre, s'écroule sur son lit et pleure toutes les larmes de son corps en serrant de toutes ses forces son oreiller contre elle. En deux jours, ce Mathias Collins a réussi à mettre une belle pagaille dans sa vie. Tous ces revirements de situation l'ont beaucoup peinée. Déçue, elle pouvait encore se faire une raison quant au fait qu'il se soit servi d'elle. Mais remettre en question son métier, sa bonne foi, ses intentions, la qualifier de «bourreau» participant à une gigantesque magouille, elle ne pouvait ni l'entendre ni l'accepter. Blessée au plus profond de son cœur, Deborah se demande comment réussir à passer au-dessus de ces accusations. Quand bien même elle ferait face, une fois le reportage diffusé, elle se ferait virer à coup sûr par son employeur. Leur vidéo tournée de nuit sans autorisation grâce au vol de son badge était trop compromettante. Même si elle n'y était pour rien, elle avait menti pour couvrir Mathias et surtout, pour couvrir le fait qu'il le lui avait subtilisé. Piégée, rien de ce qu'elle pourra faire n'aura un dénouement en sa faveur.

Pendant ce temps, Mathias et Guillaume n'ont pas bougé de la chambre d'hôtel de ce dernier. En silence, ils ont rangé leurs documents, leurs ordinateurs, leurs caméras. Ce reportage prenait une tout autre dimension. À vouloir jouer les justiciers pour les animaux, ils avaient brisé la vie d'une femme. Avec un peu de recul, Mathias et Guillaume savaient qu'en diffusant les images filmées la nuit précédente, Deborah serait remerciée et aurait peut-être même des ennuis. Après tout, la direction pourrait croire que c'est elle qui a fourni la vidéo aux journalistes, puisque c'est son badge qui a ouvert la porte à 2 h du matin. Elle aurait mille peines à prouver son innocence.

— C'est dégueulasse ce que j'ai fait, s'accuse Mathias.

— On n'avait pas le choix, lui répond son ami.

— Non, on a toujours le choix ! J'ai pris la solution de facilité, j'ai abusé de sa confiance après avoir fait l'amour avec elle, c'est ignoble. Comment pourrais-je me pardonner ça, hein !?

— Je comprends que tu ressentes ça, mais pense à ce qui est le plus important dans cette histoire… On était d'accord pour apporter une vérité méconnue, peu importe ce qu'il en coûterait. Je suis désolé de te dire ça et désolé pour elle, mais elle n'est qu'un dommage collatéral…

— Je m'en veux tellement… Qu'est-ce qu'on peut faire ? Qu'est-ce que je peux faire pour la réconforter, pour me faire pardonner ?

— Malheureusement, elle a beaucoup trop d'infos à encaisser pour l'instant… Vu tout ce qu'on lui a montré tout à l'heure, elle doit être sérieusement en train de cogiter. C'est une fille intelligente. Elle se rendra compte de la vérité par elle-même et finira par revenir vers toi.

— Tu crois ? demande fébrilement Mathias.

— J'en suis sûr. Maintenant, il faut que l'on termine nos bagages. L'avion décolle tôt demain et on va avoir une longue journée.

De retour dans sa suite, Mathias ouvre l'une des grandes baies vitrées et s'avance sur le balcon pour prendre l'air, face au fleuve. Exténué par cet affrontement verbal, il retourne à l'intérieur et se laisse tomber de tout son poids sur le canapé en tissu marron, les yeux rivés au plafond. Il est perdu. Cruellement partagé entre sa mission qui lui tient à cœur et Debby qui lui manque à chaque minute passée loin d'elle. Il ne devait pas s'accrocher et en avait bien conscience. Seulement, il n'a rien vu venir. Ses sentiments sont apparus aussi vite qu'elle est partie.

Plusieurs heures ont passé avant qu'il ne se décide à lui téléphoner. Mais évidemment, la jolie blonde était trop en colère et bouleversée pour lui répondre. Il décide alors de lui laisser un message sur son répondeur :

« Debby, c'est moi… Mathias… J'imagine que tu ne veux pas me parler et je le comprends très bien… Je tenais simplement à te dire que je ne rentre pas à New York. Demain matin, Guillaume et moi prenons l'avion pour Miami. Nous devons rendre visite à quelqu'un que je n'ai pas vu depuis très longtemps. J'espère qu'un jour, tu comprendras pourquoi je fais tout ça et que tu me pardonneras. À aucun moment, je ne regrette la soirée exceptionnelle que nous avons passée ensemble. Je te rappellerai et t'expliquerai où nous en sommes jusqu'à ce que tu décroches. Tu me manques. Je t'embrasse. »

Au même moment, Debby remarque que Mathias, de qui elle a volontairement ignoré l'appel, a laissé un message vocal. Elle se saisit de son téléphone, marque un temps d'arrêt, réfléchit, puis le repose en soupirant. Elle n'est pas en état d'entendre sa voix pour l'instant. Ce qu'elle veut, c'est rester seule dans sa bulle et rêver d'un monde meilleur sans la présence d'un Mathias Collins pour tout détruire, aussi bien dans sa vie professionnelle que dans son cœur.

Une vieille connaissance

Aéroport de Jacksonville
Salle d'embarquement en partance pour Miami
24 août 2013, 7 h 52

— Tu es bien silencieux depuis que l'on a quitté l'hôtel… se hasarde Guillaume. Tu veux en parler ?

— Oh ! je crois qu'il n'y a plus grand-chose à dire sur le sujet, tu sais… Mais merci de t'en inquiéter, le rassure Mathias.

— Tu lui as téléphoné ?

— Bien sûr… Quatre fois. Mais elle n'a pas répondu. Je ne lui en veux même pas, j'ai merdé. Seulement, je ne pensais pas…

— Tomber amoureux ?

— Amoureux, amoureux, je ne sais pas ! Mais attaché, ça, oui, sans aucun doute… ç'a été si rapide ! Jusqu'à ce que je prenne ce fichu badge dans son sac, tout se passait à merveille ! J'ai tout fait foirer, je suis vraiment le roi des cons.

— Arrête, mec… Tu ne pouvais pas imaginer que les choses se dérouleraient de cette manière entre vous, vous êtes tellement différents ! Elle représente tout ce que tu cherches à stopper dans ce monde ! Elle est de l'autre côté de la barrière !

— Uniquement à cause de son métier… De ce qu'on lui

met en tête…

— Effectivement, peut-être qu'au fond, Blondie a seulement été aveuglée par de la poudre aux yeux, la même dont sont victimes tous les visiteurs de ces prisons marines dites «pédagogiques».

— J'en suis certain. Elle n'a pas une once de méchanceté en elle, je sais bien que je ne la connais pas, mais je le ressens, elle vaut mieux que ça.

— Alors, laisse-lui le temps de souffler, de digérer tout ce qu'elle vient d'apprendre. Et si pour elle aussi, il y a bien eu quelque chose de spécial entre vous, elle te fera signe. Je ne bénéficie pas d'une aussi grande expérience des femmes que toi, je te l'accorde. Mais ça finira par s'arranger. Peu importe le temps que ça prendra.

— J'espère que tu as raison… soupire Mathias.

Tandis que Guillaume commence la lecture d'un magazine sur les automobiles de collection, Mathias remet son casque audio. Son regard se perd sur les avions prenant leur envol, depuis la piste voisine. Il n'imaginait pas vivre autant d'émotions à Jacksonville. Il n'aurait surtout pas imaginé rencontrer une femme qui le percuterait en plein cœur. Deborah Evans occupait chacune de ses pensées, positives comme négatives. Le bien qu'ils se sont fait, le mal qu'il lui a fait. Le tout en l'espace de quelques heures. Si elle lui accordait une chance, il la saisirait sans se faire prier. Soudain, une main sur son avant-bras le sort de sa bulle. Mathias se tourne vers Guillaume en ôtant son casque.

— Mathias, tu viens? Ils ont appelé pour l'embarquement.

— Oui, j'arrive, dit-il les yeux dans le vague et la mine déconfite.

— Allez, mec! Courage! Lexie nous attend.

Vingt ans de prison

ALEX
États-Unis d'Amérique, 2004

Les uns arrivent, les autres partent. Ou meurent. Les entraînements se multiplient, les spectacles s'enchaînent, les problèmes de santé vont et viennent. L'eau du bassin n'est pas la même que dans l'océan. Le chlore pique nos yeux. L'été, quand le soleil brille trop fort, il brûle notre peau. Nous ne pouvons pas plonger assez profondément pour nous protéger et nous n'avons pas d'espace ombragé. Je suis cloîtré ici depuis vingt ans. Vingt longues années passées entre ma loge et l'espace de vie commun. Espace qui n'est rien d'autre que le bassin principal servant pour les entraînements et les représentations. Je suis fatigué. L'ennui me pousse à ronger tout ce que je peux trouver, si bien que mes dents sont quasiment limées jusqu'à la racine. Récemment, on m'a fait faire un nouvel exercice. Il faut que je me place au bord du bassin, sur le dos. Un entraîneur saisit mon sexe et me masturbe jusqu'à ce qu'il puisse recueillir ma semence dans un récipient. Ensuite, si je me tiens tranquille, j'ai un énorme saumon en récompense. Certes, il est déjà mort. Je ne connais plus le plaisir de la chasse de proies vivantes en famille depuis que l'on m'a emmené ici. Je me laisse faire, cela me détend, même si c'est assez bizarre. Qu'est-ce que je pourrais bien faire d'autre, de toute façon ? Même si je n'ai absolument aucune idée de la raison pour laquelle ils me font cela. Je me demande d'ailleurs si je serai, un jour, transféré dans un autre établissement. Rares sont ceux qui passent toute leur vie dans le même parc et moi, ils me gardent ici depuis mes quatre ans. Pourquoi ?

Rassemblement

Dans les vestiaires du Centre de Jacksonville
24 août 2013, 7 h 54

Debby n'a pas fermé l'œil de la nuit. Alternant entre pleurs et colère, ce matin, son sourire légendaire a disparu. D'une personnalité forte, mais sensible, il en faut pourtant beaucoup pour atteindre la jeune femme et lui ruiner le moral de cette façon. Ce qui ne devait être qu'une relation sexuelle d'un soir se révélait plutôt être un coup de foudre. Mais apparemment, à son plus grand regret, elle avait misé sur le mauvais numéro. Si seulement les sentiments se contrôlaient… Elle ne serait pas au plus mal. Assise sur le banc en face de son casier, elle n'a pas encore eu la force de se changer. La porte ouverte de son compartiment en métal bleu foncé laisse apparaître sa combinaison de plongée, suspendue sur un cintre. Mille questions se bousculent dans sa tête. Jusqu'à ce jour, elle portait cette tenue avec une immense fierté. La réception d'un nouveau message la sort de sa remise en question professionnelle et sentimentale. Machinalement, elle l'ouvre.

« Salut, Debby. Je n'ai pas dormi cette nuit, je pense que toi non plus. Je suis dans l'avion prêt à décoller, il faut que j'éteigne mon téléphone. J'espère qu'à mon arrivée je recevrai une réponse de ta part. Je suis désolé, pour tout. Crois-moi. »

149

— Dans l'avion ? répète-t-elle à voix haute.

Se remémorant qu'elle n'avait pas écouté le message vocal laissé par Mathias la veille, elle décide finalement de savoir de quoi il retourne. Il est parti. Et ce départ l'affecte beaucoup plus que cela ne le devrait. À la fin du message, elle pose son téléphone sur le banc. Excédée par son insistance à vouloir trouver des preuves de mauvais traitements des animaux, elle décide de ne pas le rappeler. Ni même de lui adresser un texto. Pourquoi donc est-il si borné ? Ils sont bien, ils sont heureux, elle et ses collègues font leur maximum pour leur rendre la vie douce. Et si l'un d'entre eux ne veut pas participer au spectacle, il en a le droit ! Ils ne les forcent pas, ils participent parce qu'ils aiment ça ! Debby en a toujours été convaincue et tente de s'en convaincre encore. Mais tout de même… Les images de Reykja avec cette Amber Davis, montrées par Guillaume, l'ont secouée. Elle venait le voir avec ses parents depuis dix sept ans. De nombreuses années durant lesquelles ils ont assisté aux représentations, applaudi de toutes leurs forces pour le remercier de les faire tant rêver. Elle s'endormait chaque soir en admirant le poster à son effigie que son père avait accroché dans sa chambre, tout en priant très fort dans l'espoir qu'un jour, elle devienne sa soigneuse. L'envers du décor montrait une tout autre vision de la réalité. Ce matin, elle était complètement perdue. À tous les niveaux.

Tenue enfilée et casier fermé, Debby sort du vestiaire lorsque des bruits captent son attention. Elle entend des voix. Une multitude de voix, de portières de voiture qui se ferment. L'ouverture des portes aux visiteurs n'est pas prévue avant deux bonnes heures. Alors qu'elle remonte l'allée principale pour rejoindre les cuisines, elle croise Justin qui, lui, commençait sa journée de travail à 7 h 30.

— Salut, Debby, lui dit-il en lui faisant la bise. Prépare-toi, la journée risque d'être un peu compliquée.

— Ah bon ? Pourquoi tu dis ça ? s'inquiète la jeune femme.

— Tu entends les gens dehors ? Ce ne sont pas des visiteurs, pour arriver à une heure si matinale. Une manif se prépare.

— Une manifestation ? Mais, dans quel but ?

— Des opposants protestent contre la captivité des cétacés. Et comme le directeur a annoncé aux médias pendant la conférence de presse que le centre allait s'agrandir pour accueillir des groupes de dauphins venant de Russie et de Chine, il fallait s'y attendre.

— Je vois… Mais enfin, qu'est-ce qu'ils nous reprochent ? On s'occupe bien d'eux ! Ils ne savent rien de notre façon de travailler, de la complicité que l'on développe ensemble ?

— Ils s'en fichent. Pour eux l'important, c'est de se montrer devant l'entrée avec des banderoles et des mégaphones pour faire en sorte que les vacanciers réfléchissent à deux fois avant de payer une entrée. Ils espèrent, à terme, que plus personne ne vienne et, donc, que l'on soit obligés de fermer, faute de revenus suffisants.

— Quoi ? Et qu'est-ce que deviendraient les animaux ? Ils ne comprennent pas qu'on ne peut pas les remettre dans l'océan, que ce n'est pas aussi simple ? Ils ne survivraient pas !

— Apparemment non ! Allez, bon courage, à tout à l'heure.

Justin laisse Debby seule dans l'allée avec sa stupéfaction. Décidément, depuis moins de trois jours, tout part en vrille. La belle blonde n'a jamais assisté à un tel rassemblement de la part des «défenseurs des animaux». Elle se demande à quoi va bien pouvoir ressembler cette journée.

Tante Claire

Aéroport international de Miami,
24 août 2013, 9 h

À peine descendu de l'avion, Mathias rallume son téléphone. Il attend, en vain.

— Pas de réponse ? demande Guillaume.

— Non, rien… souffle de dépit son collègue.

— C'est trop frais, trop récent. Patience.

Une fois leurs bagages récupérés, les deux camarades prennent la direction de la sortie lorsqu'une voix familière se fait entendre.

— Mathias ! Mathias, mon chéri !

— Bonjour, tante Claire, répond le jeune homme en la serrant dans ses bras.

— Je suis tellement contente de te voir ! Comment vas-tu ? Tu as une mine épouvantable ! Tu travailles trop !

— Oui, ces temps-ci, on est débordés ! Bonjour, Madame, je suis Guillaume, se présente-t-il.

— Bonjour, jeune homme ! Je suis ravie d'enfin te rencontrer. Paraît-il que vous êtes inséparables ?

— La preuve ! rit-il.

— Suivez-moi, ma voiture est sur le parking. Installez-vous à la maison aussi longtemps que vous le souhaitez. Bienvenue sous le beau soleil de Miami, les garçons !

À peine arrivés, leur hôtesse leur montre où ils vont dormir. Le luxueux appartement, situé dans une résidence privative, dispose de quatre chambres d'un confort sans égal. La vue sur la piscine à débordement arborée de magnifiques palmiers fait de cet endroit un lieu de vie extraordinaire.

— Vous avez pris l'avion très tôt ce matin, qu'est-ce que vous diriez si je vous préparais un bon petit déjeuner ? Vous pourriez ensuite aller vous reposer ?

— Ce serait vraiment génial ! affirme Guillaume, toujours prêt pour des pancakes et des donuts.

— Le petit déj' d'accord, mais nous avons du travail et pas de temps à perdre. On dormira mieux ce soir. Le Centre de Recherche de Miami ouvre ses portes à partir de 10 h, je tiens à ce qu'on y aille dès aujourd'hui.

— C'est toi le boss… déclare Guillaume, qui n'aurait pas été contre une petite sieste réparatrice.

— Oh ! vous allez voir Lexie ? demande Claire. Tu te souviens, on vous y avait conduits, Rachel et toi, quand vous étiez enfants ! se rappelle-t-elle avec le regard pétillant.

— Oui, on y va, mais dans le cadre du travail. Je n'ai plus du tout la même vision des choses qu'à l'époque, tu sais…

— Mais pourquoi donc, mon grand ? On y a passé un excellent moment, vous étiez ravis, ta cousine et toi !

— Exactement, ON a passé un bon moment. Mais Lexie, elle, a-t-elle passé un bon moment ? Passe-t-elle de bons moments, enfermée depuis toutes ces années dans son bassin de béton exigu, à effectuer des sauts pour « ravir » les touristes ?

— Effectivement, mon chéri, vu sous cet angle…

— Voilà, c'est ça que l'on veut montrer. Aborder les choses sous un autre angle, faire comprendre aux gens que ce temps-là est révolu, qu'on ne peut continuer davantage à exploiter ces animaux majestueux pour notre simple plaisir.

— Dis-moi, mon chéri, est-ce possible de te parler, seule à seul ?

Guillaume ayant compris le message, il décide de se rendre dans sa chambre prétextant devoir préparer le matériel à emporter.

— Quelque chose ne va pas ? Je te sens extrêmement contrarié, presque agressif.

— Excuse-moi, ce n'est pas contre toi. Ce reportage me rend dingue. On découvre tellement de choses scandaleuses et ignobles que j'ai dû mal à rester calme.

— Hum, je vois… Ta mauvaise humeur apparente ne dissimule-t-elle pas autre chose, mon grand ? Le fait de te retrouver ici, à Miami, dans cet appartement, et de faire la même activité qu'il y a vingt et un ans en te rendant au centre, cela te rappelle ta mère, je me trompe ?

Touché. Mathias essayait pourtant de ne rien laisser paraître. Depuis le temps, il avait appris à faire avec la disparition tragique de sa mère. Mais ici, c'était différent. De l'aéroport à la ville, en passant par l'appartement de sa tante jusqu'au centre dans lequel Lexie est détenue, tout lui rappelait son séjour de 1992. Ces vacances organisées par son père devaient leur permettre d'échapper à un quotidien devenu trop pénible.

Fuir New York revenait à fuir sa douleur. À l'époque, Mathias avait passé de bons moments. Rachel et lui s'amusaient comme des enfants insouciants. Il mettait ainsi de côté la douleur de la sombre épreuve traversée récemment. Lexie aussi l'avait émerveillé, lui avait changé les idées pendant quelques heures. Mais avec le recul, il se rend compte qu'il n'avait fait qu'omettre les problèmes. Lexie était associée à un moment douloureux de sa vie. En retournant la voir et en se battant pour sa cause, les souvenirs de sa mère mis volontairement dans un coin de sa mémoire faisaient à nouveau surface.

Le voyant tête baissée et n'apportant pas de réponse, sa tante comprend alors qu'elle a visé juste.

— Viens dans mes bras, mon chéri, dit-elle en s'approchant de lui. Tu sais, c'est normal que ce soit difficile. Elle te manque, mais tu as toujours voulu prendre sur toi pour ne pas montrer ton chagrin. Tu t'es forgé une sacrée carapace. Aujourd'hui, tu es un jeune homme charmant, accompli, passionné par son métier, elle serait extrêmement fière de toi ! Mais tu as le droit de te laisser aller de temps en temps et de pleurer si cela peut te faire du bien.

— Merci, tante Claire.

— Allez, va chercher ton ami. Hors de question que vous partiez affronter cette rude journée le ventre vide.

Triste spectacle

Mathias a la boule au ventre. La grille est ouverte. Il entre péniblement dans le parc, longe le couloir de l'entrée et se trouve face à Lexie flottant, inerte, dans son bassin. Son minuscule bassin. Il a mal au cœur de la voir ainsi, comme «sans vie», dans ce qui ressemble plus à un bocal pour poisson rouge qu'à un océan. Il se retourne et fait face aux gradins. Tout lui semble encore plus petit que dans ses vieux souvenirs. Guillaume et lui s'installent quelques places plus haut, afin de filmer l'intégralité de la structure. Lexie est une orque qui pèse plus de trois tonnes et mesure environ six mètres tandis que son bassin ne s'étend pas sur plus de dix mètres de long. Son lieu de vie ne respecte pas les dimensions légales minimales imposées et pourtant, ses dirigeants continuent depuis plus de quarante ans à la laisser croupir ici. Une dizaine de minutes plus tard, les gradins ont fait le plein de visiteurs surexcités à l'idée de voir une orque d'aussi près. Mathias, lui, observe la situation avec un tout autre regard que lorsqu'il avait neuf ans. Deux soigneurs arrivent avec des seaux de poissons. Une musique tonitruante retentit, c'est le début du show. Sur la plateforme qui sépare le bassin rond en deux parties, les soigneuses tapent dans leurs mains pour entraîner le public avec elles. Lexie attend les ordres. Sur commande, elle effectue des sauts d'une grande précision. Mathias retient son souffle. Il craint qu'en retombant, Lexie se fracasse contre le rebord du bassin. Caméra à la main, Guillaume filme tout du long. Mathias parvient difficilement à prendre des photos, absorbé par ce triste spectacle. Cette vulgaire piscine n'atteint pas plus de six mètres de profondeur. Lorsque Lexie se redresse, sa nageoire caudale touche le fond. Il a envie de crier. Puis, l'orque s'approche de la plateforme où l'une des deux jeunes femmes se tient assise. Elle lui fait un signe spécifique, la baleine se met à «chanter», et s'arrête pile au moment où le soigneur baisse son bras, en échange de poissons. Les spectateurs sont hilares tandis que Mathias laisse couler des larmes. Le spectacle est insoutenable à regarder, à entendre. Il y a ce que l'on veut montrer aux gens et la réalité. Seulement, il faut savoir regarder les choses d'une autre manière pour comprendre ce qu'elles sont réellement. La mauvaise interprétation conduit à la désinformation et à une éducation complètement faussée du public. Quel affreux message destiné aux enfants !…

— Elle est là uniquement pour le plaisir égoïste des humains qui veulent tout, tout de suite, dit Mathias à Guillaume. Tous ici présents, estiment logique de payer pour avoir accès à ce qu'ils n'auraient pas l'occasion d'approcher en temps normal. Tu peux me dire ce qu'il y a de pédagogique là-dedans ?

— Absolument rien, mec. C'est du business. Elle a été capturée, enfermée, entraînée, uniquement pour le plaisir des Hommes. Parce que le divertissement est un dû. Et que depuis toutes ces années, malgré les pétitions, la prise de conscience progressive de la population, les conditions de détention aussi illégales soient elles, Lexie rapporte de l'argent. Comme tous les cétacés captifs à travers le monde.

— Tout ça me désespère… Je reviens dans cinq minutes, j'ai besoin de téléphoner. Enfin, laisser un message, plutôt.

— À Debby ? demande Guillaume.

— À Debby, oui… répond Mathias, le moral en berne.

Les deux acolytes sont sidérés. L'océan se trouve à deux pas de cette piscine qu'elle partage avec deux dauphins. Elle n'a pas vu un de ses semblables depuis 1980. Depuis que Kinaï, le mâle, avec qui elle partageait cet affreux bassin, s'est suicidé en se frappant la tête contre l'un des murs en béton. C'est tragique de savoir que des animaux qui ont pleinement conscience d'eux-mêmes, et des autres, sont contraints de vivre une vie comparable à l'enfer à cause d'Hommes qui se croient au-dessus de tout. Parce que s'il y a bien une chose que ces orques ne peuvent ni imaginer ni comprendre, c'est le pouvoir de l'argent. Et pourtant, elles en sont les malheureuses victimes.

La face cachée d'une naissance

— Debby, tu peux aller ouvrir la grille de la loge de Reykja, s'il te plaît ? demande Kelly, la responsable.

Debby s'exécute. L'orque de sept mètres et de plus de cinq tonnes observe la jeune femme comme jamais auparavant. Ou peut-être est-ce elle, qui plonge ses yeux dans les siens avec une tout autre dimension. Elle se sent presque mal à l'aise. Elle longe la plateforme et Reykja la suit, sans la lâcher du regard. Troublée, intimidée, elle se souvient de la vidéo découverte la veille. Amber Davis a frôlé la mort. Des frissons lui parcourent le dos. Pourtant, elle voue un amour profond à cet animal. Le genre de sentiment que l'on ne peut pas expliquer à quelqu'un qui ne l'a lui-même jamais ressenti.

— Merci, ma grande. Alors, dis-moi, as-tu déjà assisté au recueil de sperme d'une orque lors de tes précédents stages ?

— Pardon ? répond-elle, choquée par cette question.

— Eh bien, oui ! Tu sais, on recueille la semence de nos mâles afin de procéder aux inséminations artificielles des femelles par la suite.

— Je, euh, je… non, je n'ai jamais vu cette procédure.

— Bon, eh bien tes collègues vont s'en charger, tu te mets sur le côté et tu observes la manière dont ils s'y prennent. Tu pourras t'en charger la prochaine fois.

Debby n'est pas franchement convaincue. Elle adore son métier, mais masturber un épaulard ne faisait pas partie des tâches rêvées, ni même imaginées. Néanmoins, attentive et consciencieuse, elle se place à l'endroit demandé. Salvador fait signe à Reykja de se placer sur le dos, au bord de la plateforme. Madison fait de même avec Sam, pour qui c'est une première. Justin arrive avec une sorte de sachet en plastique, et se positionne, genoux à terre aux côtés de Madison, pendant que Salvador sort le sexe de Reykja de son fourreau pour montrer l'exemple à Sam et commence à le masturber. Deborah a du mal à en croire ses yeux. La scène semble improbable, choquante et tout sauf naturelle. Elle se hasarde à poser une question.

— Dites-moi, pourquoi pratiquer cette euh… récolte ? Je veux dire, Sam peut se reproduire avec Isis, Sofia ou Louna s'il en a envie ? La preuve, avec la naissance de Clay ?

— C'est une commande, répond Madison.

— Une commande ?

— Oui, pour les autres centres. Sam est un très beau mâle en bonne santé qui vient de se reproduire de manière naturelle. Alors nous nous servirons de son sperme pour inséminer artificiellement des femelles dans d'autres parcs du pays comme cela se fait en Europe, pour continuer le programme de reproduction. Procéder à la même manipulation avec Reykja, qui en a eu l'habitude pendant des années, incite Sam à se laisser manipuler. Cela peut régler certains problèmes de consanguinité, lorsqu'un mâle vit avec sa fille ou sa nièce. La capture d'orques sauvages est interdite depuis plusieurs années en Europe notamment, alors ce moyen nous permet d'avoir des naissances et de maintenir une population dans les parcs marins. Tu comprends, si on n'a plus aucune descendance, une fois que ceux-ci seront morts… On n'aura plus qu'à mettre la clé sous la porte !

Atterrée par ces propos, Debby tente de faire bonne figure. Jamais, elle n'avait réfléchi à ce problème auparavant. Naïvement, elle croyait que les animaux se reproduisaient entre eux parce qu'ils se sentaient bien. Qu'effectivement, parfois, il fallait séparer un petit de sa mère afin qu'il puisse fonder sa propre famille ailleurs. Pour leur bien. Là, en plus de l'annonce d'une vérité insoupçonnée, on lui demande d'être prochainement capable d'assouvir la frustration sexuelle d'une orque mâle de ses propres mains ! Tout cela pour envoyer la précieuse semence par colis jusqu'en France ou en Espagne où une femelle se fera introduire un tuyau à l'intérieur des organes génitaux pour tenter de donner la vie. Dure réalité, sacrées désillusions pour une novice dans le monde de l'industrie des cétacés captifs.

Seule sur le sable

Pour la première fois, Debby doute de ses capacités pour ce métier. Ce qu'elle a vu ce matin ne l'enchante absolument pas. Elle redoute qu'on lui demande réellement d'effectuer cette manipulation, disons… délicate. De plus, le rassemblement devant le parc l'a rendue très mal à l'aise. Certains membres du mouvement, certes pacifique, ont payé leurs entrées pour venir voir le spectacle de fin de matinée. Ils ont fait connaître leurs revendications grâce à des banderoles déployées dans les gradins parmi les visiteurs lambda. La honte devait se lire sur son visage. Ce matin, tout a été très compliqué à gérer. C'est pourquoi elle a entrepris de faire une véritable pause en allant grignoter un sandwich sur la plage, à environ sept cents mètres du parc. S'éloigner un peu et rester seule lui ferait du bien. Quelle ironie, quand on y pense ! La vie captive à moins d'un kilomètre de la vie sauvage et libre. Triste constat.

Prenant soin d'enlever ses baskets, elle avance doucement jusqu'au bord de l'océan. Elle marche, seule, un léger vent face à elle, laissant sa longue chevelure blonde flotter dans l'air. Puis, elle s'assoit sur le sable chaud, fermant les yeux quelques

165

secondes, le temps de profiter du silence qui l'entoure et du soleil caressant son visage. Avant de manger, non pas par faim, mais surtout pour ne pas s'écrouler, elle attrape ses écouteurs dans son sac à main, puis son téléphone. Elle le déverrouille et remarque un appel manqué ainsi qu'un message vocal. C'est encore Mathias. Elle hésite, vu la matinée qu'elle vient de passer, elle n'a pas franchement besoin qu'on l'assomme davantage. Cependant, la voix de Mathias lui manque, autant qu'elle le déteste. La curiosité l'emportant, elle écoute le message qu'il a laissé :

« Debby, c'est Mathias. J'espère que tu vas bien. En tout cas, j'espère que tu vas mieux que moi. Je sors à l'instant du Centre de recherche de Miami ; Guillaume et moi, on y est allés pour filmer le spectacle de Lexie, une femelle enfermée là depuis plus de quarante ans. Je sais que tu ne veux pas entendre parler de tout ça, mais Debby, je te jure, si tu savais comme je me sens mal… Mal de savoir qu'elle vit seule dans sa piscine ridicule, mal de voir des parents emmener leurs enfants sans comprendre à quel point c'est dramatique, mal de ne pas pouvoir la sortir de là… Je voudrais tellement pouvoir te parler, être près de toi en ce moment… Je sais que c'est con et qu'on ne se connaît pas, mais tu me manques, vraiment… Et je t'appellerai dix fois par jour s'il le faut pour que tu comprennes que je suis sincère. Je t'embrasse. Rappelle-moi. »

Déjà qu'elle n'avait pas le moral, voilà un message qui ne va pas aider la belle blonde à aller mieux. Mathias paraît désemparé. Elle ressent de la peine pour lui. Elle est toujours en colère et très déçue de son comportement, mais quand même… Le ton de sa voix sonne vrai, franc et attristé. Ne connaissant ni Lexie ni le centre de Miami, elle note dans un coin de sa tête de faire des recherches, ce soir chez elle. Mathias dramatise peut-être un peu. Mais le fait qu'elle y vive seule attise sa curiosité. Captifs ou sauvages, les orques vivent en groupe, c'est un principe de base. Cela mérite qu'elle approfondisse un peu le sujet. Elle enclenche la musique, met ses écouteurs et regarde son sandwich poulet-crudités. Sans aucun appétit, la boule au ventre, elle le range dans son sac pour plus tard et se laisse tomber dans le sable, pour faire le vide.

Louka

J'ai vingt-six ans. Mes hormones de jeune mâle me travaillent. Sofia a treize ans maintenant. Et dans ce bassin où l'on tourne en rond, nous cherchons un peu de réconfort dans le plaisir des rapports. Nous ne pouvons pas chasser, nous ne pouvons pas nager des kilomètres entiers, nous ne pouvons pas plonger aussi profondément que nous en sommes capables. Nos activités sont restreintes ou contraintes. Mais depuis quelque temps, Sofia ne va pas bien.

La nourriture que l'on nous donne est exclusivement à base de poisson congelé. Comme on ne peut pas s'hydrater suffisamment, les gens qui s'occupent de nous utilisent des méthodes particulières, pour éviter que notre état n'empire. Et Sofia en fait les frais. Au bord du bassin, les mâchoires grandes ouvertes, le vétérinaire lui introduit un tuyau jusqu'à l'estomac pour y faire couler de l'eau. Mais ce n'est pas tout. L'ennui nous fait faire pas mal de bêtises. Sofia n'échappe pas à la règle, puisqu'elle pouvait passer des heures à râper les parois avec ses dents, au point de s'en faire saigner le menton. Des morceaux de béton se détachent du fond du bassin, ce qui provoque de gros dégâts sur ses dents, à force de les mâcher. Pour lui éviter les abcès, le vétérinaire se sert d'une fraiseuse avec laquelle il perce des trous dans ses dents. Évidemment, elle est presque perpétuellement sous traitement antibiotique et anti-inflammatoire.

Malgré ses soucis de santé, Sofia a mis au monde notre fils cette année-là. Un beau petit mâle qui faisait la joie de tous, cinq ans après le transfert de ma fille. Seulement le bonheur fut de courte durée. Atteint d'une pneumonie, Louka n'a pas survécu plus de trois mois. Sofia poussait sans arrêt le petit à la surface, pour l'aider à respirer et qu'il ne coule pas. Mais c'était peine perdue. Les dresseurs sont venus en nombre pour tenter de récupérer son corps. Or, elle ne voulait pas qu'on le lui prenne. La douleur d'avoir perdu un autre membre de notre famille réapparaissait, encore et encore. Ils ont dû s'interposer pour retirer le cadavre, sous les vocalises de détresse de Sofia, à qui l'on ne laissait pas le temps de faire le deuil de son bébé.

Prise de conscience

L'après-midi a été aussi compliquée que la matinée. Debby souhaitait rentrer chez elle dès que possible et prendre un bon bain. Une fois à l'étage, elle ouvre le robinet, se déshabille et presse la bouteille de gel douche dans les litres d'eau qui s'accumulent. Une agréable odeur de vanille se répand dans la pièce. Elle enjambe la baignoire, s'assied et enfin s'allonge dans l'eau chaude. Vingt minutes à se prélasser en ne pensant à rien d'autre qu'à elle. Enfin, en théorie. Mathias n'est jamais bien loin dans son esprit.

N'ayant rien avalé de la journée, elle décide de se mettre sous sa couette après avoir enfilé un short de nuit et un débardeur. Ordinateur portable sur les genoux, elle veut en finir une fois pour toutes avec son poulet-crudités. Bien entendu, elle avait pris soin de le mettre dans le réfrigérateur des employés, dans les vestiaires, à son retour de la plage. Puis elle commence à rechercher sur internet à quoi ressemble le Research Center de Miami. Certes, elle en avait déjà entendu parler. Mais jamais, elle ne s'était rendue sur place pour un stage ou même pour une simple visite. À la découverte du site internet du parc, Deborah ne trouve rien d'anormal. Les explications sont claires, les activités proposées sont semblables à celles des autres parcs. Elle ne voyait pas en quoi cela pouvait rendre Mathias encore plus mal que d'habitude. Puis, dans un souci d'objectivité, elle tape «orque Lexie Miami» et clique sur «images». À la vue des premiers résultats, Debby, surprise, pose son sandwich sur le lit. Elle s'approche de son écran et scrute attentivement les photos. Elle clique sur une première, une seconde, une troisième, les fait toutes défiler une par une, sans exception. N'en croyant pas ses yeux, la jeune femme comprend maintenant, malgré son métier, ce qui a pu autant accabler Mathias. Ce bassin est tout simplement indécent. Immoral. Il semble même trop petit pour un groupe de dauphins, alors pour un épaulard… Ce n'est pas ce soir encore qu'elle mangera, ces photos lui ont coupé l'appétit. Tout comme son début de prise de conscience. Et si ce que Mathias et Guillaume lui avaient montré était plus proche de la réalité que ce qu'elle pensait ?

Mission dauphins

Guillaume et Mathias ont fait un détour par la plage avant de rentrer à l'appartement de Claire. Le spectacle de Lexie ainsi que les autres activités proposées au parc les avaient blasés. Dans l'une des chambres qu'ils occupent, ils ont commencé le montage de leur documentaire. Ils possèdent énormément de vidéos, de photos et de témoignages pour étoffer le reportage qu'ils comptent diffuser dans les semaines à venir.

— Bon, j'ai terminé le tri des photos, indique Mathias. Et toi?

— J'avance sur le montage vidéo, il faudra ajouter la voix off pour les commentaires. Je t'enregistrerai quand tu auras terminé tes textes.

— Parfait. Mais, il nous faut autre chose…

— Qu'est-ce qu'il manque, selon toi?

— Des images «choc»… Un truc qui révolte les gens, qui les mette en colère…

— Euh! excuse-moi, mais en images choquantes, je crois qu'on a largement le nécessaire! répond Guillaume.

— Oui concernant les orques, mais pour les dauphins ? Lexie vit avec deux individus qui m'ont fait également beaucoup de peine... Et tu sais aussi bien que moi comment la majorité des dauphins arrivent dans les parcs.

— Eh bien, d'après mes recherches sur les cétacés captifs à travers le monde, la majorité d'entre eux provient de cryptes cubaines, mexicaines et japonaises où les dauphins sont rabattus du large pour être capturés. La plus tristement célèbre d'entre elles est la baie de Taïji.

— Exactement. Nous devrions aller tourner des images là-bas.

— Alors là, t'es devenu complètement malade ! C'est pire que tout là-bas, il s'agit d'un véritable massacre !

— Justement. On doit montrer au monde ce qui se passe vraiment dans cette partie du globe. Regarde quand aura lieu le prochain vol pour Tokyo.

— Je suppose qu'il est inutile de te demander si tu es sérieux ?

— Complètement inutile, indique Mathias en écrivant un message à Deborah, qui, elle, continue de l'ignorer.

Persévérance

Chez Deborah, banlieue de Jacksonville, 21 h 37

Alors qu'elle était perdue dans ses pensées face à son ordinateur, Deborah entend la sonnerie d'un message reçu sur son téléphone. Persuadée qu'il s'agit à nouveau de Mathias, elle prend une grande inspiration et sent son cœur s'accélérer. Aussi bizarre que cela puisse paraître, elle commençait à comprendre où il voulait en venir. Ce qui lui donnait un sentiment douloureux quant à sa propre remise en question sur son métier et le bien-fondé de ses activités quotidiennes. En lisant son message, elle eut encore un peu plus mal au cœur.

« Bonsoir… Je ne sais pas si tu écoutes mes messages où si tu les effaces directement. Aujourd'hui a été une journée vraiment difficile. Ce que j'ai vu m'a rappelé de mauvais souvenirs d'un lointain passé que j'ai refoulé pendant vingt et un ans. Peut-être qu'un jour, j'aurai l'occasion de t'en dire davantage sur ce sujet… En attendant, je voulais te dire que Guillaume et moi partons pour le Japon. Dans quelques jours, les massacres de dauphins dans la baie de Taiji vont reprendre. Je tiens à ce qu'on tourne des images de ce qui se passe là-bas. »

Puis, quelques minutes plus tard, elle reçoit un second

message.

«*Je pense à toi constamment. À cette soirée ensemble, côte à côte au restaurant, à rire de tout et de n'importe quoi. Je sens encore tes cheveux dans mes doigts, la douceur de ta joue dans ma paume quand j'ai eu la chance de t'embrasser. On a eu une seule et unique nuit tous les deux, c'est vrai, mais c'était la plus belle nuit qu'il m'ait été donné de vivre. Ton corps tout entier sous le mien, ta peau contre la mienne, tes mains qui me caressent sont des sensations que je n'oublierai jamais. J'ai tout gâché ensuite, je le sais. Mais je ferai tout ce que je peux pour que tu acceptes de me revoir. Bonne nuit.*»

Mathias Collins, un garçon charmant, plein de ressources, qui sait parfaitement choisir ses mots pour que la balance penche en sa faveur... Mais il est aussi tordu, calculateur et très doué pour le mensonge. Entre ces deux versions de lui, le cœur de Debby balance. Pour le moment, elle ne lui répondra pas. Même si elle mourait d'envie de lui raconter à quel point sa propre journée avait été compliquée... Pour l'heure, elle choisit de se raviser. Elle poursuit ses recherches afin de se faire sa propre opinion sur ce qui se passe à Miami, comme au Japon. Elle ouvre un nouvel onglet internet et tape sur son clavier «dauphins Taiji».

Mensonges

Une nuit de sommeil pas franchement réparatrice pour Debby durant laquelle les cauchemars se sont succédé. Les images trouvées sur internet la veille l'ont quelque peu traumatisée. Elle n'avait jamais eu connaissance de cette ville appelée Taiji, au Japon. Cet endroit précis que l'on nomme «la baie de la honte» porte effroyablement bien son surnom. Jamais, elle n'aurait pu imaginer que des gens soient prêts à une telle ignominie pour de l'argent. Autant de mépris pour la vie animale ne lui semblait pas possible. Jusqu'à hier soir.

À chaque fois que Mathias communique avec elle, une tout autre vision de son monde apparaît. Tout ce qu'elle prenait pour acquis de manière sûre et certaine s'avérait faussé. Affronter une nouvelle journée de travail lui paraissait insurmontable ce matin. Sans grande motivation, la seule chose qui lui donnait un peu le moral était de s'occuper des animaux. Leur présence est indéniable, les nourrir, les stimuler est indispensable. Que l'on soit d'accord ou non avec la politique du parc, les orques ont besoin d'elle. Tant qu'elle ne sera pas mise à la porte, elle continuera de faire de son mieux, en leur apportant amour, soins et attentions. Cela commencera par leur premier repas. Selon le planning, c'est au tour de Debby de démarrer sa journée à 7 h 30. Après avoir enfilé sa combinaison au vestiaire, elle doit vérifier que tous les pensionnaires ont passé une bonne nuit et qu'ils ne se sont pas blessés. Ensuite, elle doit préparer les premières rations accompagnées des traitements oraux nécessaires. Seule dans la cuisine, elle se munit d'un papier et d'un stylo. Elle note scrupuleusement les noms des médicaments donnés à chacun des épaulards et leurs compositions dans le but de faire une recherche précise de ce qui leur est administré chaque jour et de comprendre pourquoi. Sans être influencée par personne. Comprendre par elle-même, pour se forger sa propre opinion.

Justin entre dans la cuisine, à 8 h. Il entame la conversation.

— Comment tu vas ce matin, ma grande ? Pas trop le moral dans les chaussettes après le rassemblement anticaptivité d'hier ?

— On fait aller, répond la jeune femme. Je t'avoue que je me suis sentie très mal à l'aise quand certains d'entre eux ont déployé des banderoles dans les gradins à la fin du spectacle…

— Effectivement, ça peut arriver. Mais il ne faut pas te laisser démonter et que tu te souviennes de pourquoi tu es là, pourquoi tu fais ce job. On a réalisé nos rêves de gosses, ne laisse personne détruire ça !

— J'essaie, mais ce n'est pas si évident… Je ne devrais pas me laisser atteindre, seulement je me pose forcément des questions sur ce que l'on fait au quotidien. Nos animaux sont-ils vraiment heureux ?

— Ils le sont, n'en doute pas. On leur apporte les meilleurs soins possibles, tu le sais ? Dans la nature, si un animal à un problème de santé, il meurt. Ici, on le soigne. Certains spécimens en liberté meurent de faim, faute de nourriture. Ici, on les nourrit à satiété. Et puis, on passe notre journée à les chouchouter, à jouer avec eux, à leur apporter beaucoup d'amour.

— Oui, sûrement… acquiesce-t-elle, sans grande conviction. Dis-moi, depuis combien de temps tu travailles ici ?

— Depuis presque dix ans ! Pourquoi ?

— Tu as certainement connu Amber Davis ?

Justin garde le silence, surpris par cette question. Kelly avait bien spécifié que Deborah ne devait pas être mise au courant concernant le départ d'Amber.

— Justin ? Tu la connaissais ou pas ? Je sais que c'est elle que j'ai remplacée à la dernière minute.

— Oui, oui évidemment, je l'ai connue, elle bossait ici depuis un peu plus d'un an et demi. Elle venait du Canada et a été embauchée après un précédent départ.

— Et, comment ça se passait ? Pourquoi est-elle partie ?

— Oh ! bah ! tu sais, parfois, il n'y a pas d'explication ! Il me semble qu'elle a trouvé un autre travail, mais je n'ai pas eu de détails.

— C'est dommage, vous étiez collègues depuis un petit moment, elle n'a pas fait de pot de départ ?

— Non, non… pas de pot de départ… Mais, pourquoi toutes ces questions ?

— Comme ça, par curiosité ! Tiens, les seaux de Sofia, Louna et Sam sont prêts, si tu veux commencer.

— Merci! À tout à l'heure! lui dit-il, un peu mal à l'aise et soulagé de quitter la pièce.

Se retrouvant à nouveau seule dans la cuisine, Debby sait dorénavant que Mathias a de la concurrence dans le domaine des menteurs sans état d'âme. Son collègue lui a menti, sûrement parce qu'on le lui a ordonné. Elle en est certaine, à présent. Parce que la voix de la personne qui filmait Amber Davis lorsque Reykja l'a entraînée dans l'eau, c'était celle de Justin.

En route pour l'enfer

Aéroport international de Miami,
Salle d'embarquement en partance pour Tokyo
27 août, 11 h 26

— Dernier appel pour votre avion les garçons, c'est l'heure d'y aller!

— Merci beaucoup, Claire, pour ton accueil et ton hospitalité, pour les merveilleux repas que tu nous as préparés. Je suis très heureux de t'avoir enfin rencontrée depuis toutes ces années, dit Guillaume en la prenant dans ses bras.

— Oh! arrête, jeune homme, tu vas me faire pleurer! J'aurais aimé que vous restiez encore un peu, ces quelques jours avec vous m'ont fait le plus grand bien! Vous êtes ici chez vous, revenez quand vous voulez.

— C'est promis, répond Mathias. Je t'appelle quand on atterrit. Le vol dure approximativement dix-huit heures et il y a treize heures de décalage horaire entre la Floride et le Japon, donc en attendant mon appel, ne t'inquiète pas trop. Merci d'avoir été là pour moi. Il y a vingt et un ans, comme ces derniers jours. Tu vas me manquer, lui dit-il en l'étreignant.

— Je m'étais juré de ne pas pleurer, chuchote-t-elle à son oreille, essuyant discrètement ses larmes. Bon voyage et à très vite, mon chéri. Prends soin de toi. Je t'aime.

— Je t'aime aussi, tante Claire. À bientôt.

C'est le cœur déchiré que Claire observe son neveu monter dans l'avion. Elle sort inquiète et le pas lourd de l'aéroport, mais extrêmement fière de la mission que souhaitent accomplir ces deux jeunes hommes. Ils se battent pour une noble cause et elle espère au plus profond d'elle-même qu'ils trouveront ce qu'ils sont partis chercher.

Au même moment, les deux reporters s'installent à leurs places. Un long trajet les attend. Guillaume n'a jamais été un grand fan d'aviation. Il a toujours une appréhension quant au fait de rester cloîtré dans une machine volante pouvant s'écraser à tout moment. Mais l'avantage des vols interminables, c'est qu'il a tout le temps d'alterner entre le travail et la détente. Jusqu'ici, il se concentrait principalement sur les orques. Leurs captures respectives pour les plus anciennes, leurs centres, leurs conditions de vie, les problèmes engendrés et les éventuelles naissances. Cette fois, il allait se rendre sur le terrain de la nature, où une poignée d'hommes faisaient régner la terreur et où la mer d'un bleu si profond devenait rouge de sang. Rien que l'idée de se confronter à ce type d'humains lui donnait des frissons d'angoisse. Si les orques menaient une vie difficile, les dauphins avaient aussi leur quota d'horreur. Taiji semblait être un véritable enfer sur Terre. Et il était bien en dessous de la réalité.

Avant de se plonger à son tour dans le travail, Mathias envoie un dernier message à Debby.

« *Un dernier message jusqu'à ce que j'arrive à Tokyo dans environ dix-huit heures. Nous ne connaissons pas encore la durée de notre voyage en Asie. Mais je sais ce que nous allons découvrir là-bas et ça m'effraie déjà. J'ai peur, parce que je sais également que ce que j'imagine n'est rien* » *en comparaison avec la situation sur place. Penser à toi me fait tenir. J'ai toujours espoir que tu me pardonnes. Ces quelques jours sans te voir, sans entendre ta voix sont la pire des punitions que tu pouvais m'infliger. Je la mérite mais je ne lâcherai pas. Ce Mathias-là n'est pas réellement moi. Je t'embrasse très fort, tu me manques. »*

Ceintures attachées, l'avion prend son envol en direction du Japon où les deux acolytes vont assister au plus terrible des spectacles dont l'homme est capable : la cruauté sous couvert de cupidité.

Isis

ALEX
États-Unis d'Amérique, 2009

Jour d'une nouvelle arrivée. Ce soir-là, après le spectacle de fin d'après-midi, la grue a été installée. Un membre de plus allait faire sa triste entrée dans cette famille recomposée que nous formons. En temps normal, on ne se serait peut-être jamais croisés. Nous venons tous de mers et d'océans différents. Certains sont nomades, d'autres sédentaires. Ici, nous sommes piégés. Confinés dans cette boîte, faite de béton et de verre. Parois vitrées contre lesquelles les visiteurs tapent pour attirer notre attention, puis prennent la pose pour se photographier à tour de rôle près de nous.

Une fois dans nos loges, nous avons vu l'une de nos semblables venir du ciel par la civière pour être relâchée dans le grand bassin. Il s'agit d'une enfant. Encore une jeune femelle traumatisée d'avoir été enlevée à sa mère. Madison propose immédiatement de s'occuper d'elle, de lui apporter à manger et de l'inviter à prendre possession de sa loge. Elle a fait tout ce qu'elle pouvait pour la rassurer, la soigner, lui apporter du réconfort dans cette journée horrible. Isis me rappelle l'enfant que j'étais, bien qu'elle ne soit pas née en liberté. Elle n'a connu pour seules maisons que des bassins d'eau chlorée. Pour seules activités, les entraînements et spectacles auxquels elle a participé très tôt aux côtés de sa mère, comme Leila l'avait fait auprès de Josefine. Cette petite de huit ans, tout droit venue d'un parc canadien, ne connaîtrait jamais le plaisir d'une partie de pêche en famille. Ni celui de l'apprentissage des codes de la chasse en groupe ni le bonheur de pouvoir nager pendant des kilomètres, sans se soucier de se cogner dans un mur ou dans une vitre. Cela valait peut-être mieux, quelque part. Elle n'aurait pas de souvenirs à ressasser comme moi. Elle ne connaîtrait rien des regrets qui me hantent chaque jour de ma misérable existence ici.

Sixième partie

OBJECTIF : TAIJI

À la découverte du Japon

Aéroport international de Narita, près de Tokyo,
28 août 2013, 18 h 30, heure locale

Après un peu moins de vingt heures de voyage, Guillaume et Mathias peuvent enfin sortir du Boeing 787 d'*American Airlines*. Pourtant, leur périple japonais ne fait que commencer. Avec une dizaine d'heures de décalage horaire en avance, ils se retrouvent propulsés en fin d'après-midi du lendemain de la date à laquelle ils ont décollé. Pendant que Guillaume attend l'arrivée des bagages en soute, Mathias s'empresse de téléphoner. Il est environ cinq heures trente du matin en Floride, mais il tient à appeler sa tante Claire. Ayant eu un sommeil agité toute la nuit, elle va désormais pouvoir se reposer tranquillement, rassurée que les garçons soient bien arrivés à destination. Puis, il tente un appel à Debby, bien qu'elle soit probablement encore endormie à cette heure-ci.

« Debby, c'est encore moi. Comme promis je te laisse un message, encore… On est arrivés à Narita, près de Tokyo. On va se trouver un hôtel et demain on prendra un vol interne pour Osaka. On se rapproche doucement de Taiji. En attendant, on va se rendre dans un delphinarium du coin pour constater les conditions de vie locale et les comparer à celles de nos parcs américains. Si jamais tu veux me rappeler, peu importe

189

l'heure… n'hésite pas. À bientôt j'espère. »

— Toujours rien ? questionne Guillaume, réceptionnant tout juste les bagages.

— Non, rien… Il est encore tôt à Jacksonville, elle dort sûrement. Mais elle ne me répond pas, ni aux appels ni aux messages.

— Elle a du caractère, la petite. Plus sérieusement, je comprends que ça paraisse une éternité pour toi, mais ça ne doit pas être facile pour elle. Elle avait une idée bien définie, bien préconçue et tu es arrivé comme un boulet de canon pour tout détruire. Sans compter le vol du badge qui l'a rendue dingue et qui t'a valu de te prendre une belle gifle ! Il faut qu'elle se rende compte des choses par elle-même et je suis sûr et certain qu'elle y travaille. En plus d'être belle, Blondie a un cerveau. Ne t'en fais pas. En attendant, il faut qu'on se dégote un hôtel. J'en ai justement trouvé quelques-uns à proximité d'ici pendant que tu téléphonais. J'ai faim et j'ai hâte de m'affaler sur un bon lit, bien confortable.

— Ouais, moi, pareil… Il faut que l'on mange quelque chose. Demain, on part pour Osaka et on ira à l'Aquarium où ils possèdent des dauphins.

— Je sens que ça va être dur…

— À qui le dis-tu !?

Les deux journalistes quittent l'aéroport, montent dans la navette et se rendent à l'hôtel Radisson Narita, dans lequel ils vont passer la fin de journée et la nuit suivante.

Questions

Chez Deborah, banlieue de Jacksonville
28 août 2013, 8 h 15

Aujourd'hui, Debby bénéficie d'un jour de repos. Une journée qu'elle attendait avec impatience, surtout avec les événements de ces derniers jours. Par réflexe dès son réveil, elle vérifie les notifications de son téléphone, posé sur sa table de nuit. Elle y voit un appel manqué et un nouveau message vocal de Mathias aux alentours de 5 h 30 du matin. Encore allongée, les yeux à demi-ouverts, elle colle son téléphone à son oreille et écoute le monologue de son reporter qui ne lui redonne pas franchement le moral. La jolie blonde ressent même de la compassion pour lui. Si elle reste là, elle va encore ruminer. En entendant du bruit au rez-de-chaussée, elle devine que ses parents s'affairent à la préparation d'un bon petit déjeuner. N'ayant rien pu manger la veille, la faim vient en sentant l'odeur du pain grillé.

Debby sort doucement de son lit, attache ses cheveux machinalement à l'aide d'un élastique et va à la salle de bain pour se passer le visage à l'eau. Elle descend les escaliers et rejoint ses parents dans la cuisine, ceux-ci ayant préparé une montagne de plats tous aussi alléchants les uns que les autres.

— Vous avez invité les voisins à petit-déjeuner avec nous ?

demande-t-elle ironiquement.

— Bonjour, chérie ! Non, nous sommes seulement partisans du choix pour le premier repas essentiel qu'est celui du matin. Comme cela, chacun y trouve son compte, lui répond Ashley.

— Et puis, tu connais ta mère, renchérit John. Quand elle cuisine, impossible de l'arrêter.

— Alors, qu'as-tu prévu de faire pendant cette journée de repos ? demande sa mère, ignorant la remarque de son mari.

— Je ne sais pas… Je dois vous avouer que je n'ai pas trop le moral ces derniers jours. Je doute de tout, je ne sais plus quoi penser de cette vie que je suis en train de me construire.

— Allons bon ! Mais qu'est-ce que tu nous racontes, ma grande ? questionne son père, intrigué.

— Oui, je sais que mon discours doit vous surprendre, mais ce métier dont j'ai toujours rêvé, pour lequel j'ai fait tant de sacrifices… Je me demande si je n'ai pas commis une erreur ?

— Pourquoi penses-tu ça, ma chérie, qu'a-t-il bien pu se passer pour que tu remettes si soudainement tout en question ?

« Si tu savais », pense Debby. Elle ne pouvait pas décemment leur raconter sa soirée avec Mathias. Il y a des sujets que l'on n'aime pas particulièrement aborder avec ses parents. Mais elle tente de trouver les mots pour expliquer le poids qui pèse sur ses épaules.

— Eh bien, il y a eu la conférence de presse l'autre jour, pour la naissance de Clay, vous vous souvenez ? J'ai parlé avec des journalistes et certains d'entre eux m'ont appris des choses que je ne soupçonnais pas. Et puis, mes collègues… Mes collègues que j'adore, que je respecte, que j'admire, me cachent des choses et pire, me mentent. Comment dois-je réagir face à ce type de comportement ?

— Es-tu sûre et certaine de ce que tu avances ? As-tu des preuves de tout ceci ou te poses-tu des questions au point de te monter un peu la tête ?

— Non, maman, tu peux me croire, j'ai creusé le sujet et j'ai été embauchée parce que la personne qui occupait mon poste est partie sans préavis, à la suite d'un incident, disons... plutôt grave. Et personne ne m'en a informée.

— Un incident grave ? Tu me fais peur... Que s'est-il passé ?

— Reykja... Il a saisi son soigneur par le bras, une jeune femme qui travaillait avec lui depuis environ dix-huit mois. Et il l'a... entraînée dans l'eau, soupire-t-elle. Elle s'en est sortie, mais elle aurait très bien pu mourir s'il en avait décidé autrement. Et personne n'a cru bon de me prévenir. Donc plusieurs questions s'imposent : Pourquoi ne m'a-t-on rien dit sur les risques encourus ? Je veux dire, bien sûr, que je connais les risques, mais pourquoi garder le silence sur cet incident ? Ne suis-je pas en droit de connaître le moindre détail de la vie des animaux avec lesquels je passe des journées entières ? Et pourquoi un animal soi-disant parfaitement heureux, équilibré et aimé ferait subir pareil supplice à la main qui le nourrit ?

Les parents de Deborah restent interloqués, sans voix devant ces confidences. Choqués, ils ne savent que répondre à leur fille. Si ce n'est qu'ils s'inquiètent, encore plus maintenant. Leur vision de cet endroit idyllique vient de changer radicalement. Si les animaux se rebellent et prennent la peine de faire de tels avertissements, peut-être ne sont-ils pas aussi bien dans ces bassins que ce que l'on veut leur faire croire ?

Étape par étape

Pour Mathias comme pour Guillaume, ce voyage au Japon est une première. Jusqu'alors, ils ont visité plusieurs pays pour le travail à travers les États-Unis, en Europe, ainsi qu'en Australie pendant leurs études. L'Asie est une destination totalement inconnue pour les deux jeunes hommes. À la découverte de cet hôtel quatre étoiles, ils sont sous le charme. Peintes dans des tons chauds, les chambres sont équipées d'une télévision à écran plat, d'une station pour iPod, d'un bureau et d'une connexion Wi-Fi bien indispensable aux deux reporters. Une fois leurs valises déposées, ils se rendent dans l'un des quatre restaurants de l'établissement, le *California*, qui offre une vue splendide sur le jardin, ainsi que la piscine. Devant un plateau de sushis pour se mettre dans l'ambiance locale, ils discutent de la manière dont ils vont mettre à profit leurs prochaines heures ici.

— Je n'ai pas franchement envie de dormir! Bien que le sommeil dans l'avion ne soit pas le plus réparateur qui soit, se plaint Guillaume en se frottant la nuque.

— Il faut que l'on continue le montage vidéo. Mais on

a qu'à profiter des activités proposées par l'établissement, avant. Tu peux aller à la piscine par exemple, suggère Mathias.

— J'irai peut-être même faire un tour au sauna ! Et toi ?

— Je pense aller à la salle de sport, elle me semble assez complète d'après la brochure. J'ai besoin de courir pour évacuer toute cette tension. Et à la rigueur, je te rejoins au sauna ensuite.

— Cela ne nous fera pas de mal de prendre un peu de bon temps pour affronter les jours à venir. Je redoute beaucoup tout ce que l'on va voir, ce que l'on va entendre. Comment un peuple avec autant de respect envers les humains, autant d'attentions et de politesse, peut-il capturer des dauphins à tour de bras pour les enfermer dans des aquariums parfois carrément lugubres ? questionne Guillaume.

Ce reportage est devenu leur principal sujet de conversation, mis à part Deborah Evans qui, ceci dit, a un lien direct avec les orques. Ils ne pensent qu'à ce documentaire, voyagent pour lui, travaillent pour lui, respirent pour lui et pour la vie ou la mémoire des animaux concernés. Même lorsqu'ils ont l'occasion et le droit de s'évader en s'aérant un peu l'esprit, absolument tout les ramène à ce sujet.

— Il s'agit comme toujours d'une poignée d'Hommes, répond Mathias. On ne peut pas rejeter la responsabilité sur tout un peuple comme c'est le cas partout dans le monde. Il y a des bons et des mauvais. Tous les êtres humains ne sont pas à mettre dans le même sac. J'ai lu dans l'avion que les Japonais mangeaient la viande de dauphin alors qu'il a été prouvé qu'elle est bien trop élevée en mercure et donc, potentiellement très dangereuse pour ceux qui la consomment régulièrement. Mais tant qu'il y aura des gens pour en acheter et que cela rapportera de l'argent, alors la cupidité prendra toujours le dessus sur la santé publique.

— Rassure-moi, ils ne mettent pas de viande de dauphin dans ces sushis ? demande Guillaume, au bord du malaise en regardant leur plateau-repas.

— Non, ne t'en fais pas, répond Mathias en souriant face à la tête écœurée de son ami. Ceux-ci sont à base de riz, d'avocat et de saumon. Pas besoin de paniquer !

Après un copieux repas que Guillaume a failli ne pas terminer, ils se séparent pour l'un, aller buller dans la piscine et l'autre, s'adonner à une séance de musculation. Malgré la fatigue, le jetlag et sa peine de cœur, Mathias a besoin de se défouler. Soulever des poids, travailler ses pectoraux, ses abdominaux et faire quelques kilomètres sur un tapis de course avec son casque sur les oreilles, lui permet de ne plus penser à rien pendant une heure. Il espère que ce soir, grâce au sport, il réussira à dormir sans trop penser à celle qui l'obsède chaque jour, peu importe l'endroit du monde où il se trouve.

Un vieux rêve abîmé

Debby hésitait à parler de ce qu'elle vivait ces derniers jours à ses parents. Elle savait pertinemment qu'ils s'inquiéteraient encore plus pour leur fille et qu'ils verraient d'un tout autre œil son départ pour le travail chaque matin. Cependant, elle ressentait le besoin de se confier sur cet aspect de sa vie et en parler aux personnes qui l'aiment le plus au monde lui paraissait être la meilleure option. Ces derniers, le stade du choc passé, lui ont finalement conseillé de suivre son instinct. Si elle avait le moindre doute quant à son métier, ses collègues, sa légitimité à occuper ce poste et le plus important, sa sécurité, alors elle devait pousser ses recherches et en avoir le cœur net pour ne rien regretter. Remettre des années de certitude en question est une des choses les plus difficiles à faire dans une vie. Quel que soit le domaine dans lequel on établit son introspection. Depuis son enfance, Deborah répondait inlassablement la même chose lorsqu'on lui demandait ce qu'elle voulait faire plus tard, quand elle serait grande. Elle serait soigneuse au Centre d'Éducation et de Découverte de Floride. Point. Rien d'autre ne la faisait plus rêver que de voir

199

les soigneurs de l'époque nager avec Reykja, grimper sur son dos et faire le tour du bassin en agitant la main pour dire «bonjour» au public installé dans les gradins… Le public, il y a quelques années en arrière, c'était elle. Et chaque soir avant de s'endormir, elle embrassait Reykja sur son poster démesuré, accroché au mur de sa chambre. Malgré l'interdiction mondiale de plonger et nager dans les bassins ordonnée par l'OSHA, une organisation gouvernementale fédérale dont la mission est la protection des salariés dans le cadre du travail, elle avait quand même réalisé son rêve d'enfant. Elle approchait chaque jour ses animaux favoris, elle les nourrissait, participait à leurs soins, leur donnait tout l'amour qu'elle gardait pour eux depuis tant d'années. Aujourd'hui, elle se rend compte que tout ce qu'elle a pu imaginer, souhaiter, espérer si fort n'est peut-être pas aussi beau que dans ses souvenirs d'enfant. Outre les mensonges de ses collègues et les révélations faites par Mathias et Guillaume, la vérité la plus difficile à accepter et qui lui fait le plus de mal est de s'être menti à elle-même.

Voulant en finir avec ses doutes et ses incompréhensions, Deborah se résout à prendre contact avec quelqu'un qui semble bien placé pour être honnête avec elle et qui, surtout, n'aurait aucune raison de lui mentir. Ayant un nom, un visage, mais pas de coordonnées, elle décide d'utiliser les moyens de communication modernes pour trouver celle qu'elle recherche. Elle dégaine son smartphone, ouvre l'application «Facebook», et tape «Amber Davis» dans la barre de recherche.

Une personne de confiance

Hôtel Radisson
650-35 Nanae, Tomisato-Shi, Narita, Japon
20 h 20, heure locale

Tandis que Guillaume se prélasse dans l'eau de la piscine éclairée par des spots de couleurs, Mathias transpire à grosses gouttes. Le sport fait partie intégrante de sa routine hebdomadaire depuis toujours. L'effort physique est bien plus qu'un moyen d'entretenir son corps, c'est une véritable philosophie. Par-dessus tout, une échappatoire. Il le reconnaît lui-même, à chaque fois que quelque chose ne va pas, il se jette corps et âme dans son exutoire. Depuis la disparition de sa mère, son père avait tenu à ce qu'il s'occupe en dehors de l'école. Karaté, athlétisme, natation, football américain… Mathias avait essayé beaucoup de sport au cours des années, il possédait un véritable potentiel dans chacun de ces domaines. Mais avec l'entrée dans la vie active, ses horaires à rallonge et ses nombreux déplacements, les entraînements à heure fixe des associations ou clubs sportifs ne lui convenaient plus. Avec sa sixième paie, il s'est offert un tapis de course, qu'il a installé dans un coin du salon de son appartement. Guillaume l'a même essayé, plusieurs soirs après le travail. Ensuite, ils se commandaient des pizzas.

Après leurs activités respectives et la demi-heure partagée au sauna, Mathias et Guillaume rejoignent leur chambre commune aux alentours de 22 h 15. Pour une unique nuit à Narita, ils ont décidé de n'en réserver qu'une, avec deux lits séparés. Plus pratique pour travailler en binôme. C'est ce qu'ils font presque toujours, d'ailleurs. Collés l'un à l'autre depuis des années tels des frères de sang, cette proximité est complètement habituelle pour eux. Douchés, vêtus de survêtements pour être à l'aise, ils s'installent sur leurs lits, ordinateurs portables sur les jambes, afin d'avancer sur le documentaire. Guillaume, qui a pris soin de commander deux collations au *room service*, s'occupe du montage des éléments qu'ils sont certains de vouloir diffuser. Mathias pense d'ores et déjà à Taiji. Il cherche à prendre contact avec des personnes de confiance déjà sur place. Des membres d'associations qui pourraient leur fournir des indications sur la marche à suivre pour leur enquête. Là-bas, mieux vaut être prudent et il le sait. Des étrangers qui se retrouvent en prison, subissant des heures d'interrogatoires pour avoir filmé des images dérangeantes et nuisibles au pays, cela se voit fréquemment. Sur le site internet d'une association française connue pour la protection des dauphins, il repère le nom d'une femme potentiellement active dans la région en ce moment même. Seulement, malgré plusieurs cordes à son arc et des années passées au sein d'une famille franco-américaine, Mathias ne maîtrise absolument pas la langue française. Heureusement, Guillaume est là pour prendre le relais.

— Il va sérieusement falloir te remettre au français mon vieux, tu me fais honte, là. Six fautes en une seule phrase. Tu n'as donc rien retenu de ce que ma mère t'a enseigné ?

— Je suis nul, pourtant j'adorais vous écouter parler tes parents, ta sœur et toi, mais c'est vraiment trop compliqué… Allez, corrige-moi, s'il te plaît. Et traduis-moi le texte inscrit à côté de la photo, pendant que tu y es.

— À vos ordres, chef ! Voilà ce qu'indique le paragraphe. « *Camille Joubert, trente et un ans, est bénévole dans l'association "Lutte pour les dauphins" depuis trois ans. Vétérinaire en clinique canine et féline de métier, elle profite de ses congés estivaux pris spécialement fin août et début septembre, pour prendre part à une campagne de sensibilisation menée au Japon. En compagnie de biologistes, de photographes amateurs ainsi qu'une poignée d'autres bénévoles, la voici prête à agir. Le but de ces manifestants n'est pas d'entrer en conflit avec les pêcheurs de la baie de Taiji. Ils veulent simplement, par leur présence, créer un rassemblement pacifique à la vue de tous. Au mieux, ils espèrent décourager les barbares de leurs actions meurtrières. Au pire, ils assistent impuissants aux massacres pouvant se dérouler sous leurs yeux. Le message délivré aux assassins prend alors une autre dimension. Il signifie : "Le monde vous observe, et voit toute la cruauté dont vous êtes capables."* », cite Guillaume.

— Waouh, c'est incroyable ce qu'ils font… Voilà pourquoi j'aimerais envoyer un mail à cette Camille pour avoir une alliée sur place avec qui communiquer et si elle l'accepte, l'interviewer ? Qu'est-ce que tu en penses ?

— J'en pense qu'elle est très très jolie, mademoiselle Camille… Et que ton idée est excellente. Seulement, c'est moi qui procède à l'interview, parce que vu ton français, elle n'est pas prête de comprendre un traître mot de ce que tu racontes ! se moque Guillaume.

— J'ai l'impression que ma nullité dans ta langue maternelle t'arrange, tout à coup ! ironise Mathias.

— Arrête de jacasser… J'ai envoyé notre demande depuis ton compte. Surveille tes mails, en espérant qu'elle y réponde favorablement. Cela nous faciliterait énormément la tâche.

— Ce ne serait pas du luxe !

— Au fait, demande Guillaume, pas de nouvelles de Debby ?

— Non, rien du tout, soupire Mathias, navré, vérifiant son téléphone une fois de plus.

Signal de détresse

ALEX
États-Unis d'Amérique, 2013

Je ne sais pas ce qui m'arrive. Depuis plusieurs jours, je me sens encore plus mal que d'habitude. Énervé, agacé, je ne supporte plus les gens, la musique tonitruante et la foule qui s'agglutine en tapant sans cesse contre les vitres du bassin… Ce matin, Amber, l'une des membres de l'équipe, me demande de faire une série de différentes figures. Je m'exécute et je viens chercher mes poissons. Seulement voilà, tout ceci dure depuis trop longtemps. Je deviens littéralement fou à répéter encore et toujours les mêmes choses au fil des ans, à tourner en rond dans ce bassin trop exigu pour nous tous. Et ce matin, la folie a été plus forte que moi. Je ne voulais pas lui faire de mal, mais encore une fois, lancer un avertissement. Capable de tuer, je n'ai cependant pas passé ce cap. Mais j'ai conscience d'avoir fait très peur à Amber ainsi qu'à ses collègues. Lorsque je l'ai saisie par le bras pour l'emmener au fond de l'eau, ce n'était pas pour la noyer. Mais pour montrer ma peine, mon désarroi, ma souffrance face à l'intolérable gâchis qu'ils ont fait de ma vie. Je ne suis pas né pour cela, je ne suis pas fait pour cela. À aucun moment, mes parents n'auraient dû être privés de leur fils, mes sœurs de leur petit frère. On n'a rien demandé, on ne gêne personne et surtout, on ne fait aucun mal à qui que ce soit. Sous prétexte que nous sommes d'incroyables créatures, des merveilles de la nature, on vient nous arracher à nos semblables pour nous parquer et nous exhiber aux yeux des Hommes. Après trente ans de captivité, mes sautes d'humeur sont de plus en plus fréquentes. Et aujourd'hui, c'est Amber qui en a fait les frais. Elle n'est pourtant pas la pire parmi ceux qui se sont occupés de moi. Seulement, c'est tombé sur elle. Elle était là et j'espérais qu'elle comprendrait mon message pour le relayer. Une fois ramenée au bord de la plateforme après plusieurs minutes à alterner entre le fond du bassin et la surface, Amber m'a regardé droit dans les yeux. J'y ai vu de la peur, de l'effroi. Elle a vu dans les miens tout ce qu'elle n'avait pas perçu jusqu'alors : ma grande intelligence, ma détresse et par-dessus tout, ma totale conscience de cette vie.

Révélations

Plus tôt dans la matinée, Deborah envoyait un message privé via le célèbre réseau social Facebook à celle qu'elle remplace au parc. Grâce à sa photo de profil, elle n'eut aucun mal à reconnaître la belle rousse aux cheveux bouclés, malgré les nombreuses « Amber Davis » inscrites sur le site. Les deux jeunes femmes, hyperconnectées, ont de suite pu échanger quelques mots. Après une rapide explication, Debby demanda à son interlocutrice s'il était possible qu'elles se voient dans la journée, évoquant quelque chose d'assez urgent. Amber accepta, assez intriguée, mais à peu près certaine de savoir de quoi il retournait. Ce n'était pas la première fois qu'on la contactait ces dernières semaines, à propos de son ancien travail. Un certain Guillaume Morrison, reporter new-yorkais, avait déjà abordé la question.

Debby a donné rendez-vous à Amber au Lemon Bar, face à l'océan. Il est 16 h 30, Amber n'est pas encore arrivée. Deborah s'assied autour d'une table et son regard se perd quelques secondes dans l'océan. Il fait chaud aujourd'hui, la légère brise qui souffle ne la rafraîchit pas. À moins que ce soit le stress. Pour une fois, la plage avoisinante est assez calme, elles auront ainsi le loisir de discuter sans l'effervescence des touristes. Soudain, une voix la tire de son oisiveté.

— Bonjour, tu es bien Deborah ?

— Bonjour, oui, oui, c'est moi, dit-elle en se levant de sa chaise. Elle lui tend une poignée de main.

— Oh ! je t'en prie, faisons-nous la bise.

— Oui, tu as raison. Commandons quelque chose à boire, la chaleur est étouffante aujourd'hui.

Une fois la carte des boissons scrutée et la commande passée auprès de la serveuse, Deborah remercie Amber d'avoir accepté de la rencontrer.

— Je ne savais pas si tu vivais encore ici, tu viens du Canada, me semble-t-il ?

— Oui, tout à fait. Lorsqu'un poste s'est trouvé vacant à Jacksonville, j'ai sauté sur l'occasion. Pour moi, vivre au soleil toute l'année était un luxe auquel je ne pensais pas pouvoir prétendre un jour !

— Je vois, oui, rit Debby, comprenant bien la tentative d'Amber pour détendre l'atmosphère. Et du coup, tu comptes rester ici ou repartir là-bas ?

— Je suis encore indécise. Avec ce qu'il s'est passé, beaucoup de questions sans réponses se bousculent dans ma tête. Je suis d'abord repartie immédiatement chez mes parents, à Toronto. J'avais besoin de me retrouver chez moi, en famille, pour me sentir en sécurité. Et puis, au bout d'une semaine, j'ai voulu revenir. J'ai rencontré des gens, je me suis fait des amis ici. J'y ai construit ma vie pendant près de deux ans, alors j'ai voulu tenter de redémarrer quelque chose. Je cherche actuellement un nouveau job et j'aviserai par la suite.

— D'accord… J'imagine que cela n'a pas dû être simple pour toi… Enfin, tu as dû…

La serveuse dépose leurs boissons sur la table. Interrompue, Debby n'ose pas reprendre sa phrase.

— J'ai dû ? Avoir peur, c'est ce que tu voulais dire ? La peur est un mot si faible pour décrire ce que j'ai ressenti… J'ai cru mourir. Mais dis-moi, avant de continuer cette conversation. Comment as-tu su, pour moi ? Est-ce que la direction t'en a informée ? Ou bien Kelly, Justin ?

— Non, non pas du tout… J'aurais sûrement préféré, en réalité. J'ai récemment fait la connaissance de deux journalistes qui m'ont, disons… avertie de la situation. Ils ont cru bon et juste de me montrer la vidéo que tu leur as envoyée, pour que je fasse attention à moi.

— Effectivement, un reporter m'a téléphoné il y a quelques semaines. Guillaume Morrison, pour une chaîne de télévision basée à New York. Je crois qu'il est important que les gens sachent ce qu'il se passe vraiment, dans ce genre de parc, explique Amber.

— C'est exactement pour cette raison que je souhaitais te rencontrer. Je suis totalement perdue… Moi qui pensais exercer un métier fantastique, dans lequel je me sentais utile, importante, travaillant pour la protection des animaux et portant un message à vocation pédagogique auprès des enfants, aujourd'hui, tout fout le camp ! J'ai besoin de savoir si je me suis trompée sur toute la ligne ou si par mégarde, tu aurais pu faire… une erreur. Une erreur, qui aurait conduit Reykja à t'entraîner avec lui, sous l'eau ?

Un long silence s'invite à la table des deux soigneuses. Amber regarde Deborah droit dans les yeux et semble prendre son temps pour trouver les mots qui composeront une réponse parfaite. Pendant ces quelques secondes qui lui paraissent interminables, Debby patiente, laissant monter en elle un profond malaise.

— C'est la première question que je me suis posée, finit par répondre Amber. Si je n'avais pas fait une erreur qui aurait pu me coûter la vie. Plus tard à l'hôpital, environ quatre heures après l'accident, une fois mes esprits repris et mes blessures au bras soignées, j'ai visionné les images filmées par Justin sur mon téléphone. Je les ai regardées en boucle jusqu'à m'en rendre malade. Parce que je voulais absolument trouver mon erreur. Si Reykja en était arrivé à vouloir me noyer, c'était à cause de MOI, parce que j'avais obligatoirement commis une faute. Sinon, jamais il ne m'aurait infligé pareille punition. Mais j'ai fini par comprendre que non, je n'avais rien fait d'anormal. Pourtant, crois-moi, j'ai prié pour que ce soit le cas.

— Alors quoi, il a fait ça... comme ça ? Pour le plaisir ? Je ne peux pas croire qu'il soit aussi cruel. Je l'observe depuis des années, je sais bien que c'est une baleine, que son instinct sauvage peut reprendre le dessus à tout moment, mais pourquoi t'avoir fait subir une telle torture, sans raison apparente ?

— Je te retourne la question, lui dit Amber, très calmement.

— Comment ça ?

— Pourquoi faire subir une telle torture à une autre âme, humaine ou animale, sans raison ?

Debby reste bouche bée. Elle ne sait plus quoi répondre. Elle commence à comprendre où souhaite en venir Amber et

une boule se forme dans son ventre.

— Tu sais, ma belle, on se ressemble beaucoup, toi et moi. L'envie d'exercer ce beau métier, d'être en contact chaque jour de sa vie avec des orques et des dauphins, auxquels tu voues une admiration sans limite depuis ta plus petite enfance… Dans une chambre tapissée de posters et collectionnant toutes les figurines, cartes postales et peluches imaginables… Seulement les aimer, ce n'est pas les posséder. Ce n'est pas les avoir, chaque jour que Dieu fait, à portée de main. Ce n'est pas leur apprendre à faire une pirouette en l'air, à récolter leur sperme ou à faire des trous dans leurs dents à la perceuse pour leur éviter des abcès. Ce n'est pas non plus les bourrer de médicaments et les cloîtrer dans des loges chaque soir avant de rentrer gentiment chez nous. Quand Reykja m'a relâchée, il n'a pas fui à l'autre bout du bassin. Il est resté à distance certes, mais assez près pour m'observer. Nos regards se sont longuement croisés. Je suis intimement convaincue qu'il voulait s'assurer que son message soit bien passé. Que son avertissement, qui n'était pas le premier, soit pris au sérieux. J'ai alors compris toute son intelligence, sa détresse, sa conscience de lui-même et de tout ce qu'il endure.

Acceptation

Lemon Bar, Neptune Beach – Jacksonville
28 août 2013, 17 h 15

Deborah est à deux doigts de fondre en larmes. Amber a balayé d'un revers de la main la totalité de ses convictions, acquises depuis des décennies. Si elle n'était pas dans un endroit public, elle ne contrôlerait pas son immense chagrin. Machinalement, elle serre son verre de thé glacé entre ses doigts, comme pour contenir la pression. Sentant son désarroi, Amber lui ôte sa boisson et place ses mains dans les siennes, la caressant avec ses pouces pour la réconforter.

— Écoute-moi. Je sais à quel point c'est difficile à encaisser et combien tu peux te sentir mal en cet instant précis. Sans cet accident qui aurait pu extrêmement mal finir, je serais très certainement encore à mon poste, à m'extasier de bonheur devant Louna et son petit, aimant soigner les bobos de chacun, en me prenant pour quelqu'un d'exceptionnel doté d'une chance inouïe. Jamais, je n'aurais eu conscience de tout cela, si Reykja n'avait pas agi ainsi. Depuis cette journée traumatisante, j'ai entrepris beaucoup de recherches. L'appel du journaliste et nos échanges par mails ont fini de me convaincre. Et j'espère sincèrement que le reportage en préparation montrera l'envers du décor afin que les gens comprennent réellement que les informations transmises sont erronées.

— Tu vas laisser Guillaume et Mathias diffuser la vidéo de l'attaque ? l'interroge Deborah, surprise.

— Bien sûr ! Il le faut, c'est d'une importance capitale si l'on veut que les choses changent dans les années à venir. Je sais d'autant plus que la situation sera décrite telle qu'elle s'est vraiment déroulée. J'ai confiance en ces journalistes. Ce sont des hommes bien.

À l'écoute de cette dernière phrase, Debby baisse la tête, ne parvenant plus à contenir ses émotions et serre encore un peu plus fort les mains d'Amber. Mathias est un homme bien. Un homme bon, un journaliste doté de vraies valeurs qui a seulement voulu maximiser ses chances pour apporter des preuves concrètes et lui ouvrir les yeux, à elle, comme au monde. Elle n'est pas tombée amoureuse d'un menteur sans cœur, arrogant et manipulateur. Sa méthode, certes, ne méritait pas une médaille, loin de là. Mais à sa place, qu'aurait-elle fait ? Jusqu'où serait-elle allée pour défendre ses propres convictions ?

— C'est dur, mais ça ira, ma belle. Crois-moi. Quand je te regarde, j'ai l'impression de me voir récemment, à devoir digérer des montagnes de renseignements que je ne soupçonnais même pas. Toi comme moi, nous les aimons profondément, en tant qu'individus. Pour le parc, ils ne sont ni plus ni moins que des actifs financiers. Valant plusieurs millions de dollars, ils les gardent prisonniers pour une raison valable selon eux : celle d'offrir une «expérience éducative» aux nombreux visiteurs. Désormais, à notre époque, on a un véritable recul par rapport à cela et l'on sait maintenant que tout n'est que baratin. Enfermer quelques membres de cette espèce n'empêche absolument pas la pollution plastique ou sonore des océans, la surpêche, ni le maintien des barrages qui bloquent la remontée des saumons. Par conséquent, on affame les épaulards résidents de Colombie-Britannique où la famille de Lexie, l'orque du centre de Miami, vit encore. La nature n'est certes pas en très bon état, mais c'est ce qu'il y a de mieux pour eux. C'est là qu'ils doivent être. Libres. L'humain ne devrait pas s'octroyer le droit d'intervenir dans l'unique but de gagner de l'argent.

Amber fouille dans son sac à main et tend un mouchoir à Deborah. Verser des larmes paraît nécessaire dans le processus de compréhension et d'acceptation qu'elle vient d'enclencher.

— Merci, finit par dire Deborah. Merci d'avoir été honnête envers moi. On ne se connaît pas et pourtant j'ai le sentiment de ne pouvoir faire confiance qu'à toi. Cette situation est irréelle. Tout cela est complètement surréaliste !

— Je t'en prie. Si je peux t'aider… même si cela passe forcément par un moment douloureux, la remise en question n'est pas donnée à tout le monde. Tu as fait du chemin en l'espace de quelques jours. Et tu continueras en mettant en place de grandes choses. J'en suis certaine. Est-ce que je peux à mon tour te poser une question ?

— Oui, bien entendu, je t'écoute.

— Comment va Reykja ? Son état de santé s'est-il dégradé ?

— Comment ça ? demande à son tour Debby, inquiète.

— Oh, je vois… Ils ne t'ont pas mise au courant, hein…

— Au courant de quoi, Amber ? Qu'est-ce qu'on me cache, encore ?

— Je suppose que lorsque tu prépares les rations de poissons, tu leur introduis des médicaments dans le ventre ou dans les branchies pour les donner ensuite à Reykja… Il est très malade depuis plusieurs mois. Il souffre d'une pneumonie d'origine bactérienne. Sous surveillance constante, il allait mieux ces derniers temps, le traitement semblait fonctionner. Mais avec ce genre de saloperie, on ne sait jamais combien de temps cela va durer.

— On m'a dit qu'il stressait à cause de la naissance de Clay, que les habitudes de chacun étaient bouleversées, que tout rentrerait bientôt dans l'ordre… déclare Debby, sidérée par cette annonce brutale.

— Je suis vraiment désolée, je pensais qu'ils feraient preuve de transparence. Ils ont dû lui administrer des doses d'anxiolytiques pour le calmer suite à mon agression. Mais les antibiotiques quotidiens sont bien donnés pour les problèmes dentaires, dermatologiques, et pulmonaires dont il souffre. Surveille son appétit, c'est un signe assez évident. Un animal qui ne mange pas est un animal qui dépérit.

— D'accord, merci de me l'avoir dit. Je suis désolée, mais il va falloir que je rentre, je n'ai pas vu l'heure passer.

— Pas de problème. Et c'est normal de se serrer les coudes, souviens-toi que l'on est dans le même bateau, dit Amber en se levant de sa chaise. Elle s'approche de Debby pour l'étreindre.

— Merci d'être venue.

— Tu as mon numéro de téléphone, appelle-moi quand tu veux.

— Très bien, je le ferai, promet Deborah.

La blonde et la rousse partent dans deux directions

opposées. L'une s'en va, le cœur plus léger, d'avoir pu ouvrir les yeux à une personne supplémentaire. L'autre se dirige vers son arrêt de bus, complètement sonnée, peinant à remettre ses idées en place, ne sachant pas lequel de son cœur ou de sa tête explosera en premier.

Osaka

Mathias et Guillaume viennent d'arriver à Osaka. Après avoir quitté l'hôtel Radisson de Narita, ils ont embarqué pour un vol d'environ une heure trente avec la compagnie low cost «*Jetstar Asia*». Les deux jeunes hommes souhaitent se rendre sans attendre à l'aquarium de la ville, présentant au public des dauphins à flancs blancs. C'est à bord d'un taxi qu'ils prennent la direction du village portuaire de Tempozan où l'établissement en question a ouvert ses portes en juillet 1990. Il s'agit d'un des plus grands aquariums urbains couverts au monde.

Après une demi-heure de trajet, Guillaume suggère de s'arrêter à l'hôtel qu'ils aperçoivent au loin et d'aller immédiatement y réserver une chambre. Ils pourront ainsi se délester de leurs bagages inutiles pour la visite. Mathias valide cette idée. En baragouinant un piètre mélange d'anglais et de japonais vraiment très approximatif, Guillaume demande au chauffeur de les déposer devant cet hôtel à l'architecture très particulière. Mathias commence à descendre les valises du coffre et observe la vue. L'hôtel est situé dans la baie d'Osaka. Devant lui se dresse un bâtiment fait d'un grand bloc rectangulaire orange, surplombé par un autre bloc entièrement vitré, à côté d'une sorte d'immeuble blanc plus moderne. Une fois à la réception, Guillaume demande une chambre double pour une seule nuit, puisque dès le lendemain, ils continueront leur périple en direction de Taiji. À l'intérieur, tout est très luxueux. Cet hôtel trois étoiles a été conçu à l'image d'un paquebot qui vous plonge dans le thème marin dès votre entrée. Toutes les chambres offrent une vue imprenable sur la baie. En regardant par la fenêtre, Mathias a mal au cœur.

— Tu te rends compte que tous les hommes ont vue sur la mer alors que les animaux confinés à l'intérieur de l'Aquarium vivent dans des piscines? Si ça, ce n'est pas le monde à l'envers…

— Entièrement d'accord avec toi, lui répond Guillaume, venant à son tour admirer le panorama. J'ai pris la petite caméra et je t'ai sorti l'appareil photo avec l'objectif grand-angle, pour mieux zoomer si besoin. Allons-y à pied, on n'est plus très loin.

— Attends-moi en bas, s'il te plaît, je te rejoins dans une minute.

— Prends ton temps, je vais demander un café au bar. À tout à l'heure.

Guillaume sort de la chambre et ferme la porte derrière lui. Mathias s'assied alors sur son lit, cherchant son téléphone mobile qu'il a pris soin de ranger dans la sacoche de son ordinateur en montant dans le taxi. Il s'adresse une nouvelle fois à Debby dans un monologue qui lui pèse de plus en plus.

« J'espère ne pas te déranger à cette heure-ci, mais je suis plutôt du

genre coriace dans le cas où tu ne l'aurais pas déjà remarqué. On est arrivés à Osaka à l'hôtel Seagull Tempozan. L'Aquarium est à deux pas. C'est assez dingue de se rendre compte que les animaux marins sont presque toujours exposés près d'un océan ou d'une mer. Comme pour mieux rappeler aux visiteurs qu'ils sont au bon endroit, à proximité de leur milieu naturel. Sans pour autant y être. Cette ironie en est déstabilisante. Bref, je tenais à te dire où nous en sommes et je croise les doigts pour que tu acceptes enfin de me donner des nouvelles. Tout de toi me manque, je te le promets. »

Une fois son message envoyé, le New-Yorkais glisse son téléphone dans la poche de son jeans, passe la sangle de son appareil photo en bandoulière sur son épaule et rejoint son ami au rez-de-chaussée pour visiter l'attraction phare du coin.

En terrain captif

Aquarium d'Osaka, Japon
29 août 2013, 11 h 47, heure locale

Les deux reporters se tiennent à l'entrée de l'un des aquariums les plus grands du monde, conçu sur le thème de la ceinture de feu du Pacifique. Sur plusieurs niveaux se succèdent des bassins de différents écosystèmes, autour d'un immense réservoir de neuf mètres de profondeur sur trente-quatre mètres de long, dans lequel cohabitent plusieurs espèces de requins, de raies et de mérous. Celui-ci représentant l'océan Pacifique, de manière générale. Pour accéder à l'ensemble du site, ils doivent d'abord emprunter un bassin long de onze mètres, en forme de tunnel. À l'intérieur, une vision à cent quatre-vingts degrés sur des poissons colorés, principalement originaires de zones tropicales et subtropicales. Une fois montés au huitième étage, la visite se fait en descendant au gré des univers exposés, du plus froid au plus chaud. Celui de la banquise donne des frissons dans le dos aux deux amis. Des phoques se reposent sur un décor enneigé, complètement artificiel, sous des lumières tamisées. Jamais, ces animaux n'ont l'occasion de sentir le soleil sur leur peau ou même de respirer à l'air libre.

Les côtes californiennes sont représentées par la présence d'otaries de la baie de Monterey. Des loutres cendrées ainsi que des salamandres géantes font office de décor vivant dans une reconstitution de la forêt japonaise. La mer intérieure de Seto a elle aussi droit à une pâle copie de son système, dans lequel on retrouve daurades et langoustes japonaises ou encore des pieuvres communes. Douze bassins abritent plus de six cents spécimens de douze espèces de méduses différentes que l'on retrouve pour la plupart sur les côtes japonaises. Un spectacle son et lumière a même été mis en place dans cette partie.

Et puis, Mathias et Guillaume se retrouvent face à ceux pour qui ils ont fait le déplacement : un groupe de dauphins à flancs blancs, également hébergé ici. Ils représentent l'environnement que l'on peut trouver en mer de Tasman, située entre la Nouvelle-Zélande et l'Australie, au sud-est des côtes japonaises. Dans cet aquarium, aucun spectacle, mais des nourrissages animés sont organisés avec des plongeurs qui n'hésitent pas à s'immerger avec eux. Ils sont confinés dans un bassin avec vision sous-marine, afin que les visiteurs puissent les observer en train de nager. Contrairement aux piscines américaines ou européennes, les Japonais font l'effort de reconstituer un décor visuel minimal à base de faux rochers. Rien de transcendant non plus, ceci dit, dans un bassin de moins de trois cents mètres carrés. Le nombre d'individus varie en fonction des décès et des arrivées. Mathias et Guillaume observent en silence les visiteurs admirant les cétacés. Puis Guillaume ne peut s'empêcher une remarque.

— Tu crois que les gens souriraient s'ils savaient comment ces dauphins sont arrivés là ?

— Je ne pense pas, non… confirme Mathias.

— J'ai bien envie de leur dire, mais je ne suis pas certain qu'ils comprendraient mon japonais, aussi nul que ton français !

— C'est une triste réalité, je te l'accorde, mec.

— De quoi, ton français ? réplique Guillaume, sur le ton de l'humour.

—Aussi, oui, c'est clair ! affirme Mathias. Mais le fait que la plupart des membres de leurs familles ont été tués froidement dans une baie dont l'eau est devenue totalement rouge au fur et à mesure que ces pauvres bêtes se vidaient de leur sang dans une terrible agonie… C'est une réalité encore plus triste. Quel est le pire, selon toi ? Mourir mutilé à coups de hache, d'une tige en ferraille dans le tronc cérébral ou être capturé vivant pour finir ta vie dans un bassin, exactement comme ceux-là, juste devant nous ?

— Dans les deux cas, je dirais que le pire est sans aucun doute d'avoir croisé le chemin de certains êtres que l'on nomme à tort, des «humains»…

Réponses

Chez Deborah, banlieue de Jacksonville
28 août 2013, 19 h 20

Deborah pousse le portillon du jardin et entre par la porte-fenêtre de la cuisine. Sa mère termine de plier du linge. Elle remarque de suite que le moral de sa fille n'est pas au beau fixe. Souhaitant réconforter son enfant, elle se lève de son tabouret de bar et s'approche pour la prendre dans ses bras. Avec sa mère, la jeune femme s'autorise à craquer.

— Pleure, pleure, ma chérie. Parfois, rien ne sert de retenir son chagrin. Il faut plutôt l'évacuer. Je suis là, mon bébé… As-tu envie d'en parler ?

— Je ne sais pas, je ne sais plus… C'est tellement dur, maman !

— As-tu rencontré Amber, comme prévu ? Qu'a-t-elle dit ?

— Elle m'a tout raconté, je connais enfin la vérité. Et elle n'est pas très belle à entendre…

— Ma puce… Je suis tellement désolée pour toi. Ton rêve a été gâché… Que comptes-tu faire, maintenant ?

— Je n'en ai aucune idée… Je suis censée travailler demain, je commence à 8 h. Qu'est-ce que je dois faire, d'après toi ?

Me taire et agir comme si de rien n'était ou mettre les deux pieds dans le plat au risque de me faire virer ?

— Je sais bien que ce n'est pas ton genre de ne rien dire, mais peut-être devrais-tu simplement donner ta démission ? Je te soutiendrai, quelle que soit ta décision ma chérie, mais je dois t'avouer que cela me rassurerait…

— Je comprends, maman… Mais si je m'en vais, ils me remplaceront et rien ne changera ! Ils m'ont délibérément caché l'accident d'Amber et m'ont carrément menti à propos de la santé de Reykja ! Il va probablement mourir !

— Mourir ? Mais pourquoi cela ?

— Il souffre d'une pneumonie et malgré les soins, il n'y a que très peu de chances qu'il s'en sorte. J'avais noté sur un papier les médicaments qu'on lui donne quotidiennement. Dans le bus, j'ai vérifié sur internet si les traitements administrés correspondent avec la version d'Amber. Malheureusement, tout coïncide. Et moi, je lui demande de faire des sauts hors de l'eau, d'arroser les visiteurs et de s'échouer volontairement sur la plateforme pour montrer à quel point il est magnifique, le tout avec un grand sourire, sous les applaudissements du public ? Mais quel soigneur je fais, maman ? C'est pitoyable tout ça… Je me sens tellement minable !

— Arrête ça, tu veux !? Tu n'es absolument pas fautive, d'accord !? Tu as fait ce que l'on te demandait, et surtout, tu pensais bien faire. On t'a menti, comment aurais-tu pu deviner ? Ne t'inflige pas autant de souffrance. Tu as été happée par un système bien plus grand et plus fort que toi. Et encore, tu as effectué des recherches, tu aurais pu te contenter de fermer les yeux et appliquer bêtement les consignes pendant de nombreuses années ! Que devrait-on

dire, ton père et moi, hein ? Pendant près de vingt ans, nous t'avons emmenée assister à ces spectacles que nous trouvions splendides, admirables, sans jamais nous poser la moindre question !

— Oh ! maman… Ce n'est pas votre faute non plus… Vous ne le saviez pas…

— Non, ma chérie, on ne savait pas… Mais nous, nous n'avons jamais cherché à savoir. Toi, si. Et rien que pour cela, je suis extrêmement fière de toi. Fais ce que ton cœur te dicte. Ton père et moi serons toujours derrière toi, quoi que tu décides.

— J'ai besoin d'y réfléchir. Et de me reposer. Je vais monter, la journée a été dure. Merci, maman. Merci de me soutenir.

— C'est le rôle d'une mère, ma chérie. Si tu as faim plus tard dans la soirée, il y a les restes du petit déjeuner de ce matin au réfrigérateur. Je crois que j'ai un petit peu eu la folie des grandeurs, sur ce coup-là… rit-elle, pour dérider sa fille.

Deborah se dirige vers l'étage, se douche rapidement et se met au lit. Elle va alors surfer sur internet pendant des heures, continuant ses recherches en quête de vérité. Elle y trouvera de vieilles photos en noir et blanc, immortalisant la capture des premières orques destinées aux parcs marins. Elle apprendra aussi que, contrairement à ce qu'on lui avait dit, les orques vivent jusqu'à soixante, quatre-vingts, parfois même cent ans, dans la nature. Par conséquent, le taux de mortalité en captivité reste beaucoup plus élevé que la moyenne en milieu naturel. Elle y visionnera même des vidéos qui lui donneront des vertiges : attaques d'orques sur des soigneurs, comportements stéréotypés, léthargie, bassins aux tailles plus qu'insuffisantes ou encore des conflits entraînant de sales blessures, voire la mort. Debby, atterrée par ses découvertes, ne voit pas les heures défiler. Il est presque une heure du matin et elle se demande bien comment affronter sa journée du lendemain. Elle n'affrontera sûrement rien ni personne si elle oublie d'enclencher l'alarme de son réveil sur son smartphone. Elle se lève de son lit et le cherche dans son sac à main, posé sur la chaise de son bureau. Un nouveau message de Mathias apparaît. Attristée et déçue par les informations obtenues tout au long de cette dure journée, elle envisage de faire enfin un pas vers lui. Poussée par le manque, elle décide de lui répondre.

Perdre son souffle

ALEX
États-Unis d'Amérique, 2013

Amber n'est plus là. Tout comme Dimitri plusieurs années auparavant et de nombreux autres encore. Mon avertissement semble avoir été pris en compte. Seulement, rien ne se passe. Je suis encore là, coincé entre les vitres de mon bassin ou derrière la grille de ma loge dans laquelle je ne peux rien faire d'autre que flotter, léthargique, pendant des heures. Que faudra-t-il donc que je fasse, pour que l'on m'entende ? Que l'on me respecte ? Que l'on me redonne ma vie ? La liberté ne viendra-t-elle qu'avec la mort ?

Depuis le départ de celle que j'aurais pu noyer, une nouvelle la remplace. Elle s'appelle Deborah. Souriante, joyeuse, pleine de vie, elle montre un enthousiasme débordant comme tous ceux qui arrivent ici. Je ne comprends toujours pas d'où leur vient cet entrain. Après tout, il lui suffirait de prendre la peine de véritablement voir, plutôt que de simplement regarder. Alors, elle comprendrait sans doute ce que l'absence de parole ne me permet pas de hurler.

Ces derniers mois, j'oscille entre la résignation et les coups d'éclat. D'une humeur instable, je me sens tantôt très faible, tantôt très énervé. Les poissons décongelés garnis de médicaments passent inaperçus, tellement ils sont devenus habituels. Quelque chose se passe en moi, ma santé se dégrade et j'en ai bien conscience. Je participe encore aux spectacles, tant que mon souffle me le permet, tant que j'en ai encore la force. Cependant, je ne sais pas si cette force m'habitera encore très longtemps.

Dans la même direction

Aquarium d'Osaka, Japon
29 août 2013, 14 h 25, heure locale

— Et merde… jure Guillaume, en s'éloignant du bassin des dauphins.

— Quoi?

— Mon portable est complètement déchargé, plus du tout de batterie. Je ne sais pas quelle heure il se fait, mais j'irais bien manger un truc, moi! Pas toi?

— Je n'ai pas spécialement faim après ce que l'on vient de voir. Mais on peut aller se chercher un truc à grignoter si tu veux. J'ai un peu repéré tout à l'heure, il y a des snacks de ce côté, indique-t-il en pointant du doigt la direction à suivre.

Mathias passe sa main dans la poche de son pantalon pour vérifier l'heure sur son téléphone. Brusquement, il s'arrête dans son élan.

— Bah, pourquoi tu restes en plein milieu de l'allée ? Tu ne peux pas lire l'heure et marcher en même temps? le taquine Guillaume.

— Debby m'a répondu… lance Mathias dans un souffle.

— Non… Tu déconnes ?! Quand ça ?

— Là, apparemment. Il y a environ vingt minutes. Je n'ai pas entendu mon téléphone, et puis je ne pensais pas du tout qu'elle répondrait…

— Ben qu'est-ce que t'attends, ouvre-le! ordonne Guillaume, pressé de connaître le contenu du message.

— Et si elle me demandait tout simplement de lui foutre la paix? Je ne suis pas certain d'être capable de supporter ça…

— Il n'y a qu'un moyen de le savoir, mon vieux! Tu vas l'ouvrir, ce foutu SMS? Ou je dois le faire à ta place?

Mathias se décide enfin. Il le lit à voix haute afin de contenter la hâte de son partenaire.

« Bonsoir, Mathias. Je suis désolée de ne pas t'avoir répondu plus tôt. Au départ, c'est clairement parce que je ne le voulais pas. Trop en colère après toi, tu ne le méritais pas. Et puis, j'ai pris du recul, j'ai repensé à ce que vous m'avez montré à l'hôtel. À ce que tu me décrivais dans chacun de tes messages, notamment sur la situation de Lexie. Beaucoup de choses se sont passées ici. Mes doutes ont fini par prendre de l'ampleur, j'ai donc décidé de trouver des réponses à mes questions. Pour faire court, j'ai rencontré Amber, cet après-midi. Ma perception du monde qui nous entoure a complètement changé. Je suis perdue, malheureuse, je ne sais pas quoi faire pour mon travail. Partir, rester… Le choix n'est pas si évident. Ce que je sais par contre, c'est que tu me manques… Dis bonjour à Guillaume pour moi. »

— Yes! se réjouit Guillaume, comme s'il en était le principal destinataire. Debby a enfin réagi et revient vers toi! J'en étais persuadé!

Mathias se tient là, bouche bée. Il n'en revient pas. Deborah lui a répondu. Elle a compris sa démarche et en plus, lui avoue qu'il lui manque. Ce message lui fait l'effet d'une quinte

flush royale au poker. Un savant mélange d'euphorie et de soulagement.

— Alors, questionne Guillaume, ça fait quoi de recevoir cette fameuse réponse, tant attendue ?

— Elle m'a motivé, reboosté comme jamais. Je vais pouvoir continuer notre enquête, le cœur un peu plus léger, concernant l'approbation de Deborah. Ce n'est pas encore gagné, mais on prend le bon chemin.

— Je suis ravi pour toi, mec. Je voyais bien que cette fille t'avait rendu dingue dès le premier jour. Il fallait seulement lui accorder un peu de temps. Allez, on va manger ?

— Oui, on va manger, Gargantua ! Et ensuite, on rentre à l'hôtel pour bosser. Il faut que l'on fasse un documentaire exceptionnel pour toucher l'opinion publique, pour prouver que notre cause est noble, et qu'il n'est jamais trop tard pour ouvrir les yeux. Pour Debby.

— Pour Debby, répète Guillaume, en tendant une poignée de main à son acolyte.

Mathias la prend et tire son ami vers lui pour le serrer dans ses bras. L'aventure peut continuer, avec Deborah à leurs côtés.

Cartes sur table

N'ayant pas trouvé le sommeil avant 2 h du matin, la soigneuse en repentir n'a pas entendu son réveil à 6 h. Après un sursaut dû au troisième rappel sonore de son téléphone, elle a enfilé à la hâte un short en jeans et un débardeur noir, puis a exceptionnellement emprunté la voiture de sa mère pour se rendre au travail. Mathias lui a répondu, mais elle prendra le temps de lire son message à sa pause méridienne. Avec vingt minutes de retard, elle revêt en quatrième vitesse sa combinaison de plongée, s'équipe de son sifflet et détale au pas de course vers la cuisine préparer les premières rations de la journée. Au moins ce matin, elle n'a pas eu à se poser la question de la motivation. Son retard l'en a empêchée.

À 8 h 05, Madison la retrouve, pour se procurer le seau de la jeune Isis.

— Salut toi ! Tout va comme tu veux ce matin ?

Deborah hésite à lui parler. Sa collègue dont elle se sent si proche est-elle dans la confidence ? Lui ment-elle délibérément, depuis le début ?

— Je suis dans le jus, commence la belle blonde. J'ai loupé le réveil, du coup c'est un peu speed.

— Bah alors, cela ne te ressemble pas! Un beau mec t'aurait-il empêchée de dormir? questionne la trentenaire, sourire en coin.

— Non, j'aurais préféré, en fait! dit Debby, en fourrant des vitamines dans les branchies des poissons destinés à Isis.

S'autoanalysant en train d'effectuer ce geste, sa personnalité franche et droite revient sur le devant de la scène en un éclair. Mener une conversation malhonnête et hypocrite avec sa collègue devenue une amie lui paraît infaisable.

— Écoute, dit-elle en jetant sèchement son poisson dans le seau. On est amies, toi et moi, n'est-ce pas? Si je te pose une question, est-ce que tu me répondras franchement?

— Euh, oui, bien entendu! Mais qu'est-ce qu'il t'arrive, tu es certaine que ça va? Tu veux savoir quoi, exactement?

— Pourquoi tout le monde me ment?

— Je te demande pardon?

— Oh! ça va, Madison! Je suis une grande fille! C'est simple, pourquoi personne n'a cru bon de m'informer que Reykja souffrait d'une pneumonie? Que ma présence ici est uniquement due à l'agression de votre ancienne collègue?

Madison reste de marbre. Abasourdie par les propos de sa jeune camarade qu'elle apprécie tant, elle se sent prise au piège. D'une nature sensible, Madison ne tarde pas à craquer.

— Je te demande pardon… sanglote-t-elle. Je n'ai jamais voulu te mentir, on ne m'a pas laissé le choix! Les consignes des supérieurs hiérarchiques ne se discutent pas, je t'en supplie, ne m'en veux pas…

— Mais Madison, enfin ! Comment réagirais-tu à ma place, hein ? Je pensais faire partie d'une super équipe et j'apprends que tout le monde se moque de moi dans mon dos ! Pourquoi avoir choisi de me mettre à l'écart ?

— On avait besoin de quelqu'un, rapidement... Avec la naissance de Clay, Kelly s'est approprié les soins du petit et de sa mère. Pour ma part, je suis continuellement avec Isis, Justin avec Sam et Salvador s'occupe de Sofia. Nous alternons tous avec Reykja et le reste du groupe, en fonction de nos congés. On savait que l'on trouverait difficilement quelqu'un pour nous rejoindre, si on jouait cartes sur table... Et rendre publique l'information aurait été compliqué pour l'image du parc, les anticaptifs en auraient fait du pain bénit... Et puis, tu es arrivée, avec ta joie de vivre, ta fraîcheur, ton enthousiasme... On ne voulait ni t'effrayer ni te voir partir. Tout le monde t'adore, tu sais !

— Vous m'adorez ? Et pourtant, vous êtes tous de mèche pour me cacher l'essentiel...

— C'est vrai que Reykja est malade. Le vétérinaire vient pendant ta pause déjeuner si nécessaire ou après ta débauche. Mais son état est stable, il n'y a pas eu de changement significatif depuis que tu es là, promet Madison.

— Comment fais-tu...

— Comment je fais, quoi ?

— Comment fais-tu pour travailler ici depuis tant d'années et t'accommoder de tout ce qu'il se passe ?

— Ne crois pas que cela me fasse plaisir...

— Eh bien, alors quoi ? Comment peux-tu supporter de tels agissements au sein d'une équipe censée être soudée dont les membres partagent la même passion ? Comment ne pas réagir lorsque l'on sait que Louna a mis au monde le fils de son demi-frère ? Que l'on gave d'antibiotiques et d'antidépresseurs des animaux montrant paradoxalement leur bonheur de « jouer » en spectacle deux fois par jour ? Comment peux-tu… accepter et rester ? interroge sans répit Deborah.

— Isis… lâche Madison, après une poignée de secondes sous silence.

— Quoi, Isis ?

— C'est pour Isis que je reste. Lorsqu'elle a été amenée ici, il y a quatre ans, elle m'a transpercé le cœur. Fragile, perdue, prostrée dans un coin de sa loge fraîchement séparée de sa maman, j'ai eu un déclic. Comment pouvait-on séparer une mère et son enfant alors qu'ils vivent ensemble toute leur vie dans l'océan ? J'ai tellement eu mal au cœur que je me suis juré de toujours m'occuper d'elle. De faire de mon mieux pour qu'elle ait une vie heureuse, dans la mesure du possible, dans un bassin entourée d'individus étrangers à sa famille. Elle s'est rapidement accrochée à moi. J'étais devenue son repère, celle qu'elle attendait chaque matin et qui refusait la nourriture donnée par une autre main que la mienne. Plus le temps passait, plus je m'attachais à elle et réciproquement. Si je pars, que deviendra-t-elle ? J'ai choisi de fermer les yeux sur le reste pour me concentrer sur Isis. Plutôt mourir que de l'abandonner.

À l'issue de ce discours, la soigneuse fond en larmes. Debby s'avance d'un pas et l'étreint contre elle. Comment reprocher à Madison de vouer un amour inconditionnel à sa protégée, exactement comme elle envers Reykja ?

Entraide

Guillaume et Mathias viennent tout juste de regagner leur chambre. Après un bref repas dans l'une des chaînes de restauration rapide de l'Aquarium et une réponse au message de Debby, ils ne souhaitent pas perdre de temps. Ils s'investissent corps et âme dans ce documentaire de la plus haute importance. Ils savent que lors de sa diffusion, des esprits s'ouvriront, des consciences s'éveilleront. Le poids d'une très grande responsabilité pèse sur leurs épaules. Le droit à l'erreur n'est pas permis s'ils veulent voir ce reportage changer les mentalités.

Mathias prend son appareil photo et son câble USB, son ordinateur, puis tapote son oreiller et s'installe confortablement pour importer les clichés pris durant les heures précédentes. Mais avant cela, il consulte sa boîte mail. Il semblerait que Camille Joubert lui ait apporté une réponse.

— Guillaume, viens voir, s'il te plaît. La Française de Taiji nous a répondu, il faut que tu me traduises.

Guillaume saute par-dessus son propre lit et s'assied à côté de son ami, en le poussant un peu.

— Fais-moi un peu de place ! Alors, voyons voir ça…
« *Bonjour, M. Collins, j'ai bien pris connaissance de votre e-mail. Effectivement, je suis bien à Taiji en ce moment même. Nous logeons dans une auberge nommée Hana Irodori no Yado Kayuu, dans la partie nord de Taiji, non loin du musée consacré aux baleines. J'ai discuté de votre demande avec les autres membres de l'association et évidemment, vous êtes les bienvenus pour vous joindre à nous dans le cadre de votre documentaire. Nous pensons qu'un tel reportage diffusé aux États-Unis et visionné par des millions de téléspectateurs pourrait avoir un immense impact. N'hésitez pas à me dire quand vous arriverez sur place afin que je vienne à votre rencontre. Faites-moi savoir si je dois vous réserver une chambre dans l'établissement où nous sommes. Nous discuterons de vive voix de toute la stratégie à mettre en place pour que vous obteniez les images nécessaires au relais du message que nous portons. Bien cordialement, Camille.* »

Guillaume se lève et s'assied sur son lit pour échanger quelques mots avec son acolyte.

— Tout ça me paraît bien, qu'est-ce que tu en penses ?

— Oui complètement, ce sera plus simple de dormir au même endroit, pour suivre les bénévoles de l'association dans leur quotidien. Maintenant il faut que l'on regarde comment se rendre sur place.

Guillaume s'exécute. Il ouvre une page internet sur son propre ordinateur et cherche les meilleures options pour rejoindre Taiji, au départ d'Osaka.

— Alors… commence-t-il, deux possibilités : le train, pour un trajet d'environ cinq heures, transferts inclus. Ou la voiture, pour un voyage d'un peu moins de trois heures. Selon moi, le choix le plus judicieux reste la voiture. On peut en louer une ici, comme ça, on aura un moyen de locomotion une fois là-bas.

— Parfait, on peut procéder de cette façon. On échange nos ordinateurs ? Je m'occupe de la réservation de la voiture pendant que tu réponds à Camille dans un français irréprochable ?

— Oui, pas de soucis ! Et je lui réponds quoi, exactement ? demande Guillaume.

— Que l'on arrive. Dès demain.

Sacrifices

Madison partie nourrir Isis, Deborah se retrouve à nouveau seule dans la cuisine. Ce qu'elle vient d'entendre l'a remuée au plus profond d'elle-même. La voici à nouveau tiraillée entre ce que lui dicte sa raison d'un côté et ce que ressent son cœur de l'autre. Évidemment, elle voudrait claquer la porte. Travailler chaque jour de l'année dans une ambiance malsaine faite de mensonges et de cachotteries, très peu pour elle. Sans parler des conditions de vie pour les animaux. Maintenant qu'elle a découvert la vérité et que ses propres recherches l'ont éclairée, il lui semble très compliqué de gérer ses tâches quotidiennes en gardant une attitude positive. Elle voit désormais les choses d'une tout autre manière.

Cependant, elle comprend parfaitement les raisons pour lesquelles Madison n'a jamais eu le courage de partir. Prendre soin chaque jour de sa vie d'un être vivant, bien qu'animal, demande un dévouement total. Bien au-delà du simple travail, on ne vient pas ici uniquement pour obtenir un salaire à la fin du mois. On sacrifie énormément sans même s'en apercevoir. Parce que faire de sa passion un métier reste le moteur principal d'un soigneur. Quoi que l'on en dise, obtenir une telle place est si difficile que lorsque l'on signe un contrat, on ne veut plus jamais avoir à faire autre chose de son existence. Peu importe les heures loin du confort de la maison, dehors par vent, pluie, neige ou canicule, les week-ends et les jours fériés passés aux côtés de ses collègues plutôt qu'au sein de sa propre famille. Les animaux passent avant tout. Même si certains soigneurs finissent par changer de point de vue, au cours de leurs carrières, à force de voir des comportements agressifs, des attitudes anormales, des mères séparées de leurs petits, des signes d'ennuis ou encore des états de santé se dégradant encore et encore. Quelques-uns se rendent compte que les conditions de vie offertes aux mammifères marins ne devraient pas être celles qu'elles sont. Peut-être est-il encore plus difficile de partir quand on sait ce qu'il se passe vraiment ?

La seule chose que Debby sait, c'est qu'elle ne sait plus. Doit-elle se sacrifier et mettre son orgueil de côté pour prendre soin de Reykja tant qu'elle en a la possibilité ? En tout cas, pour le moment, cette solution lui paraît celle à adopter. Une fois les seaux terminés et ses collègues venus un à un les chercher, Deborah se rend au chevet de Reykja. Il semble flotter sans but, les yeux comme vidés de son âme. Ce matin, il fait peine à voir. Avec prudence, la jeune femme s'agenouille au bord du petit bassin qui sert de loge à l'immense épaulard. Elle agite ses doigts à la surface de l'eau pour l'attirer. Il tourne la tête vers elle, puis la rejoint doucement.

— Bonjour, bonhomme. Tu n'as pas l'air en grande forme… Tiens, je t'apporte ton petit déj'. Il faut que tu prennes tes médicaments.

La soigneuse joint ses mains face à l'orque puis les sépare, l'une vers le haut et l'autre vers le bas, lui indiquant d'ouvrir la bouche. Un signe que Reykja, ayant passé presque trente années en captivité, maîtrise parfaitement. Seulement, il n'obéit pas. Deborah réitère son geste, l'encourageant de la voix, lui montrant même un poisson pour lui donner envie, mais rien n'y fait. Reykja n'a pas faim. Soudain, les mots prononcés la veille par Amber lui reviennent en tête : « *Un animal qui ne mange pas est un animal qui dépérit.* » Ne pouvant le forcer à ouvrir la bouche, Debby capitule. Elle caresse le bout du nez de son protégé, tentant de lui apporter réconfort et apaisement. Et voilà qu'un sentiment aussi fort que désagréable l'envahit. Celui de l'impuissance.

En route

Tandis qu'ils descendent du taxi qui les a conduits jusqu'à la société de location de véhicules, Mathias demande un instant à Guillaume. Après un rapide calcul, ce dernier comprend qu'il est environ 21 h en Floride. Mathias s'éloigne de quelques mètres, téléphone à l'oreille. Il aimerait enfin entendre la voix de Deborah, après plusieurs messages échangés. À l'autre bout du fil, la jeune femme décroche dès la première sonnerie.

— Allô ?

— Debby… lâche Mathias, dans un soupir de soulagement. Je suis si content de pouvoir te parler, tu sais…

— Je le suis aussi. Je te demande pardon, il m'a fallu un peu de temps pour comprendre et surtout, pour accepter tout ça…

— Ne t'en fais pas, tout va bien, je ne t'en veux absolument pas. Si l'un de nous deux doit présenter ses excuses à l'autre, je crois que c'est bien moi. Te voler ton badge restera le truc le plus stupide que j'ai pu faire dans ma vie.

— Je ne t'en veux plus, à propos de ça. J'ai longuement

249

analysé la situation et mes récentes découvertes me donnent à réfléchir sur mon propre comportement. Finalement, je ne sais pas jusqu'où j'aurais été capable d'aller à ta place pour défendre dans l'urgence une cause que j'estime juste. Les raisons pour lesquelles tu as agi ainsi sont sûrement, avec le recul, beaucoup plus importantes que la manière dont tu as obtenu certaines de ces informations. Grâce à ce badge, tu m'as montré une réalité que je ne soupçonnais pas. Je devrais peut-être même te remercier pour cette prise de conscience…

Guillaume porte son pouce et son majeur de la main droite à sa bouche, puis siffle Mathias. Celui-ci se retourne et Guillaume tapote son poignet pour désigner une montre imaginaire. L'heure tourne, il ne faudrait pas tarder à prendre la route.

— Ma belle, je dois te laisser, Guillaume m'attend. On loue une voiture pour aller à Taiji. On a un contact sur place, une Française. Elle va nous intégrer à son association pour que l'on puisse obtenir des images de ce qui se passe là-bas. Je t'envoie un message quand on arrive, mais tu dormiras. Je te rappelle demain, à la même heure. En attendant, tiens le coup. Je sais que c'est dur et que tu ne dois pas te sentir bien au travail, mais on trouvera une solution. Je t'embrasse.

— Je t'embrasse aussi. Tu me manques. Fais très attention à toi.

— C'est promis. À demain. Bonne nuit, Debby.

— Bonne journée, Mathias. Soyez prudents.

Quand Mathias raccroche, il se sent bien. Deborah lui pardonne, le comprend et l'encourage à continuer son combat. Guillaume l'attend pour qu'il présente ses papiers d'identité à l'hôtesse de l'agence de location. La réservation étant à son nom, Mathias fournit les documents nécessaires et après un rapide check-up de la voiture, ils s'engagent en direction du petit village de Taiji, haut lieu de la chasse à la baleine.

Douce magie

Assise sur le canapé du salon, seule, Deborah souhaite une bonne journée à Mathias. Elle lui demande également d'être prudent pendant son périple tandis qu'elle va bientôt se coucher. Leur conversation téléphonique écourtée lui a mis un peu de baume au cœur. Elle sent qu'un nouveau départ se crée entre eux. Et elle en est ravie. Bien qu'elle aurait aimé discuter plus en détail avec lui de sa journée, lui raconter davantage comment les choses évoluent, ici. La rencontre avec Amber, la mise au point avec Madison, l'état de santé préoccupant de Reykja. C'est bien, d'ailleurs, ce qui l'inquiète le plus. Elle a dû informer Kelly qu'il n'avait pas daigné manger son premier repas et n'avait donc pas ingéré son traitement. La responsable de l'équipe n'eut pas l'air franchement surprise et s'était contentée de le laisser au repos. Debby fut alors chargée de la session d'entraînement de Sam. Lors de sa pause repas à 11 h 30, elle se dirigea vers les vestiaires, enfila sa tenue civile, puis monta discrètement tout en haut des gradins avec un sandwich. Dissimulée parmi des visiteurs qui déjeunaient là, avec une vue imprenable sur les orques présentes dans le

253

bassin principal, elle eut pleinement confirmation de ce que lui expliquait Madison, en début de matinée. Le vétérinaire, accompagné de Kelly, se rendait devant la loge de Reykja pendant son absence pour l'examiner en toute discrétion.

Deborah quitta le centre aquatique vers 15 h 45. Elle prit place au volant de la petite Toyota Auris hybride de couleur blanche empruntée en catastrophe à sa mère le matin même. Profondément triste, rentrer chez elle et se retrouver seule ne l'enchantait guère. Elle ouvrit alors l'onglet *Contacts* de son smartphone et appuya sur le premier nom de la liste, celui d'Amber Davis. Cette dernière devina immédiatement au son de sa voix que Debby devait impérativement se changer les idées. Elle lui proposa alors de la rejoindre à la Marina de Morningstar's où elle et deux de ses amis s'apprêtaient à partir en mer. Deborah déclina d'abord l'invitation. S'imposer n'a jamais été son truc. Amber insista. « *Une sortie en bateau ne pourra que te faire du bien* », lui assura-t-elle. La jolie blonde accepta enfin et conduisit en direction de Mayport pour retrouver Amber au port de plaisance. Celle-ci l'invita à monter à bord du petit bateau de pêche familial de son ami Peter Jenssen et de sa sœur Olivia. Tous les quatre « levèrent les voiles », en direction de l'océan. Sous le soleil de Floride, lunettes sur les yeux et cheveux au vent, Deborah profita sans réserve de ce moment pour respirer à pleins poumons l'air iodé de l'Atlantique. C'est au bout de trente minutes de navigation que l'incroyable se déroula juste devant eux : la vision d'un groupe de dauphins en pleine interaction. Les quatre marins du jour n'en finissaient pas de s'extasier de cette expérience aussi unique et magique que furtive. Amber vint alors à côté de Deborah, mit son bras autour du sien pour mieux la soutenir.

— Tu vois, ma belle, personne ne devrait payer pour voir une mise en scène dans un bassin. C'est ça, le véritable spectacle. Une famille entière jouant, chassant et communiquant librement dans la nature.

Et Deborah comprit qu'Amber n'avait pas tort. Elle avait même complètement raison. Aucun animal ne devrait jouer la comédie en échange de poissons quand il peut chasser lui-même, auprès de ses congénères, dans son habitat naturel. Cette énième leçon lui fit esquisser un sourire, ce qui ne lui était pas arrivé depuis presque une semaine.

En attendant, demain, il lui faudra retourner au travail et endosser ce rôle de metteur en scène, si justement dénigré par son amie, soigneuse repentie. Un rôle dont elle a rêvé pendant des années, et qu'aujourd'hui, elle n'affectionne plus du tout.

La ville aux deux visages

Taiji, Japon
30 août 2013, 13 h, heure locale

Après deux heures et quarante-cinq minutes de trajet à bord de leur voiture de location, Guillaume et Mathias se garent sur le parking de l'établissement indiqué par Camille Joubert. Les voici donc à Taiji. Petite ville d'à peine six kilomètres carrés, au sein du district d'Higashimuro dans la préfecture de Wakayama, au bord de l'océan Pacifique. À leur entrée dans cette ville, les garçons ont été surpris. Sans aucune connaissance des mœurs de cette bourgade, ils mettent au défi quiconque de deviner ce qu'il s'y passe. Ici, les baleines apparaissent de toutes parts : en publicités sur les murs, en statues dans les fontaines, en effigie sur les bateaux. On croirait qu'elles font partie intégrante de la vie des habitants, dans le sens positif du terme. Hélas, c'est exactement l'inverse.

La Française, ayant reçu l'appel de Guillaume pour la prévenir de leur arrivée sous peu, les attend devant l'entrée de l'hôtel.

— Bonjour, je suis Camille, se présente-t-elle en leur tendant une poignée de main.

— Bonjour, moi, c'est Guillaume et lui, c'est Mathias. Il ne parle pas français, je lui traduirai nos discussions si vous le voulez bien.

— Bien sûr et je ferai aussi l'effort de parler anglais de temps à autre ! Vous parlez remarquablement bien ma langue dites donc, pour un Américain ! le complimente-t-elle.

— Oh ! je n'ai aucun mérite, je suis né dans une famille franco-américaine ! Ma mère est Parisienne, mes grands-parents originaires de Bretagne, ce qui explique pourquoi je suis bilingue.

— Ça alors ! Je suis moi-même Bretonne ! Quelle coïncidence ! explique-t-elle, avec de grands yeux écarquillés. Trêve de bavardage, suivez-moi. Je vous conduis dans votre chambre. Combien de temps restez-vous parmi nous ? demande Camille en les amenant vers le couloir desservant la partie nuit du bâtiment.

— Tout le temps qui sera nécessaire à la réalisation de notre reportage. Nous n'avons pas de date précise.

— Très bien. De mon côté, je retourne en France dans quinze jours. En attendant, je serai ravie de vous servir de guide. Il s'agit de mon second voyage ici, en tant que membre de «Lutte pour les dauphins». Je connais plutôt bien le coin.

— Parfait, merci beaucoup !

— Je vous en prie. Installez-vous et rejoignez-moi dans la salle du restaurant, je vous présenterai le reste du groupe de bénévoles. À tout de suite.

— Encore merci, Camille ! Nous arrivons dans dix minutes.

Camille quitte la pièce, entièrement décorée dans un esprit typiquement japonais. Les murs peints dans des tons variant entre le taupe et le marron, le mobilier en bois brut et laqué, les futons posés sur les tatamis au sol font de cette chambre un véritable écrin d'exotisme. Guillaume s'empresse de traduire brièvement les quelques mots échangés entre Camille et lui à Mathias, qui déambule dans cette immense suite au charme fou. En venant ici, il ne s'attendait pas à autant de folklore et surtout, à l'apprécier. Par la fenêtre, il observe un magnifique jardin composé de fleurs dont il ne connaît pas les noms. À son extrémité, la mer apparaît, bordée par les montagnes. La vue dégagée offre un panorama exceptionnel dans ce petit coin de verdure isolé du centre du village.

— Ils nous attendent pour déjeuner avec eux, au restaurant.

— Super ! dit Mathias en posant sa valise au pied de son lit. Si tu peux en glisser un mot à Camille, j'aimerais que l'on visite la ville et surtout le «Taiji Whale Museum», précise Mathias.

— Effectivement, il faut que l'on se rende au musée de la baleine pour voir de quoi il retourne. Je lui demanderai si on peut y aller dès cet après-midi, en fonction de leur programme.

— Parfait. Allez, on va manger. Et fais attention aux plats que tu commandes. Notamment les sushis. Ici, ils sont à base de viande de baleine, comme à peu près tout ce qui se cuisine.

— Je crois que je me contenterai de légumes pour les jours à venir… répond Guillaume, qui ne souhaite absolument pas goûter au mets local.

Taiji Whale Museum

Hotel Hana Irodori No Yado Kayuu
2906 Taiji, Higashimuro District, Wakayama Prefecture 649-5171, Japon
30 août 2013, 14 h 35, heure locale

— On y va, les garçons? questionne Camille.

— Oui, oui, nous sommes prêts! Installe-toi devant, sur le siège passager, pour indiquer la route à Mathias, lui demande Guillaume.

Une fois le repas terminé et les présentations faites avec le reste de l'équipe, les journalistes et leur guide montent en voiture afin de se rendre au célèbre musée de la ville, le «Taiji Whale Museum». Quelques minutes de trajet suffisent à gagner les lieux. À leur descente du véhicule, ils sont choqués par la vétusté des lieux. À l'extérieur, le bâtiment principal ressemble à un gros bloc de béton. Sur la façade est représentée une immense baleine sur un fond peint d'une multitude de losanges bleus et blancs. Camille leur donne rapidement les bases avant d'entrer. Elle y décrit le concept de l'établissement, en anglais, pour impliquer plus aisément Mathias à la conversation.

— Le musée a ouvert ses portes en 1969. Cet endroit comporte plusieurs secteurs. Tout d'abord, des aires de spectacle où l'on peut voir des dauphins, mais aussi d'autres espèces de baleines ayant été entraînées à obéir sur le même principe que nos parcs européens et américains. Puis une seconde partie dédiée à la science où sont exposés des fœtus de dauphin, des crânes et autres joyeusetés du même genre que je vous laisse le plaisir de découvrir par vous-mêmes, informe-t-elle, ironiquement.

— Cet endroit me donne froid dans le dos, déclare Guillaume, tout pâle.

— Je ne sais pas pourquoi, j'ai le sentiment que l'on va entrer plutôt dans une sorte de musée des horreurs que dans un lieu dédié à la gloire animale !

— C'est tout à fait ça, acquiesce Camille. Cet endroit ne présente aucun intérêt ni pédagogique ni scientifique. C'est un mouroir dans lequel les êtres encore vivants sont exploités jusqu'à leur dernier souffle. D'un côté, vous applaudissez les loopings de merveilleux animaux qui vous donnent du bonheur en vous offrant le loisir de les observer de près. Et puis, de l'autre, vous déjeunez en dégustant l'un de leurs congénères, sans que cela ne pose problème à personne…

— Mon Dieu… souffle Guillaume, la main sur le front, comme pour vérifier qu'il n'est pas en train de faire un malaise. L'humain peut-il être à ce point sans cœur et sans morale ?

— Il peut être pire encore, lui répond Camille, par expérience.

— Allons voir de nos propres yeux ce qui se trame à l'intérieur. Viens ! ordonne Mathias à Guillaume, en le traînant par le bras vers l'entrée.

Dans les entrailles du musée

Taiji Whale Museum
2934-2 Taiji, Higashimuro District, Wakayama Prefecture,
649-5171, Japon
30 août 2013, 14 h 50, heure locale

Des spectacles sont organisés toutes les heures. Une fois le paiement de leurs places effectué à la boutique du musée, Camille, Mathias et Guillaume, qui traîne un peu les pieds, s'installent dans les gradins du bassin principal, à proximité de l'entrée. Effarés, ils constatent que des personnes sont invitées à venir poser à côté d'un dauphin échoué sur demande du soigneur, pour prendre des clichés. L'animal doit rester là immobile durant de longues minutes, ne surtout pas broncher et se laisser caresser par parents et enfants. Ensuite débute le show. Camille le commente.

— Comme vous pouvez le voir, c'est un spectacle «ordinaire». Loopings, sauts, synchronisation des mouvements, démonstrations d'adresse à l'aide de cerceaux, tout ceci est similaire à ce que l'on voit dans l'ensemble des delphinariums. Précédemment, ces dauphins ont bien sûr été arrachés à leur milieu naturel. Avant de suivre un entraînement et d'être présentés au public, les capturés sont parqués dans une annexe flottante, que l'on nomme la «Dolphin base». Il s'agit en réalité d'un enclos fait de planches, de filets et de tonneaux dans lequel ils reçoivent une dose conséquente de calmants. Ensuite vient la phase de désensibilisation, pendant laquelle ils doivent s'habituer aux hommes et à leur nouvel environnement. Puis s'ensuit une phase de dressage intensif. Ils n'ont pas d'autre choix que d'apprendre à manger du poisson mort. Ceux-ci, devant nous, y sont parvenus. Mais combien d'autres encore sont morts d'épuisement, de faim, ou de désespoir pendant cette période…

— C'est terrifiant… peine à dire Guillaume.

— La majorité d'entre eux présente des blessures significatives des captures. Vous voyez toutes ces marques blanches, sur leurs corps ?

Mathias ne lâche pas son appareil. Il photographie le plus précisément possible les cicatrices des athlètes esclaves. La représentation terminée, les trois camarades déambulent dans l'espace extérieur pour observer les conditions de détention offertes aux dauphins de Risso, Tursiops, comme aux autres espèces de cétacés, entre autres. C'est d'ailleurs au tour des baleines pilotes de montrer de quoi elles sont capables. Surplombant les bassins, un gigantesque squelette de baleine impose sa silhouette aux visiteurs comme aux prisonniers. La tristesse des lieux et de ses détenus contraste fortement avec le décor magique formé par la nature, entre mer et montagnes arborées. Les dauphins font extrêmement peine à voir. Mais comment imaginer qu'un animal dont le faciès affiche un sourire permanent puisse souffrir ?

Poursuivant leur visite, les journalistes et la bénévole intègrent un second bâtiment. À l'intérieur, un tunnel vitré permet d'observer les mammifères marins et autres espèces de poissons en train de nager. Mathias remarque immédiatement l'état de saleté des murs de cette cuve de béton. Ils sont noirs. Les dauphins nagent en groupe, les uns contre les autres, comme pour ne surtout pas se retrouver seuls. Les escaliers qu'ils empruntent les mènent au-dessus du bassin. Sidérés, Mathias, Guillaume et Camille les regardent dans cet espace ridicule, dans lequel ils sont piégés. Ils ressentent à nouveau ce sentiment d'impuissance. Ils aimeraient tellement pouvoir faire quelque chose pour eux, que la situation devient réellement pesante. Ils regagnent dépités et silencieux le premier bâtiment, pour visiter la partie musée.

Celui-ci possède différents espaces visuels. Au plafond, on s'interroge devant la représentation d'une scène de chasse vieille de plusieurs millénaires. Des samouraïs, à bord d'un bateau, tentent de tuer une gigantesque baleine, le tout suspendu par des câbles. De véritables harpons sont exposés, des modèles réduits de bateaux de pêche, des squelettes, et puis une table digne d'un laboratoire. Dans des flacons remplis d'une substance liquide que l'on imagine utile à la conservation se trouvent des fœtus de dauphin à différents stades de gestation. Preuves scientifiques incontestables pour les uns, surannées et douloureusement observables pour les autres. Tel est le paradoxe du musée de la baleine de Taiji où l'on vous explique d'un côté comment chasser et tuer ces créatures, et de l'autre, comment les approcher pour immortaliser votre rencontre avec une jolie photo-souvenir.

Incompréhension

Centre de Jacksonville, États-Unis
30 août 2013, 14 h

La soigneuse de vingt-trois ans ne ressent plus le moindre enthousiasme à exercer son métier. Ce matin encore, Reykja l'a beaucoup peinée. Au tableau de la cuisine, elle a remarqué que le traitement médical de son protégé avait été modifié. Kelly, sans s'éterniser sur le sujet, a évoqué qu'il se reposerait autant que nécessaire le temps des entraînements des autres et qu'il pourrait nager seul dans le grand bassin, une fois les spectacles terminés. Seulement voilà, Reykja n'est pas sorti de sa loge malgré l'ouverture de la grille. Il restait là, prostré, le regard vide, exactement comme la veille. Sans rien avaler. Au fond d'elle-même, Debby savait. Celui à qui elle a voué une totale admiration pendant plus de dix-sept ans lui envoyait son tout dernier message. Un message qui signifiait la fin d'un combat de trente années. Ce n'était selon elle qu'une question de temps, avant que sa lumière ne s'éteigne, pour toujours.

Reykja au repos et Kelly au bureau, Debby a été réquisitionnée pour réceptionner la livraison de poissons congelés. Aidée de Salvador, ils mettent en chambre froide des cartons entiers de poissons morts, destinés aux prochains repas des orques. Alors qu'ils réapprovisionnent leur stock, Debby s'engage innocemment dans une série de questions :

— Et toi, dis-moi, qu'est-ce qui t'a donné envie de faire ce métier ?

— Oh ! eh bien, la même chose que toi, je suppose ! L'amour de ces animaux magnifiques ! L'envie de les approcher, de créer un lien avec eux, de vivre ça chaque jour que Dieu fait ! Pas toi ?

— Si, si, bien sûr ! Et, es-tu heureux de ce que tu as accompli ? La réalisation de ton rêve de gosse ?

— Si je suis heureux ? Mais oui, évidemment ! Je ne laisserais ma place pour rien au monde ! rit-il, entre deux colis bien remplis.

— Oui, je comprends... Et, concernant la manipulation de l'autre jour, cela ne te dérange pas de... tu sais...

— Masturber une orque ? C'est sûr que la première fois, c'est très bizarre ! Mais tu sais, on s'y fait ! C'est pour la bonne cause et puis, on le fait bien pour les chiens ou les chevaux, pourquoi pas les baleines ?

— Oui, on peut voir les choses sous cet angle, en effet. J'ai juste un peu de mal avec cette pratique en général, je veux dire... Si des animaux n'ont pas envie de se reproduire, pourquoi les forcer ?

Salvador s'arrête d'empiler les cartons, et s'approche de sa collègue.

— Il ne s'agit pas de les forcer, Debby, mais de mettre à profit les progrès de la science dans le but de conserver l'espèce. Parfois, il peut y avoir de la consanguinité. Nous ne pouvons pas envoyer un mâle reproducteur à travers le monde par avion pour qu'il féconde naturellement quelques femelles! Il est quand même plus simple d'envoyer directement la semence ou de la recevoir, pour espérer avoir des bébés. Ainsi, ces ambassadeurs des océans peuvent continuer leur rôle : avoir un lien direct avec le public, les amener à poser un autre regard sur la nature, pour mieux la comprendre et donc, mieux la protéger, argumente l'Espagnol quarantenaire.

— Donc, si je résume, tu penses qu'il est essentiel d'avoir des orques captives pour que les gens se soucient de celles en liberté?

— C'est une certitude, Debby! Une certitude! assure-t-il avec le sourire, refermant la porte de la chambre froide.

Deborah comprend que son collègue tient un discours bien huilé. Si solidement ancré dans sa tête, qu'il ne cherche pas à élargir ses connaissances en matière de bien-être animal, en fonction des découvertes établies au fur et à mesure du temps passant. Pourquoi le ferait-il? Absolument convaincu par cette version, aucune autre ne susciterait son intérêt. Pendant ce temps, on continue de fabriquer des bébés qui seront séparés de leur mère dans le but d'assurer une population captive dans les parcs, pour que durent les spectacles et que fleurisse le business.

Camille

Taiji Whale Museum
2934-2 Taiji, Higashimuro District, Wakayama Prefecture,
649-5171, Japon
30 août 2013, 18 h 45, heure locale

L'ambiance est lourde, pesante, entre les trois défenseurs des cétacés. Camille a visité l'intégralité du musée par deux fois lors de son précédent voyage au Japon. Mais on ne s'habitue pas à l'intolérable.

Depuis toute petite, elle n'avait qu'un métier en tête, celui de vétérinaire. Passionnée de toutes les bêtes à poil, plume, écaille, c'est son grand-père maternel, vétérinaire de campagne, qui lui a transmis sa passion. Elle a passé beaucoup de temps avec lui, pendant les vacances scolaires, sur les routes de Bretagne ; ils se rendaient de ferme en ferme, pour aider une vache à vêler, apporter des soins à un cheval boiteux, ou dans le pire des cas, euthanasier le vieux chien de la famille. Son grand-père paternel, lui, était marin. Elle naviguait à ses côtés à bord d'un voilier traditionnel en bois. Jamais, elle n'aurait manqué ce rendez-vous dominical, lors duquel il apportait toujours un bon gâteau, préparé avec amour par sa mamie adorée. Camille avait eu une enfance exceptionnelle. Grâce à ces deux aïeuls, ses passions ont été fondées sur de solides bases d'amour et de connaissances médicales. Les animaux, l'océan, les animaux des océans. Elle a toujours su que rencontrer des dauphins en mer chaque dimanche ou presque de son enfance était une chance que beaucoup lui enviaient. Dans un premier temps, bénévole au sein des centres de soins pour oiseaux et mammifères marins de Bretagne, Camille est ce que l'on appelle une «touche à tout». Intéressée par toute forme de vie animale, elle a ensuite suivi des stages d'études dans le domaine rural auprès de son grand-père, avant qu'il ne prenne sa retraite. Puis en clinique vétérinaire canine et féline, ainsi qu'en parc aquatique. Elle a souhaité, à un moment de sa vie, les approcher d'un peu plus près dans le but de savoir les soigner. C'est là que la question de la captivité s'est posée à elle. Ayant observé des dauphins en liberté toute sa jeunesse, elle possédait une excellente connaissance de leur vie sociale, de leurs comportements naturels, de leurs techniques de chasse. Rien de ce qu'elle avait vu en bassin ne représentait la réalité du monde libre. À l'issue de quinze jours dans un centre accueillant des orques et des dauphins, la jeune étudiante vétérinaire se promit de ne jamais devenir la complice d'une telle structure.

De retour à la voiture, Mathias est le premier à recouvrer ses esprits.

— Camille, dis-moi. Pourrait-on te poser quelques questions à l'hôtel, réaliser une petite interview? Je pense qu'il serait intéressant de te filmer si tu le veux bien, car en plus d'être bénévole, tu es vétérinaire. Ton avis scientifique sur la question me semble tout à fait crédible et utile à notre reportage.

— Je suis très flattée que tu me le proposes! Je ferai de mon mieux, j'accepte avec plaisir!

— Parfait. On peut faire ça demain matin ? Je ne voudrais pas perdre de temps. On fera des ajustements dans la semaine, si nécessaire.

— D'accord ! On peut s'installer dans le jardin de l'hôtel, ce serait un décor plutôt sympa !

— Génial. Guillaume, c'est bon pour toi ?

— Bien entendu ! C'est une super idée, j'aurais dû y penser en premier ! s'esclaffe-t-il, relâchant enfin la pression de ces dernières heures.

Réunion

Le dernier week-end du mois d'août constitue pour Debby un premier congé de deux jours consécutifs depuis sa récente embauche. Son planning, ou plutôt celui d'Amber qui lui a été affecté, était prévu ainsi.

Pour s'occuper, Deborah entreprend le nettoyage du véhicule de sa mère, en guise de remerciement de ce prêt occasionnel. Au moment où elle termine d'aspirer le sable déposé par ses chaussures sous les pédales, une voiture se gare juste devant la maison. Une rousse aux cheveux bouclés, lunettes de soleil, débardeur blanc et short en jeans noir sort d'une Honda Civic rouge métallisée, aussi flamboyante que sa conductrice. Amber, un parfait mélange de simplicité et de charisme.

— Salut ! Qu'est-ce qui t'amène dans le quartier ? demande Debby, aussi surprise que ravie de voir son amie débarquer à l'improviste.

— Salut, répond Amber, la serrant contre sa poitrine. Eh bien, techniquement, mon planning m'indique que je suis en repos, aujourd'hui. Et comme maintenant il s'agit du tien, tu es donc toi aussi, en congé pour le week-end !

— Oui, effectivement, c'est bien ça, rit Deborah, voyant la mine fière et réjouie de sa complice. Ça ne me dit pas ce que tu fais dans le coin ? insiste-t-elle.

— Je viens passer la journée avec toi ! Enfin, disons que toi, tu vas venir passer la journée avec moi. Remballe ton aspirateur, va chercher tes affaires. Je t'emmène faire de nouvelles rencontres, révèle Amber, pleine de mystère.

— Mais, où va-t-on ?

— Là où le vent nous mènera ! Allez, ma belle, des amis nous attendent. Je te laisse cinq minutes pour me rejoindre dans la voiture.

Aussitôt, Deborah range l'aspirateur et la rallonge dans le garage, verrouille le véhicule de sa mère et s'empresse de déposer la clé sur le guéridon de l'entrée. Après un changement rapide de tenue vestimentaire, son sac à main sous le bras, elle prévient Ashley de ne pas l'attendre pour le déjeuner. Celle-ci observe sa fille et Amber monter dans la voiture et quitter les lieux, avec le sourire. Une nouvelle amie est une source de soutien très précieux lorsque l'on vit des moments difficiles.

Trente-cinq minutes plus tard, les deux jeunes femmes arrivent au seuil d'une belle petite maison, bourrée de charme, le long de laquelle beaucoup de véhicules sont déjà garés. Intimidée, Debby n'en mène pas large. Elle reste en retrait, en attendant de connaître son sort. Elles montent les marches qui précèdent le perron de la porte et Amber sonne. Peter Jenssen les accueille à bras ouverts.

— Bienvenue chez moi, les filles !

— Oh ! ben ça alors, Peter ? Quel plaisir de te revoir, après cette super sortie en mer ! affirme Deborah, rassurée de se retrouver face à une tête connue.

— La réunion n'a pas commencé sans nous, j'espère ? réplique Amber sur le ton de l'humour.

— Non, ne t'inquiète pas, on vous attendait !

— Une réunion de quoi ? Suis-je la seule à n'être au courant de rien ? se renseigne Debby.

— On va t'expliquer, lui dit Amber à l'oreille. Viens !

Une rencontre inattendue

L'entraînant le long du couloir de l'entrée, Amber amène Deborah dans la pièce principale. Elle y découvre une dizaine de personnes inconnues, s'affairant autour de plusieurs ateliers. Certains, installés sur le canapé, tapent sur leurs claviers. Plus loin, d'autres inspectent des tee-shirts entassés dans un carton. À l'extérieur, Debby reconnaît Olivia, la sœur de Peter, peignant des banderoles avec deux autres personnes, sur la terrasse qui jouxte le salon. Debby vient de comprendre.

— Quand tu parles d'une réunion, demande-t-elle à Amber, tu veux dire… la préparation d'un rassemblement ?

— Tadaaaam ! En plein dans le mille ! Nous y voilà. Mais pas de panique. Tu n'es en aucun cas obligée de participer à quoi que ce soit. Je voulais juste t'emmener pour que tu voies comment ça se passe et que tu te fasses ta propre opinion. Je ne veux pas que tu gardes en tête uniquement ce que tes collègues ont pu te raconter à ce propos. D'accord ?

— D'accord, s'exprime Debby, un peu perdue.

Assises par terre près de la table basse, les filles sont

rejointes par Olivia pour le début de la réunion.

— S'il vous plaît, tout le monde! On va commencer! indique Peter. Alors voilà, à la suite du rassemblement pacifique qui a eu lieu samedi dernier, nous voulons réitérer notre mouvement la semaine prochaine, le 7 septembre. Il serait bien de continuer des actions ponctuelles comme celle-ci, pour lutter contre les travaux d'agrandissement prévus pour recevoir des dauphins et de manière générale, contre la captivité des cétacés. Nous avons reçu les tee-shirts hier, chacun d'entre vous peut évidemment en prendre un s'il le souhaite. Les banderoles sont presque terminées et les tracts sont en cours de préparation pour la distribution aux visiteurs. Pour les nouveaux, la démarche est simple : nous nous adressons à toute personne concernée par la cause des cétacés. Si vous venez avec une ou deux personnes, nos rangs gonfleront rapidement. Encore une fois, j'insiste. Aucune insulte, aucun acte de violence ne sera toléré. Notre lutte est pacifique, nous sommes là pour dénoncer des faits, pas pour passer pour des crétins d'activistes, écervelés qui font n'importe quoi. Ai-je bien été clair?

Sous les applaudissements de ses camarades, Peter remercie ses camarades. Sa sœur et lui invitent ensuite le groupe entier à se rafraîchir autour d'un verre et de quelques collations avant de continuer leurs missions du jour. Deborah se sent mal à l'aise. Elle a certes ouvert les yeux ces derniers jours, cependant, elle est encore employée du centre. De ce fait, elle ne parvient pas à communiquer avec les gens présents, de peur de subir leur jugement. Une main se pose subitement sur son épaule, l'arrachant à sa rêverie. Un homme s'assied juste à côté d'elle.

— Bonjour, tu es Deborah ?

— Bonjour, oui, on se connaît ?

— Non, mais Amber m'a prévenu qu'elle t'emmènerait ce matin. Comment tu te sens ?

— C'est un peu compliqué, mais excuse-moi… Qui es-tu, exactement ?

— Je te demande pardon, c'est vrai que je ne me suis même pas présenté ! Je m'appelle Dimitri Brown. Je suis l'un des anciens soigneurs de Reykja.

Dimitri

Debby reste sans voix. Dimitri ressent sa stupéfaction et s'empresse de la rassurer.

— Hey, je ne vais pas te manger ! lui dit-il en riant.

— Non, non ! Bien sûr ! Désolée, c'est que je ne m'attendais pas à voir un ancien salarié du parc. Depuis combien de temps es-tu parti ?

— J'ai quitté mon poste il y a maintenant douze ans, en 2001. Mais je vis toujours à Jacksonville. Je me suis reconverti, je travaille dans un restaurant.

— Et, pourquoi as-tu démissionné ? Enfin, si tu veux en parler avec moi, bien entendu… propose-t-elle, sur la réserve.

— Il n'y a aucun secret, on peut en discuter ensemble. Tout le monde ici connaît mon histoire et sait pourquoi j'ai rejoint le mouvement.

Dimitri est assis par terre, jambes croisées et fléchies, ses bras entourant ses genoux. Debby ne peut s'empêcher de poser son regard sur la grande cicatrice qui orne son bras gauche.

— Elle est plutôt impressionnante, c'est vrai. La plupart des gens qui osent me poser la question ne me croient pas quand j'explique comment je me suis fait ça, plaisante-t-il. Il faut dire que se faire attaquer par une orque, ce n'est pas commun !

— Attaqué ? Comme Amber ? questionne Deborah, intriguée.

— Oui, Amber et moi sommes deux miraculés. Deux survivants, que Reykja a épargnés.

— C'est Reykja qui t'a fait ça ? Mais, pourquoi ?

— Contrairement à ce qui s'est passé avec Amber, pour moi, Reykja avait une bonne raison. En 2001, il vivait avec plusieurs autres orques, dont Leila, sa fille de cinq ans à l'époque, et Josefine, la femelle qui lui a donné naissance. Cette année-là, on nous a demandé d'envoyer Leila dans un autre parc. Il fallait renouveler la population des bassins et Leila ayant été conçue naturellement, les responsables ont pensé qu'il serait mieux pour elle de partir. De cette manière, Josefine serait apte à se reproduire de nouveau, comme en milieu naturel.

— Mais, même si une femelle met bas tous les cinq ans d'un veau, elle n'abandonne pas pour autant son premier bébé ?

— Non, tu as raison. Mais en captivité, on pense business. Leila était une parfaite petite femelle en bonne santé, docile. La candidate idéale pour réussir son intégration ailleurs et fonder, par la suite, sa propre famille.

— Laisse-moi deviner… Reykja ne vous a pas laissé faire ?

— En effet. Leila a été confinée dans une loge, séparée de sa mère. Josefine a littéralement… pété les plombs ! On ne l'avait jamais vue comme ça. Des vocalises à t'en tordre le ventre. Reykja a vu le brancard et a de suite compris. Quant à moi, je me trouvais au mauvais endroit, au mauvais moment. Je n'ai pas eu le temps de comprendre qu'il s'est échoué sur la plateforme, m'a saisi le bras et m'a retenu à terre sous le poids de sa tête. Il aurait pu me broyer complètement ou me noyer. Il ne l'a pas fait.

— Un avertissement… comme avec Amber ?

— Cela y ressemble, en tout cas. Après ça, mes collègues ont ouvert la grille à Leila qui a pu rejoindre sa maman. Reykja m'a lâché aussitôt, explique l'ancien soigneur. Ce jour-là, j'ai compris. Nos choix, nos décisions, interfèrent dans leurs vies, dans leurs liens sociaux. Ces parents ne voulaient pas qu'on leur enlève leur enfant. Et c'est exactement ce que l'on s'apprêtait à leur faire subir.

Deborah a du mal à cacher son émotion. Ces tristes aveux lui rappellent que Reykja a vécu des drames tout au long de sa vie captive.

— Que s'est-il passé, ensuite ? interroge-t-elle.

— J'ai été conduit à l'hôpital pour soigner ma blessure. J'ai perdu quelques zones de sensibilité dans le bras, mais rien de méchant comparé à la mort qu'il aurait pu me donner. En repos forcé, je suis quand même allé au centre le lendemain matin. J'ai observé de loin la civière soulever Leila du bassin pour la placer dans le véhicule destiné au convoi. Elle hurlait. On devinait qu'elle appelait sa mère au secours. Ses cris sont ancrés dans ma tête, pour toujours. C'est un son que je n'oublierai jamais. J'ai pleuré, comme un gamin, du haut de mes vingt-cinq ans ! J'ai donné ma démission dans la foulée. Je ne voulais plus être forcé de participer à cela.

— Comme je te comprends… J'imagine que Clay devra subir le même sort, d'ici quelques années ? J'en ai déjà la boule au ventre… Avec ce qu'il t'est arrivé, tu aurais pu ne plus jamais vouloir entendre parler des orques. Pourquoi as-tu rejoint le mouvement ?

— Parce que je n'ai aucune rancœur envers Reykja ni envers les orques en général. Cet accident m'a ouvert les yeux. Si on se mettait à leur place deux secondes, on ne voudrait pas de cette vie qu'on leur inflige…

— Mais, on nous dit toujours qu'il ne faut pas faire d'anthropomorphisme ? Que l'on ne doit pas attribuer aux animaux des sentiments humains ?

— Ceux qui disent ça n'ont fait aucun progrès en matière de psychologie animale. Les orques font partie de familles soudées, organisées et le comportement de Josefine en dit long sur leur capacité à ressentir des émotions. À comprendre pleinement l'environnement qui les entoure. Des études scientifiques ont démontré que le cerveau d'une orque ou d'un dauphin possède une zone plus développée que chez les humains. Cette région paralimbique, plus évoluée que chez n'importe quel mammifère, est une prolongation du système limbique et du néocortex, la zone du cerveau qui traite les émotions. On peut donc en déduire que si ce lobe supplémentaire agit comme il est censé le faire, alors les cétacés traitent leurs émotions d'une manière bien plus sophistiquée que nous. Leurs liens sociaux seraient donc encore plus forts que les nôtres, sans parler de leurs sentiments. Voilà pourquoi les détenir en captivité ne devrait même plus être envisagé.

Rassure-moi

Mathias regagne sa chambre après avoir pris le petit déjeuner avec Guillaume, Camille et certains bénévoles de l'association. Quelques membres sont partis en repérage pour le lendemain. Le premier septembre de chaque année est le coup d'envoi des hostilités. À partir de cette date, chaque jour de météo clémente, les bateaux quitteront le port en quête de dauphins à capturer, ou à tuer.

Guillaume arrive à son tour. Il se munit de sa caméra, d'une chaise, puis retrouve Camille sur le pas de sa chambre. Elle leur a demandé quelques minutes afin de se «repoudrer le nez». Si elle doit apparaître dans un documentaire visionné par des millions d'Américains, autant être à son avantage. Une fois prête, tous deux prennent la direction des jardins, souhaitant dénicher le meilleur emplacement. Mathias les rejoindra dès qu'il aura parlé à Deborah. À Jacksonville, il est environ 20 h 30, de la veille. Il a hâte de savoir comment va la femme qui occupe toutes ses pensées.

— Mathias? décroche-t-elle aussitôt.

— Oui, ma belle, c'est moi. Je ne te dérange pas?

— Non, pas du tout. Je suis contente de t'entendre.

— Et moi donc… Alors, dis-moi, comment tu vas ? J'ai un peu plus de temps à t'accorder. Raconte-moi tout.

— Il y a tellement de choses à dire… C'est compliqué ici, tu sais. Vraiment. Dans les grandes lignes, j'ai mis les pieds dans le plat avec Madison, qui a fini par cracher le morceau. Ils m'ont tous menti depuis le début. Reykja est très malade, ses jours semblent comptés. Je le ressens. J'ai tenté d'aborder le sujet de manière générale avec Salvador, mais lui vit dans le «monde merveilleux des orques», dit-elle ironiquement. Il n'existe aucun problème.

— Je suis vraiment désolé pour Reykja… De quoi souffre-t-il ?

— D'une pneumonie. J'ai invité Amber à boire un verre et c'est là qu'elle m'a tout expliqué. Ç'a été dur à encaisser ; mais je ne peux que la remercier de sa franchise. On est devenues amies, elle m'a même emmenée faire un tour de bateau pour admirer des dauphins libres ! C'était extraordinaire.

— Exactement ce dont tu avais besoin, une virée en mer avec un tel spectacle est une chance !

— Oui, Amber m'a comprise et bien cernée. Je crois que c'est parce que l'on se ressemble beaucoup, elle et moi. Et aujourd'hui, elle m'a fait assister à une réunion d'anticaptifs ! T'y crois à ça ? dit-elle en riant de cette situation loufoque.

— Ah oui ? Elle ne fait pas les choses à moitié avec toi, on dirait ! plaisante-t-il à son tour.

— À cette réunion, j'ai fait la connaissance d'un ancien soigneur de Reykja. Il s'appelle Dimitri.

— Dimitri ? «Le» Dimitri, victime d'une attaque de Reykja ?

— Oui, tu as bien entendu ! Ce Dimitri, en personne. Avec pour preuve, une belle cicatrice sur le bras gauche. Encore plus grande que celle d'Amber !

— Incroyable… Que t'a-t-il dit ?

— Il m'a décrit les circonstances de l'attaque… Qu'il n'en voulait pas à Reykja, que cet accident lui avait ouvert les yeux.

— Et lui, il a ouvert les tiens ?

— Encore davantage… affirme-t-elle. Et toi, raconte-moi comment les choses se déroulent au Japon.

— Eh bien, nous avons rencontré Camille, la Française dont je t'ai parlé. Elle est super. Je crois que Guillaume en pince pour elle ! se moque-t-il gentiment de son ami. Elle nous a guidés hier lors de notre visite du musée de la baleine de Taiji. Debby, je n'ai même pas les mots pour décrire cet endroit. On dirait… un paradis sur terre, abritant l'enfer. On se demande comment l'humain peut agir ainsi. Guillaume, comme moi, avons eu des sueurs froides à plusieurs reprises.

— Rien qu'à t'écouter, ce lieu à l'air terrifiant.

— Il l'est, crois-moi… Ce matin, nous allons interviewer Camille. Étant vétérinaire, nous allons lui demander face caméra son avis scientifique sur la question.

— Super idée. Je suis sûre que son opinion aura du poids sur les téléspectateurs.

— Oui, c'est ce que l'on pense aussi. D'ailleurs, je vais les rejoindre dès que nous aurons raccroché.

— Vas-y, ne les fais pas trop patienter. De mon côté, je vais me préparer, Amber et les autres veulent que l'on sorte boire un verre. J'en profite, car je ne travaille pas demain.

— Les autres ? souligne Mathias, inquiet.

— Oui, les autres, nous ne serons pas seules. Pourquoi ? Monsieur, serait-il jaloux ?

— Non, non… Enfin, si… Bien sûr… Écoute, Debby, je sais que je n'ai aucun droit et encore moins celui de te demander de m'attendre, mais je ne pense qu'à toi depuis notre rencontre. Même à des milliers de kilomètres. Tout me ramène à toi, tu me manques à chaque instant. Les images et les sensations de cette nuit passée contre ta peau défilent sans cesse dans ma tête, à tel point que j'ai l'impression de sentir encore ta peau contre la mienne. C'est complètement fou, j'ai bien conscience que l'on ne se connaît pas réellement. On ne s'est que très peu vus, les conditions n'étaient pas pleinement réunies, mais je tiens à toi plus que je ne le devrais à ce stade de notre relation. Quelque chose nous lie, Debby, quelque chose de fort. Donc oui, inévitablement, je suis jaloux… Rassure-moi, et dis-moi que tu me comprends, dis-moi que ce sentiment complètement fou est réciproque ?

— Tu n'as pas d'inquiétudes à avoir. Va comprendre pourquoi j'ai un faible pour un reporter new-yorkais, obstiné et dévoué à la cause qu'il défend. Bien qu'il soit sur un autre continent au moment où je lui parle. Tout n'a pas bien commencé, mais on peut faire en sorte que la situation évolue de la bonne manière. Je ne demande que ça…

— J'ai vraiment hâte de te voir, indique Mathias, sourire aux lèvres. Bonne soirée, sois prudente.

— L'attente de te revoir est l'une des choses qui m'aide à tenir. Je t'ordonne de réaliser un superbe reportage. Compris ?

— C'est promis. Je t'embrasse très fort.

— Moi aussi, Mathias. Moi aussi…

Interview

Mathias se dirige vers les jardins d'un pas léger, rassuré. Lui, qui habituellement collectionnait les femmes, n'a pas pu s'empêcher d'exprimer sa jalousie. Une grande première! Il a Debby dans la peau, une sensation qu'il n'a jamais connue auparavant. Dans ses relations précédentes, toujours très courtes, Mathias n'était jamais véritablement tombé amoureux. Il ne s'en laissait pas l'occasion, accaparé par son travail. Il n'y a que ça qui comptait : les reportages. Le travail. Comme s'il cherchait à se réfugier dans son activité professionnelle pour ne pas « vivre », ne pas prendre le risque de souffrir. Avec Debby, tout est différent. Ce coup de cœur imprévisible a chamboulé son quotidien, a bouleversé ses pensées jusqu'au plus profond de son âme. Apparemment, elle aussi tient à lui. Pressé de pouvoir la serrer à nouveau dans ses bras, il imagine leurs retrouvailles en esquissant un sourire. D'abord, il lui ouvrirait ses bras pour qu'elle puisse s'y blottir. Puis il la regarderait droit dans les yeux, lui disant à quel point il la trouve sublime, à quel point elle lui manquait. Puis, il prendrait le visage de Debby dans ses mains, pour déposer un doux baiser sur sa bouche pulpeuse. Avant de caresser sa langue avec la sienne, pour un baiser fougueux, bercé de respirations saccadées.

Équipé d'une chaise et de sa liste de questions, il aperçoit au loin Camille et Guillaume, main dans la main, tournés vers la mer. À son arrivée, ils se lâchent précipitamment.

— Ah… euh…, salut, mec ! Alors, tu as eu Debby ?

— Oui, oui, je l'ai eue, elle va un peu mieux ! Amber s'occupe d'elle. Et vous, ça va ? Vous êtes prêts ?

— Oui, ça va super ! Camille est prête, ma caméra est prête, toi, tu es prêt, on est tous prêts ! répète-t-il nerveusement, anxieux à l'idée que Mathias les ait surpris.

— Parfait ! L'emplacement paraît idéal. Camille, tu peux t'asseoir.

Le reporter aux yeux bleus s'installe en face d'elle et Guillaume se place derrière son collègue, prêt à filmer l'interview.

— Pas trop stressée ? demande Mathias à Camille.

— Un petit peu ! Je t'avoue que je n'ai jamais tenté ce genre d'exercice !

— Tout va bien se passer. On a tout notre temps et si tu mélanges tes mots ou bien que tu perds le fil, on recommence ! Respire, fais comme si la caméra n'était pas là. On se parle, toi et moi, comme deux amis qui discutent.

— Je parle à peu près anglais, tu sais, dans l'ensemble, mais je ne suis pas parfaitement bilingue. Je serais tout de même plus à l'aise si je pouvais te répondre en français…

— Guillaume ? Tu pourrais nous faire des sous-titres pour la traduction ? interroge Mathias.

— Bien sûr! Aucun problème, affirme le caméraman.

— Très bien, dans ce cas, si tu te sens plus à l'aise, réponds-moi en français.

— Super, merci beaucoup. Je suis soulagée!

— On y va. Je vais commencer par une petite introduction, puis je vais te poser des questions et tu y réponds le plus naturellement possible. Prête?

— Prête, souffle-t-elle.

— Ici, à Taiji, des membres de l'association « Lutte pour les dauphins » sont présents avant l'ouverture de la saison de la chasse aux cétacés. Camille Joubert, bonjour, vous êtes Française, vétérinaire et bénévole de l'association. Est-ce votre premier voyage au Japon?

— Bonjour, merci de me recevoir. Il s'agit de mon second voyage ici. Je suis venue l'année dernière, à la même période.

— Pourquoi venez-vous ici, à Taiji précisément?

— Chaque année, de septembre à mars, des dauphins sont tués pour leur viande ou capturés pour l'industrie des delphinariums. Nous estimons que cette chasse est barbare et nous souhaiterions y mettre fin. Du moins, faire savoir au Japon que nous sommes absolument contre leurs pratiques.

— Pouvez-vous nous expliquer comment cela fonctionne?

— Le principe est assez simple et d'une cruauté sans égale. Des bateaux quittent le port et repèrent des groupes de dauphins au large. Lorsqu'ils les ont trouvés, les bateaux se rassemblent et rabattent les animaux vers les terres. Tous les moyens sont bons, comme l'utilisation de matériaux pour faire du bruit et ainsi les perturber, les effrayer. Cherchant à fuir les nuisances sonores, les dauphins nagent vers les côtes et se retrouvent piégés dans cette crypte que l'on appelle «la baie de la honte».

— Que se passe-t-il exactement, dans cette baie?

— Les animaux, acculés, entrent dans un état de stress abominable. Un premier tri est fait : certains sont tués dans des conditions de souffrance insoutenables pour leur viande. Un dauphin mort vaut dans les 600 dollars. Mutilés, ils meurent dans une lente agonie, se vidant de leur sang ou par noyade, devant le reste de leur famille. Ensuite, des pêcheurs les hissent à bord des bateaux à l'aide de crochets. Les plus beaux spécimens sont laissés dans la baie, à disposition de futurs acheteurs. Des dresseurs viennent entre autres du Japon, de Chine, d'Égypte, de Dubaï, de Russie ou encore du Mexique, pour faire leur marché et choisir les nouvelles vedettes des spectacles organisés dans les parcs marins. Un dauphin vivant coûte aux alentours de 150 000 dollars. Il s'agit d'un business très lucratif.

— En tant que vétérinaire, que pouvez-vous nous dire, d'un point de vue scientifique, sur la souffrance physique infligée à ces animaux lors de ces massacres?

— Scientifiquement parlant, ces méthodes restent inconcevables. De tout temps, l'homme a tué l'animal pour se nourrir. Avec le recul et les conclusions de nombreuses années de recherches, de nouvelles méthodes ont été appliquées, notamment dans les abattoirs, pour éviter au maximum la souffrance de l'animal. Ici, on pourrait comparer cela aux manières des industriels de type casher ou halal, qui égorgent les animaux sans étourdissement. L'agonie s'accompagne d'importantes hémorragies, de suffocations, de tremblements, jusqu'à une perte totale de sang ou une

noyade due à l'épuisement d'un combat perdu d'avance. En tant que vétérinaire, je condamne fermement ces méthodes d'abattage. De plus, la viande de cétacé est hautement toxique à cause de sa teneur en mercure et d'autres polluants tels que les substances radioactives. La récente catastrophe nucléaire de Fukushima en 2011 n'a pas amélioré cela. Il n'y a aucun intérêt nutritif à se nourrir d'une viande si nocive.

— Psychologiquement parlant, les dauphins ressentent-ils de la peur, de la souffrance morale, lors de ses rabattages sordides ?

— On sait parfaitement que les dauphins vivent en groupes familiaux soudés avec des techniques de communication très élaborées. Tout comme les autres espèces de baleines, leur cerveau comporte une zone absente du cerveau humain. Cette partie leur permet de développer une empathie beaucoup plus forte à l'égard de leurs congénères que celle dont nous sommes capables. Les liens qui unissent chaque individu aux autres membres de sa famille sont incroyablement forts ; on peut ainsi parfois observer des échouages de masse. On ne comprend pas toujours la raison qui les pousse à mourir ensemble, mais ils possèdent une conscience bien particulière de l'esprit de famille, de la notion de groupe, primant sur la notion d'individualité.

— Que disent les habitants de la ville à ce sujet ?

— Pour beaucoup, la pratique de la chasse à la baleine fait partie des traditions. Ils ne comprennent pas en quoi la tuerie de ces animaux ainsi que les méthodes employées peuvent choquer le monde. Coincées entre la mer et la montagne, les terres n'ont jamais été adaptées à la culture. Heureusement, des Japonais viennent en nombre gonfler nos rangs et soutenir la cause que nous défendons. En réalité, le nombre de pêcheurs est infime. Mais suffisant pour causer de nombreux dégâts.

— Pourriez-vous nous donner quelques chiffres concernant la saison dernière ?

— Sur la saison 2012-2013, 1 486 dauphins ont été rabattus du large jusqu'à la baie, 899 ont été tués sauvagement alors que 340 furent rejetés à la mer. Parmi ceux-là, de jeunes dauphins de Risso non sevrés ont été arrachés à leurs mères, incapables de survivre sans elles. Et plus de 240 ont reçu des bribes d'entraînement dans l'attente d'être vendus aux delphinariums.

— Camille Joubert, merci d'avoir répondu à nos questions.

— Je vous en prie, merci de m'avoir donné la parole.

Coup de téléphone

Debby profite d'une grasse matinée. Enroulée dans sa couette, elle dort profondément. Rentrée tard, la soirée avec Amber, Peter, Olivia, Dimitri et les autres lui a fait beaucoup de bien. Depuis plusieurs jours, elle s'est enfin autorisée à rire. Sans penser au travail et aux problèmes de conscience qui la hantent pourtant quotidiennement. Mais son deuxième jour de congé ne lui permettra pas d'en profiter encore. À 8 h, son téléphone sonne, la tirant de son sommeil. En voyant le prénom de Madison apparaître, elle décroche.

— Allô ?

— Debby ? Debby, c'est moi, Madison !

— Oui, Madison, je le sais, ton numéro s'est affiché, dit-elle d'une voix encore endormie.

— Debby, il faut que tu viennes tout de suite.

— Je suis en repos aujourd'hui, pas en retard… ronchonne-t-elle. Tu dois confondre avec le planning de Justin.

— Non, Debby, je sais parfaitement que tu ne travailles pas aujourd'hui. Mais si je te demande de venir, c'est que c'est important. Dépêche-toi.

— Rien de grave, rassure-moi ? demande Debby, en se redressant vivement dans son lit.

— Je ne peux rien te dire au téléphone. Viens dès que possible.

Madison lui raccroche au nez. Inquiète, Deborah se lève en une seconde et après un tour rapide à la salle de bain, s'habille et emprunte à nouveau la voiture de sa mère. Quelque chose ne tourne pas rond, elle doit en avoir le cœur net.

Quinze minutes de trajet plus tard, Debby se gare sur le parking. Elle s'avance vers l'entrée du personnel, badge, pénètre sur son lieu de travail et se dirige vers les bassins des orques. Avant même de pouvoir y accéder, Madison, qui la repère de loin, vient à sa rencontre.

— Debby, merci d'être venue aussi vite. Je suis désolée de t'avoir appelée si tôt mais… Si je ne l'avais pas fait, tu m'en aurais certainement voulu.

— Mais enfin, Madison, vas-tu me dire ce qu'il se passe ? C'est quoi tous ces gens, même le directeur est là ! Dis-moi ! Est-ce qu'il s'agit de Clay ? Il n'a pas survécu ?

— Clay va très bien. C'est Reykja…

Debby se fige. Elle a peur de comprendre. Son amie et collègue, qui connaît son attachement à Reykja, l'a fait venir en catastrophe un jour de repos. Elle tente de la prévenir de quelque chose, le visage grave, avant même qu'elle n'arrive au niveau des bassins.

— Je suis désolée, Debby. Reykja est mort cette nuit.

Deborah se met à courir vers la loge de son protégé, laissant Madison derrière elle. Cette dernière porte ses mains

à sa bouche en voyant sa collègue détaler, comme pour s'empêcher de crier.

Debby se fraie un chemin et parvient à la loge de Reykja. Celui-ci apparaît flottant dans son minuscule enclos. La jeune soigneuse s'écroule à genoux au bord du bassin, à la vue de l'immense corps sans vie de cet animal pour lequel elle éprouve tant d'affection. Salvador et Justin s'empressent de lui venir en aide, prenant chacun l'un de ses bras, pour la faire reculer. Désemparée, elle ne peut retenir ses larmes face à l'insoutenable. Reykja est mort, seul, triste, malade. Et elle n'a rien pu faire pour lui.

Lui dire au revoir

La disparition d'un animal engendre beaucoup de chagrin, de peine, de douleur à ceux qui s'en occupent chaque jour de l'année. Pour le parc, cela ajoute des retombées financières importantes. Sans compter les déclarations médiatiques pour annoncer le décès d'un animal de moins de trente-cinq ans. Pour l'heure, il s'agit de maintenir le parc fermé. Le temps d'extraire le corps de l'épaulard avant qu'il ne contamine l'eau des bassins et que sa dépouille ne soit pas visible du public. Kelly a conseillé à Deborah de partir, mais elle a tenu à rester pour accompagner son orque jusqu'au bout.

Rapidement, des membres de l'équipe technique mettent en place le matériel nécessaire. Civière, câbles, grue… Salvador et Justin, en tant que soigneurs, doivent entrer dans le bassin afin de passer les nageoires pectorales de l'épaulard dans les emplacements prévus à cet effet. Une fois le corps installé sur le brancard, Reykja est prêt à être hissé dans les airs pour son second et dernier voyage. Debby s'approche de l'eau et caresse une dernière fois le nez de son ami, lui adressant quelques mots. «*Au revoir, mon bonhomme. Tu me manqueras beaucoup. Fais un bon voyage. Tu es libre maintenant.* » Les dizaines de personnes présentes sur place observent la scène d'une tristesse sans nom. Trente années de captivité dans un bassin de béton s'envolent sous leurs yeux, vers la dernière des libertés qu'un animal emprisonné dans ces conditions peut atteindre.

Seulement, le deuil ne doit surtout pas prendre trop de temps. Des visiteurs attendent à l'entrée que reprenne le rythme classique d'une journée au parc. Ils paient pour admirer un spectacle d'orques. Ils doivent donc obtenir entière satisfaction. Les soigneurs sont en place, la larme à l'œil. Bien sûr, quelques mots sont prononcés en mémoire de Reykja, sur une musique mélancolique. De cette manière, le parc montre que la perte de cet animal est une tragédie, pas seulement une perte financière. Attendris, les spectateurs offrent une ovation à ces dresseurs qui font que «le spectacle continue», en hommage à leur ami décédé, malgré les meilleurs soins prodigués. Debby, prostrée dans un coin, observe la comédie qui se trame sous ses yeux. Atterrée, elle se rend dans les cuisines où elle se munit d'une feuille de papier et d'un stylo. Une fois rédigée, elle patiente jusqu'au retour de Kelly. Elle tend sa lettre à sa responsable, dès son arrivée.

— Qu'est-ce que c'est? demande Kelly, surprise.

— Ma lettre de démission, répond Debby, en quittant la pièce.

Coup de foudre

Le réveil sonne tôt pour Mathias. Aujourd'hui, il s'apprête à vivre une journée hors du commun. Malgré toutes les informations dont il dispose, il n'est pas aussi préparé qu'il l'imagine à assister de ses propres yeux à une tuerie de masse. Il allume sa lampe de chevet et jette un œil vers le lit de Guillaume. Il est vide. Même pas défait. Mathias se souvient alors de leur journée de la veille. Après l'interview de Camille, les trois camarades ont visité la bourgade de Taiji, caméra et appareil photo en mains. Le soir venu, ils ont partagé un repas au restaurant, puis Guillaume proposa à Camille de travailler ensemble sur la création des sous-titres de son interview. Elle accepta chaleureusement. Il n'en faut pas plus à Mathias pour comprendre que Guillaume a passé la nuit dans la chambre de Camille. «*Il ne perd pas de temps le p'tit, sous ses airs timides!*» pense-t-il en lui-même, riant tout seul des talents cachés de séducteur de son binôme. Les avoir vus main dans la main dans les jardins de l'auberge la veille, lui avait mis la puce à l'oreille. Il en a maintenant la confirmation. Ces deux-là s'entendaient, a priori, parfaitement bien. Quinze minutes plus tard, Guillaume fait une apparition remarquée dans la chambre.

— Bah ! alors, Don Juan, c'est à cette heure-ci que tu rentres ? demande Mathias.

— Ah ! salut, tu es déjà réveillé… ? interroge Guillaume, pris la main dans le sac.

— On doit être au port pour le lever du soleil alors oui, je suis levé ! Et vous alors, vous avez bien avancé sur le travail des sous-titres ?

— Euh, oui, oui ! Complètement. Cela nous a pris un peu plus de temps que prévu, on a fini par s'endormir. Heureusement, Camille avait programmé son réveil.

— Hum, je vois. C'est d'ailleurs pour ça que tu reviens sans ton ordinateur ?

Guillaume regarde Mathias bouche bée et les deux garçons éclatent de rire. Piégé, le Franco-Américain ne cherche plus à mentir.

— Bon, d'accord, tu m'as grillé. On a vraiment bien avancé sur les sous-titres par contre ! Ils sont terminés, on n'a pas mis très longtemps, si tu veux tout savoir. Mais ensuite, elle m'a proposé de rester boire un verre, et… je n'ai pas su résister à son charme.

— Mais tu as bien fait, mon ami ! Je suis très content pour vous deux, profitez-en ! Seulement maintenant, va prendre une douche ! On décolle bientôt, lui indique Mathias.

Guillaume sourit, puis bâille longuement en allant vers la salle d'eau de la chambre. Sa nuit fut très courte, mais très agréable.

Premier jour de la saison

Port de Taiji, Japon
1er septembre 2013, 5 h 30, heure locale

Mathias, Camille, Guillaume et d'autres membres de l'association «Lutte pour les dauphins» observent les bateaux quitter le port de Taiji à l'aube.

De longues heures d'attente commencent, dans l'espoir que les pêcheurs reviennent bredouilles. Camille leur explique la réglementation en vigueur.

— Les dauphins rabattus du large jusqu'à la baie sont destinés à rejoindre les delphinariums de plusieurs pays à travers le monde où à finir dans les assiettes. Supermarchés, cantines scolaires, restaurants, croquettes pour chien… La viande de cétacé est très prisée, comme expliqué hier, lors de l'interview. Mais parfois, il arrive que la viande de dauphin soit vendue sous l'intitulé «viande de baleine». Plus vendeur dans certains secteurs. Les autorités japonaises fixent des quotas de pêche chaque année. Pour la saison 2013-2014, peuvent être prélevés jusqu'à 134 dauphins à flancs blancs, 557 dauphins Tursiops, 400 dauphins tachetés de l'Atlantique, 450 dauphins bleus, 265 dauphins de Risso, 70 cétacés appelés «fausses orques» ainsi que 137 globicéphales, connus sous le nom de baleines pilotes. Ainsi, des centaines et des centaines de dauphins subissent une mort atroce tous les ans, ici, mais pas seulement. Taiji est certainement la baie la plus tristement célèbre, mais il en existe d'autres au Japon.

Les heures passent et du bruit se fait entendre au loin. Des dorsales apparaissent, des filets se tendent, la baie se referme progressivement sur ce premier groupe. Guillaume, petite caméra discrète en main, filme l'arrivée des dauphins suivis de plusieurs bateaux. La scène se répète plusieurs fois au cours de la matinée. Une quarantaine de dauphins Tursiops ont été capturés en une seule journée. Mais aucun massacre. Camille semble en connaître la raison.

— Les dauphins Tursiops sont l'espèce la plus résistante à la vie en captivité. Ils vont en tirer de bons prix, ce pour quoi ils leur laissent la vie sauve. Tous seront vendus aux dresseurs qui viendront les choisir par eux-mêmes.

À l'issue de ce premier jour, la baie reste bleue. Il s'agit d'une victoire en demi-teinte pour les bénévoles de l'association. Aucun cétacé ne mourra aujourd'hui. Mais une quarantaine d'animaux seront traumatisés, piégés dans la baie. À leur retour à l'hôtel, les reporters et la vétérinaire échangent quelques mots.

— C'est une situation paradoxale que nous sommes en train de vivre. Vous êtes ici dans l'attente d'un massacre, d'un jour de «baie rouge» comme on l'appelle, pour filmer ce qu'il se passe et en informer ainsi le monde entier. Alors que nous espérons fortement que la baie restera bleue le plus longtemps possible.

— Comme tu dis, répond Guillaume. Mais malheureusement, il y a bien un moment où les bourreaux réussiront leur mission.

— Tout à fait, acquiesce tristement Camille. Nous redoutons ce jour, mais il finira par arriver. Il se produit toujours.

Triste nouvelle

Centre de Jacksonville,
1er septembre 2013, 11 h 30

La décision que Debby ne parvenait pas à prendre s'est imposée à elle, lorsqu'elle a vu Reykja inerte dans sa loge. Une loge qu'elle considérait à présent comme une cellule, dans laquelle il fut retenu prisonnier contre son gré. Elle n'a plus la force de continuer à travailler au centre après cet événement tragique. Malgré l'amour qu'elle porte au reste du groupe, la lucidité a pris le dessus. Elle dispose maintenant d'assez d'informations pour savoir ce qu'elle veut, et surtout, ce qu'elle ne veut plus. Cette fois, elle ne reviendra pas en arrière. Il est temps pour elle de se ranger définitivement dans l'autre camp. Celui de ceux qui ne se cachent pas derrière de faux discours, derrière l'argent, derrière des idées archaïques selon lesquelles les orques en bassin doivent être les ambassadrices des orques libres.

Dans la voiture, Debby ne parvient pas à cesser de pleurer. Le cœur brisé, elle ressasse les images du corps de Reykja, sans vie, soulevé par une grue, déposé dans un camion pour finir à l'équarrissage. Il ne reverra jamais l'océan ni sa famille. Pour un animal dont les liens sociaux sont extrêmement forts et développés, elle imagine le calvaire qu'il a dû vivre. Il faut qu'elle informe Mathias de la situation. Vu l'heure tardive au Japon, elle décide de lui envoyer un message, au cas où il dormirait. Puis elle téléphone à Amber. Et s'effondre à nouveau.

Éclair de génie

Hotel Hana-Kayuu
Taiji, Japon
Dans la nuit du 1er au 2 septembre 2013, minuit et demi, heure locale

Guillaume et Camille dorment profondément, leurs corps enlacés, peau contre peau. Cette passion fulgurante les a surpris, aucun d'eux ne s'attendait à vivre une telle romance en venant ici, à Taiji. Pas franchement expert dans le domaine de la drague, le jeune homme a pourtant réussi à séduire Camille en moins de temps qu'il n'en faut pour le dire. La vétérinaire française a succombé au charme du timide reporter, impliqué et menant le même combat qu'elle. Ces points communs les ont rapprochés, plus qu'ils ne l'auraient pensé jusqu'à les conduire à la même chambre, à partager le même lit, le temps qu'il leur sera accordé.

Brusquement, un bruit sourd les tire de leur sommeil. Quelqu'un tambourine à la porte. Guillaume allume sa lampe de chevet, enfile son tee-shirt, tandis que Camille, pas très rassurée, remonte la couette jusqu'à son visage. Guillaume appuie sur la poignée et se retrouve face à Mathias, remonté comme une horloge.

— Salut, désolé, je vous dérange ? Je ne vous réveille pas au moins ? dit-il, en entrant dans la chambre de Camille sans même y avoir été invité.

— Non, non, t'inquiète. Mais, pourquoi tu déboules à cette heure-là ? On se lève dans moins de cinq heures, tu sais ça ?

— Oui, oui, pardon. Mais je viens de recevoir un message de Debby et il fallait absolument que je te prévienne.

— Me prévenir de quoi ? se soucie Guillaume, s'asseyant sur le lit.

— Reykja est mort.

— Et merde… la tuile ! Debby doit être dans un état…

— J'ai essayé de l'appeler dès la réception de son message, mais ça sonnait « occupé ». Je réessaierai plus tard.

— Excusez-moi, les garçons, mais qui est « Reykja » ? interroge Camille, toujours sous sa couette.

— Il s'agit de l'une des orques du centre de Jacksonville, l'informe Guillaume. Et si Mathias tenait à me prévenir immédiatement, c'est parce que cet épaulard n'est pas n'importe lequel. Il s'avère que Reykja tenait une place toute particulière dans le cœur de Debby. Tu sais, Debby… Je t'ai raconté pour elle et Mathias, finit-il d'expliquer en chuchotant.

— Oui, je vois… Mince, la pauvre. Elle doit être bouleversée ! Que peut-on faire pour elle ?

À l'écoute de cette question, le regard de Mathias se perd dans le vide. Il réfléchit et une poignée de secondes plus tard, réagit.

— Je sais ! s'écrie-t-il. On va faire un reportage en deux parties. On peut faire exactement ce que l'on avait prévu à la base : explications sur les captures effectuées dans les années 70, les conditions de vie dans les parcs aquatiques comme celui de Jacksonville, Lexie, l'Aquarium d'Osaka, le

Musée de la baleine ici, à Taiji, ainsi que les rabattages et les scènes macabres se déroulant dans la baie. Mais si on axait le documentaire sur la vie de Reykja ? On pourrait alors lui rendre hommage avec tout ce que l'on sait de sa vie en racontant précisément son histoire !

— Mais oui ! affirme Guillaume, se relevant d'un bond. On possède plein de documents là-dessus ! On pourrait commencer avec sa capture, son arrivée au centre, les affinités qu'il a pu avoir avec ses différents compagnons de vie comme Ice, Lola, Sacha, Josefine…

— Ses enfants, les avertissements lancés aux soigneurs comme les attaques de Dimitri et d'Amber, son état de santé qui s'est dégradé, son dernier souffle… poursuit Mathias.

— On devrait prendre contact avec un journaliste islandais, pour avoir des infos sur son pod[1] d'origine. Des scientifiques sur place suivent forcément sa famille et pourraient nous indiquer s'ils sont toujours en vie. On écrirait les textes de manière à ce que ce soit lui qui parle. Tu pourrais sûrement enregistrer les commentaires, lui prêter ta voix ? Debby n'en sera qu'encore plus touchée ! suggère Guillaume.

— Personnellement, je trouve que vous avez là une superbe idée… se permet d'ajouter la jeune femme.

Guillaume et Mathias tiennent leur documentaire. Ils savent exactement comment s'y prendre pour le présenter et ainsi communiquer leur message. Les garçons, très fiers de leur idée, se tapent dans la main et se serrent l'un contre l'autre, sous le regard attendri de Camille.

---

1 Pod : groupe de cétacés socialement liés.

Rejoindre le mouvement

Debby téléphone à Amber. Et s'effondre à nouveau. Lorsque son amie décroche, elle n'entend que des pleurs, à la limite de la crise d'angoisse.

— Deborah? Allô? Deborah, tu m'entends? Calme-toi, je ne comprends rien… Allô?

— Oui, lui dit-elle, entre deux sanglots.

— Mais pourquoi es-tu dans un tel état? Qu'est-ce qu'il t'arrive?

— Rey, Reykja…

— Quoi, Reykja? Son état s'est aggravé?

— Il… il… il est… il est mort! finit-elle par lâcher.

— Oh! non, ce n'est pas vrai… Je comprends mieux, maintenant… Je partage ta peine… Où est-ce que tu te trouves?

— Sur le parking…

— Tu te sens capable de conduire? Tu peux me rejoindre chez Peter?

— Oui, oui, je crois… dit-elle, essayant de se calmer.

— Parfait. Sois prudente. On t'attend. Courage, ma chérie.

Deborah met fin à la conversation téléphonique et voit l'appel manqué de Mathias. Elle n'ose pas le rappeler maintenant, pensant qu'il s'est peut-être rendormi. Elle reprendra contact avec lui plus tard. Sortant un mouchoir de son sac, elle essuie ses larmes. Pour le moment, elle prend la route en direction de chez Peter et informera ses amis de sa démission.

À peine le temps pour elle de se garer, qu'Amber ouvre la porte de la maison et accourt dans sa direction. Les deux jeunes femmes expriment leur chagrin dans les bras l'une de l'autre. Amber caresse les cheveux de Deborah pendant qu'elle-même se laisse aller à sa douleur. La mort fait partie du métier de soigneur. Elles en ont toujours eu conscience. La souffrance causée par la perte d'un animal est semblable à celle d'un être cher, pour les gens comme elles, passionnés et investis. De nombreux humains ne sont pas capables de comprendre un tel sentiment. Pour certains, un animal ne reste qu'un animal, au sens péjoratif du terme. Il ne mérite pas autant de considération de la part de l'Homme tout puissant, seul détenteur de la parole. Or, les deux femmes se comprennent. Cet amour des animaux, elles le ressentent de façon innée, depuis leur plus tendre enfance.

Peter les rejoint et les conduit toutes les deux à l'intérieur, leur apportant une tasse de café. Debby décrit péniblement le récit des heures précédentes à ses camarades. Amber ne lâche pas sa main, en guise de soutien indéfectible. L'annonce de Madison, le corps de Reykja sans plus aucune réaction, la grue, le camion… Et sa démission.

— Arrête, tu as vraiment démissionné ? questionne la belle rousse, les yeux écarquillés.

— Oui… Je ne me sentais plus capable d'y retourner et de faire semblant. J'ai donné ma lettre à Kelly, je suis allée au vestiaire ouvrir mon casier, j'ai récupéré mes affaires et laissé mon badge. Le centre, c'est terminé, explique-t-elle.

— Tu as pris la bonne décision, affirme Peter. Des projets pour samedi prochain ?

— Non, du coup je n'ai plus rien de prévu à partir d'aujourd'hui… Je ne sais absolument pas ce que je vais faire de ma vie, maintenant que tous mes rêves se sont envolés…

— Eh bien, tu sais quoi ? Tu es la bienvenue parmi nous, comme membre à part entière de notre mouvement. Tu as largement ta place dans nos rangs, samedi, pour notre manifestation pacifique. Et je pense que ce serait le moment idéal pour rendre hommage à votre ami.

— Peter a raison ! On devrait profiter de cette journée pour attirer l'attention du public sur les trente années de captivité de Reykja et sur sa mort prématurée. Avec de nouvelles pancartes, par exemple. Qu'en penses-tu ?

Debby observe attentivement ces deux compagnons. Déterminés, ils patientent dans l'espoir que cette idée lui remonte le moral. Le regard embué, elle pose sa tasse de café vide sur la table basse et se lève, mains sur les hanches.

— Par quoi on commence ?

Septième partie

LE REPORTAGE

Visionnage

10 jours plus tard
Hotel Hana-Kayuu
Taiji, Japon
12 septembre 2013, 19 h 30, heure locale

Onze jours de «baie bleue» consécutifs. Malgré de nombreuses captures, aucun dauphin n'avait été sauvagement tué, jusqu'à ce matin. Dans leur chambre, Guillaume et Mathias, accompagnés d'une petite dizaine de bénévoles, visionnent les tristes images enregistrées dans la matinée. Tous apparaissent atterrés, dépités, devant l'écran de l'ordinateur.

La baie est rouge. Rouge sang. Bien qu'ils utilisent de nouvelles méthodes barbares, évitant un déversement trop important d'hémoglobine dans l'eau, la mer est rougie par la mort. Pas moins de soixante dauphins ont été abattus. À bord de petites barques à moteur, des pêcheurs vêtus de combinaisons spécifiques font leur marché. Certains n'hésitent pas à se mettre à l'eau, cordes en main, pour les enrouler autour des nageoires caudales des victimes et ainsi les hisser dans le bateau. D'autres ne prennent pas autant de précautions. À l'aide d'instruments de torture qu'ils enfoncent dans le corps des animaux évent, moelle épinière, flancs, ils les remontent sur le bateau, pour ensuite les dépecer plus loin, à l'abri des regards. Ils seront découpés ensuite pour fournir en viande différents types d'établissements comme les prisons ou devenir l'aliment de base de croquettes pour chien. Les barques sont remplies de cadavres de dauphins qui vivaient en paix, quelques heures encore auparavant. Tous ceux dont ils entendent les vocalises dans la vidéo sont morts aujourd'hui. Voilà un drame dont ils ne se remettront probablement jamais. Pourtant, il ne s'agit que d'une journée parmi des milliers d'autres à Taiji. Un massacre perpétuellement renouvelé, au nom de la tradition, au nom des droits que s'autoaccorde une poignée d'humains.

Camille finit par sortir de la pièce. C'en est trop pour elle. Malgré son expérience en la matière, une passionnée du monde animal ne pourra jamais s'habituer à une telle ignominie. Guillaume la rejoint dans le couloir, lui prend la main et la serre contre lui sans un mot. Il ne sait plus quoi dire ni quoi faire. Contrairement à Camille, il a assisté pour la première fois à ce genre de tuerie organisée. Et il n'est pas certain de pouvoir affronter cela encore une journée. Camille doit prendre l'avion demain. Au terme de ses trois semaines de présence, il est temps pour elle de mettre fin à son voyage. Elle va reprendre son travail, en France. Sauver des vies animales. Elle en a besoin. Les deux amants passeront donc leur dernière nuit ensemble. Malheureusement, ce ne sera pas sur une note positive. Pas de victoire à célébrer face à Taiji, ce soir. La jeune Française serre encore davantage Guillaume.

— Je crois que j'aurais préféré que vous n'ayez rien à filmer… dit-elle, émue et choquée après le visionnage.

— Tu sais quoi? Je crois bien que moi aussi, lui assure-t-il, en déposant un baiser sur son front.

Un phare dans la nuit

Hotel Hana-Kayuu
Taiji, Japon
12 septembre 2013, 19 h 40, heure locale

— Allez, les gars, ça suffit pour aujourd'hui… déclare Mathias, exténué. Une dure journée nous attend certainement encore demain. Essayez de vous reposer.

Les bénévoles serrent la main de Mathias les uns après les autres, puis quittent sa chambre. Pas de joyeux dîner entre amis, ce soir. Chacun grignotera de son côté s'il a faim. L'appétit n'est pas ce qui préoccupe Mathias pour l'instant. Il a refermé l'écran de l'ordinateur de Guillaume et a allumé le sien. Travailler demeure la seule activité qui lui permette de ne pas sombrer, depuis toujours. Il ne dérogera pas à la règle cette fois-ci. Depuis la nuit précédente, les deux reporters ont décidé de donner une tout autre dimension à leur documentaire. Voilà qui lui offre la possibilité de se plonger dans une séance d'écriture. À la recherche des mots les plus adaptés, les plus puissants, pour tenter d'expliquer ce que peut ressentir une orque. Traduire selon lui, les sentiments d'un être doué d'intelligence et doté de sentiments, de sa capture à sa mort, en passant par trente années de servitude. Il y a matière à faire. Avant de commencer, Mathias a pris soin de demander de l'aide à sa direction. Il souhaite trouver un contact en Islande. Quelqu'un capable de se renseigner auprès de scientifiques spécialisés et expérimentés, dans le suivi des pods d'orques de la région. De cette façon, il espère en savoir un peu plus sur les origines de Reykja, sur sa famille.

Vers 22 h, Guillaume entre dans la chambre. Il est seulement venu prendre sa brosse à dents et de quoi se changer, pour passer sa dernière nuit avec Camille.

— Comment tu vas, vieux ? lui demande Mathias, à sa sortie de la salle d'eau.

— Dure journée… Comme pour toi, je suppose ?

— Oui, évidemment… Mais je ne parlais pas de ça. Comment tu te sens, à propos de Camille ?

— En dépit de tout ce que l'on a découvert depuis que l'on est au Japon, j'ai passé une dizaine de jours absolument merveilleux, grâce à elle. On s'entend vraiment très bien. J'ai la ferme intention de prendre des vacances, une fois ce reportage terminé et diffusé. La France me manque, annonce-t-il, souriant, en guise de message subliminal.

— Je suis content pour toi, mon pote, tu le mérites. Vous formez un beau couple tous les deux.

— Merci. Tu ne m'en veux pas si je ne viens pas demain ? J'aimerais faire le trajet en voiture avec Camille pour l'accompagner à l'aéroport.

— Bien sûr, vas-y. Je me débrouillerai, ne t'en fais pas.

— C'est gentil. Bonne nuit, frangin.

— Bonne nuit, mon frère. Embrasse Camille pour moi.

Seul dans sa chambre, Mathias ne peut se résoudre à dormir maintenant. La mélancolie qui l'envahit, le pousse à écrire.

Le manque de Debby, la mort de Reykja, la destruction de familles entières, de groupes sociaux d'animaux, lui donnent du vague à l'âme. Dehors, il fait nuit noire. Seule la lumière tamisée de sa lampe de chevet lui tient compagnie. Face à son ordinateur, il laisse aller ses doigts sur le clavier. Il espère ainsi que son message, sincère, clair et fluide, touchera en plein cœur tous ceux qui accepteront de l'écouter. Et de l'entendre.

Date de diffusion

Chez Peter, Jacksonville
12 septembre 2013, 18 h

Cinq jours se sont écoulés depuis le rassemblement effectué devant le centre d'Éducation et de Découverte de Jacksonville. Jamais, Deborah n'aurait cru se retrouver un jour parmi cette foule de manifestants pacifistes. Elle, qui jusque là pensait faire «du bon boulot», en assouvissant sa plus grande passion. Que de chemin parcouru en seulement quelques jours, quand certains soigneurs mettent plus de dix, voire quinze ans avant de sortir de cet engrenage malsain. D'autres n'y parviennent jamais.

Les membres du mouvement se sont postés dès 9 h 30 le samedi 7 septembre à l'entrée du parc. Certains portaient des tee-shirts noirs sur lesquels un dessin représentant une orque, à l'étroit dans un bocal, a été floqué. D'autres militants revêtent des débardeurs affichant un dauphin, boulet accroché à la nageoire caudale, derrière des barreaux. Sur des panneaux apparaissent des slogans types : «Distraction = prison», «Welcome to prisonland», «La captivité tue», «De la joie dans l'air, de la détresse dans l'eau», «N'achetez pas de tickets». Et puis, après l'annonce de la disparition de Reykja, des cartons en forme de croix furent fabriqués. Les noms de dizaines de cétacés y figuraient avec leurs dates de naissance et de décès. Les plus créatifs ont même apporté des baignoires et s'y sont installés durant toute la manifestation, vêtus et maquillés de noir et de blanc. Un message fort destiné aux visiteurs, dans le but de les informer sur les conditions de vie des animaux qu'ils s'apprêtent à aller applaudir. Parfois, cela fonctionne. Des gens se mêlent au groupe, discutent, apprennent, échangent les points de vue en toute cordialité. Beaucoup renoncent à entrer, une fois les explications apportées. Les véritables amoureux de la nature comprennent vite la gravité de la situation et ne tiennent pas à apporter leur contribution à cette industrie. Mais beaucoup ne renoncent pas. Ils ont promis à leurs enfants de les emmener admirer le spectacle des orques, parce qu'elles adorent jouer avec leurs soigneurs et qu'elles y sont bien traitées. Elles n'ont pour la plupart jamais connu l'océan, cela ne peut donc pas leur manquer. Si elles étaient relâchées, elles mourraient, puisqu'elles ne savent pas chasser. C'est évident, non ?

Debby comprenait parfaitement ce discours, elle le tenait elle-même depuis toujours. Jusqu'à ce qu'elle découvre que des alternatives existent. Que l'instinct de ces incroyables créatures leur permettrait d'accomplir des miracles ! Après tout, avec un encadrement et de l'aide, un enfant né d'une mère incarcérée ne pourrait-il pas survivre en dehors de la prison ?

Pour marquer le coup à la suite d'un énième décès d'orque à un âge prématuré en captivité, les militants ont décidé d'organiser une manifestation pacifiste chaque samedi du mois de septembre. Olivia, Peter, Amber et Debby, les quatre nouveaux inséparables, viennent à l'instant d'arriver chez Peter. Ils déchargent les boissons achetées pour le prochain rassemblement, prévu dans deux jours. Debby ferme le coffre de la voiture lorsque son téléphone émet un son. Mathias lui donne des nouvelles.

«*Bonjour, ma belle. Tu ne peux pas savoir à quel point tu me manques. Hier a été une journée atroce. Je savais à quoi m'attendre, mais le voir de mes propres yeux a été insoutenable. Je suis face à la baie en ce moment même, tapi dans l'ombre, pour filmer sans trop me faire repérer. Mais si je t'écris, c'est pour te dire que je viens à l'instant de recevoir un e-mail de ma direction. La date de diffusion du reportage est fixée au samedi 28 septembre à 21 h. J'ai presque tout ce dont j'ai besoin. Je pense pouvoir rentrer bientôt à New York. Il me tarde de te retrouver. J'espère que tout va bien pour toi et que tu ne m'oublies pas. Je t'embrasse.*»

Partagée entre la peine qu'elle a pour ces pauvres animaux à l'agonie à l'autre bout du monde et la joie qu'elle ressent à l'idée de revoir bientôt Mathias, elle s'empresse de lui répondre

«*Mathias, je suis si contente d'avoir un message de ta part même si les nouvelles que tu me donnes sont mitigées. Le 28 septembre? Compte sur moi pour prévenir tout le monde. Ici, ça va doucement. Je remonte la pente grâce à mes nouveaux amis. J'ai même pris part à l'organisation de l'une de leurs manifestations, en hommage à Reykja. Je deviens une vraie militante! J'espère pouvoir en être fière et me sentir utile, devenir quelqu'un de meilleur grâce à ce nouveau choix de vie. Je me languis de te voir, de te serrer contre moi. Une seule nuit ensemble n'est définitivement pas assez. Je t'embrasse aussi. Fais bien attention à toi.*»

Arrestation

Baie de Taiji, Japon
13 septembre 2013, 7 h 15, heure locale

Heureux de savoir que Deborah se porte mieux, Mathias range son téléphone dans la poche de son pantalon. En l'absence de Guillaume, il s'est rendu ce matin dans les hauteurs donnant sur la baie de Taiji, avec six autres membres de l'association. Plusieurs nationalités y sont représentées. Français, Américains, Brésiliens, même des Japonais. En dépit des actions controversées et discutables de certains, de nombreux locaux prennent des risques pour soutenir la cause animale. C'est justement ce que Mathias est en train de filmer. Deux nippons, un homme et une femme, viennent de débarquer sur la plage et d'entrer dans l'eau, pancartes en main, dénonçant les massacres à tour de bras, pourtant tout à fait légaux. La police n'a pas tardé à procéder à leur arrestation, pour « trouble de l'activité commerciale ». Quelques heures plus tard, une fois ces images enregistrées ainsi que celles d'une nouvelle tuerie, Mathias capitule et estime qu'il en a assez vu, assez collecté pour le documentaire. Redescendant tranquillement à pied vers la baie, avec l'objectif de retrouver ses camarades, il tombe nez à nez avec deux officiers de police.

L'un d'eux s'adresse à lui, en anglais.

— Bonjour, Européen ou Américain ?

— Bonjour, Américain. Pourquoi ?

— Vos papiers, s'il vous plaît.

Mathias recherche son passeport dans ses poches, en vain. Il vérifie la sacoche de son appareil photo et celle de la caméra.

— Je suis désolé, mes papiers sont dans ma chambre d'hôtel.

— Pas de papiers ?

— À l'hôtel. Mes papiers sont à l'hôtel. Je peux aller les chercher, si vous voulez ?

— Pas de papier, pas le droit d'être ici. Veuillez nous suivre.

— Quoi ? Attendez, il s'agit d'un malentendu, se justifie le journaliste. Mon passeport est à l'hôtel ! Croyez-moi, s'il vous plaît, je loue une chambre à l'auberge Hana-Kayuu ! Appelez-les, ils vous confirmeront !

— Veuillez nous suivre immédiatement, monsieur, et sans faire d'histoires. Nous allons voir cela au poste de police.

— Attendez, je n'ai rien fait de mal ! Pourquoi ne voulez-vous pas m'écouter et appeler immédiatement l'hôtel ? Accompagnez-moi là-bas, je vous les montrerai !

N'ayant que faire de ses arguments, les deux policiers saisissent Mathias par les bras et lui ordonnent de monter à bord de leur véhicule, sous le regard défait de ses camarades «Cove Guardians», gardiens de la baie.

Impuissant

Hotel Hana-Kayuu
Taiji, Japon
13 septembre 2013, 13 h 30, heure locale

— Guillaume ! Enfin, tu es là ! l'accueille Chris, l'un des bénévoles, à son entrée dans le hall de l'hôtel.

— Je ne savais pas que j'étais à ce point attendu ! Je vous ai manqué tant que ça, les gars ? ironise-t-il.

— Guillaume, sérieusement, on a un problème. C'est Mathias.

— Quoi ? Il lui est arrivé quelque chose ? Où est-il ? s'affole le jeune homme.

— Il a été arrêté par la police.

— Quoi ? Mais pourquoi, que s'est-il passé ? Je m'absente un peu plus d'une demi-journée et il trouve le moyen de se faire embarquer ?

— Des militants locaux se sont jetés à l'eau pour stopper le massacre. Mathias se trouvait dans les hauteurs à ce moment-là, il a tout filmé. Seulement, quand il est descendu pour nous retrouver, deux policiers ont exigé de voir ses papiers. Ne les ayant pas sur lui, ils l'ont emmené.

— Pour un passeport non présenté ? Vous plaisantez ?

— Malheureusement, non… En temps normal, ce serait sûrement passé, la police est plutôt bienveillante envers nous d'habitude. Mais avec les perturbations de la matinée, elle n'a pas vraiment fait preuve de patience…

— D'accord, génial ! Et qu'est-ce que je suis supposé faire, moi, maintenant ? questionne Guillaume, au comble de l'agacement. Conduisez-moi au poste, tout de suite !

— On a déjà tenté la manœuvre. On s'est précipités à l'hôtel, on a expliqué la situation au personnel de la réception pour qu'ils acceptent de nous ouvrir la porte de votre chambre et que l'on récupère son passeport. On l'a apporté au poste de police, juste en face de la crique, mais ils n'ont rien voulu savoir. Il est en garde à vue pour quarante-huit heures minimum.

— On ne va quand même pas le laisser quarante-huit heures en détention ! Vous avez prévenu l'ambassade américaine ?

— Oui, bien sûr. Mais à ce stade, ils ne peuvent rien faire. Il faut que l'on patiente. A priori, si le motif reste uniquement une «non-présentation de pièce d'identité», ils ne devraient pas le garder longtemps. Voilà ce que l'on nous a dit.

— Génial… Je vais prévenir mes patrons de la situation. Dès qu'il sera sorti de là, on rentre aux États-Unis. On ne peut pas risquer davantage et compromettre des mois entiers de travail.

Garde à vue

Poste de police
Taiji, Japon
13 septembre 2013, 14 h, heure locale

— Bon. Vous, nous dire la vérité. Que faites-vous, ici ? interroge un policier japonais, parlant un anglais approximatif.

— Je vous l'ai déjà dit cent fois depuis ce matin… Je fais partie du mouvement pacifiste contre les massacres de dauphins. Il s'agit d'une activité légale dans votre pays, j'en conviens. Par ma seule présence, j'exprime mon désaccord avec vos pratiques.

— Et votre caméra ? Votre appareil photo ?

— On se documente pour nos associations. On établit des relevés. Je n'ai rien fait de mal.

— Pourquoi vous filmer ? Que vous allez faire des images ? interroge fermement le policier.

— Écoutez, je n'ai rien fait d'illégal. Je n'avais pas mon passeport sur moi, c'est vrai. Mais à part cela, qu'avez-vous à me reprocher ?

Après un moment de silence, le policier le regarde et lui indique qu'ils vont devoir procéder à des vérifications le concernant. Dans l'attente, il est placé en garde à vue. Quittant le bureau menotté, Mathias est conduit dans une cellule, avec pour seule nourriture un paquet de chips, une barre chocolatée et une bouteille d'eau minérale. Assis, seul, dans cette piteuse pièce d'environ quatre mètres carrés, le jeune reporter se demande combien de temps ce sordide manège va bien pouvoir durer.

Contact islandais

Hotel Hana-Kayuu
Taiji, Japon
13 septembre 2013, 14 h 30, heure locale

— Tu as pu prévenir tes patrons ? questionne l'un des gardiens de la baie.

— J'ai envoyé un e-mail. Il est 1 h du matin à New York alors inutile de téléphoner maintenant. J'espère que tout va bientôt rentrer dans l'ordre. Je n'aime pas ça.

— Courage. Tu sais où nous trouver, si besoin.

— Ouais, merci, les gars. C'est sympa de votre part.

Guillaume se dirige vers sa chambre dans laquelle il n'a pas dormi depuis des nuits. Il se sent bien seul, tout à coup. Camille est actuellement dans les airs, en direction de Paris et Mathias en prison à quelques kilomètres de lui. Les deux personnes avec lesquelles il a passé les meilleurs comme les pires moments de sa vie sont absentes. Il n'existe pas un son plus difficile à écouter que celui du silence, pour qui ne supporte pas la solitude. Perdu, il remarque l'ordinateur de Mathias en veille, posé sur son lit. Il décide de l'éteindre, lorsqu'il tombe sur sa boîte mail, ouverte. L'un de leurs supérieurs au siège de CBS a envoyé des informations qui semblent importantes, puisque l'objet indique « Contact Islande ». Guillaume, tout aussi concerné que son collègue, prend alors connaissance du message.

«*Bonjour, Mathias, j'espère que tout se passe au mieux pour Guillaume et vous, au cours de votre périple japonais.*» On pourrait faire mieux, commente Guillaume à voix haute. «*Voici, pour faire suite à votre demande, les coordonnées d'un journaliste islandais, basé en plein centre de la capitale du pays, Reykjavik. Passionné par le monde marin, Oskàr Anarson sera tout à fait capable de vous orienter vers les contacts utiles à vos recherches.*» Parfait, je vais lui écrire dans la minute, à ce cher Oskàr! «*Par ailleurs, la date de diffusion de votre documentaire a été fixée au samedi 28 septembre, à 21 h précises.*» Ravi de l'apprendre! J'espère que je suis en copie de ce mail! ronchonne Guillaume. «*Je vous souhaite une bonne soirée, ou peut-être une bonne journée, je ne sais jamais quelle heure il est, au Japon! À très bientôt, Keith Sutterland.*»

Sans perdre de temps, Guillaume éteint l'ordinateur de son ami et allume le sien. Il s'empresse d'écrire un mail clair et précis à ce journaliste islandais, à propos de sa demande bien particulière.

«*Monsieur Anarson, je suis Guillaume Morrison, reporter pour CBS. Mon collègue Mathias Collins et moi-même réalisons un reportage sur les coulisses des delphinariums. Beaucoup d'orques ont été capturées dans les eaux islandaises dans les années soixante, soixante-dix et quatre-vingt. Je vous contacte aujourd'hui pour savoir si vous auriez connaissance de scientifiques spécialisés dans le suivi des groupes d'orques de vos régions. Nous cherchons à savoir si la famille d'un* épaulard, capturé *en 1984, est toujours vivante. Si oui, nous aurions plusieurs questions concernant leurs modes de vie et de communication. Dans l'attente de votre retour, bien à vous, Guillaume.*»

À peine son message terminé, il entend que l'on frappe à

la porte de sa chambre. Il s'agit de Chris, l'un des bénévoles américains.

— Entrez ?

— Excuse-moi, je ne te dérange pas ?

— Non, je viens de terminer. Dis-moi ?

— Je repense à Mathias. Il m'a un peu parlé de sa copine ce matin, au petit déjeuner. Du coup, je me demandais si quelqu'un l'avait prévenue ?

— Oh merde, Debby ! Non, je ne l'ai pas prévenue... Je devrais, tu crois ? questionne Guillaume, passant nerveusement sa main dans ses cheveux.

— Je ne sais pas, tu es le seul à les connaître tous les deux. Je pense que c'est à toi de décider...

Guillaume réfléchit quelques secondes.

— Bon, écoute, je ne vais pas l'affoler pour l'instant. J'espère bien qu'il va sortir en moins de temps qu'il n'en faut pour le dire. À distance, elle ne pourra strictement rien faire, à part s'inquiéter. Je connais Mathias par cœur. Il préférerait qu'on ne lui dise rien, jusqu'à ce qu'il soit sorti.

Seul avec soi-même

Poste de police
Taiji, Japon
13 septembre 2013, 20 h, heure locale

— Laissez-moi au moins téléphoner à ma copine ! s'égosille Mathias, à travers la grille. Ne serait-ce que l'envoi d'un message ? D'un mail ? Elle va s'inquiéter, si je ne lui donne pas signe de vie ! S'il vous plaît !

Mais le jeune homme dépense inutilement son énergie. Il ne le sait pas, mais les policiers sont intransigeants à cause de militants très actifs qui leur donnent du fil à retordre depuis le début de la journée. Certains d'entre eux se sont introduits dans la crypte, sans que personne ne les remarque. Équipés de combinaisons et de bouteilles d'oxygène, des plongeurs chevronnés ont nagé sous l'eau, à l'abri des regards, jusqu'à l'entrée de la baie. Ils ont sectionné les mailles d'un filet, permettant à une famille entière de dauphins de prendre la fuite, vers le large. Les mouvements pacifistes sont assez bien tolérés. La police locale peut comprendre aisément les revendications des défenseurs des animaux. En revanche, interférer dans une activité légale, aussi ignoble et inhumaine soit-elle, reste une infraction. C'est pourquoi toute personne ne pouvant prouver son identité à l'instant T est suspectée d'être complice de ces fauteurs de troubles. Mathias n'a d'autre choix que de prendre son mal en patience. Cet enfermement forcé, sans rien d'autre à faire qu'attendre, l'oblige à mettre de l'ordre dans ses idées. S'apprêtant à passer la nuit ici, il s'allonge sur une sorte de vieux lit de camp en métal et ferme les yeux. Il s'efforce de mettre à profit ses heures a priori perdues pour réfléchir calmement, tentant de se créer une bulle dans laquelle se réfugier. Ne pas perdre davantage le temps qu'il n'a plus afin d'avancer dans sa mission.

Tout d'abord, il a reçu un mail avec les coordonnées d'un confrère en Islande. Il va très certainement pouvoir l'aider dans ses recherches concernant les premières années de vie de Reykja. Il note dans un coin de sa tête de prendre contact avec lui dès sa sortie. Dans ce mail, la date de diffusion du documentaire lui a été annoncée. Quinze jours de délai lui semblaient un peu courts, cependant, travailler sous pression lui a toujours réussi. Guillaume et lui ont fait le plus gros du boulot. Ensuite, il y a… Deborah Evans. Elle sera devant son écran de télévision lors de la diffusion, elle le lui a promis. Ce n'était pourtant pas gagné d'avance entre eux. Cette idée lui arrache un petit rire. Bon sang, cette fille, il en est complètement accro. Chaque parcelle de son corps vibre rien qu'en pensant à cette femme. Coincé entre ces quatre murs, nulle pensée n'est plus douce et plus agréable que celle des mains de Debby qui le caressent, de sa bouche embrassant la sienne, de ses mains dans ses cheveux, de son sexe pénétrant le sien, dans l'intimité de cette chambre de l'hôtel Hyatt Regency. Il se remémore chaque moment de cette soirée si magique. Dans les moindres détails. Jusqu'au collier en forme d'ancre marine qui venait parfaitement sublimer sa poitrine. Il aurait pu reconnaître sa silhouette entre mille, tant il s'en est imprégné. Quelques heures seulement pour l'embrasser, la prendre, la respirer. Un temps restreint dans la réalité, rattrapé par l'enquête qu'il s'était promis de mener coûte que coûte. Mais un temps infini qu'il ne se lasse pas de ressasser en boucle. Jamais aucune femme ne lui avait fait cet effet-là par le passé. D'ailleurs, elle éclipse toutes les autres, car à la différence de ses passades, cette fois les sentiments semblaient s'en mêler. Victime d'une sensuelle rêverie, il prend alors conscience que son ressenti pour Debby va au-delà du manque physique. Isolé, quelque part au sud-ouest du Japon, Mathias est amoureux. Et il crève d'envie de sortir d'ici pour le lui avouer.

Lara Eirikur

Hotel Hana-Kayuu
Taiji, Japon
14 septembre 2013, 7 h 45, heure locale

L'accumulation de sommeil en retard a fini par avoir raison de Guillaume. Une dizaine de jours à surveiller la crypte, ajoutés à une dizaine de nuits passées avec Camille l'ont épuisé. Ce matin, il ne se rendra pas dans la baie de la honte avec les autres gardiens. Mathias en garde à vue, il tenait à le rendre fier de lui en continuant le travail qu'il a commencé via son contact en Islande. À peine les yeux ouverts, il attrape son ordinateur portable et l'allume. À l'ouverture de sa messagerie, la réponse tant attendue apparaît sous ses yeux.

« Bonjour, monsieur Morrison, je suis ravi de cette collaboration américano-islandaise. En effet, je pense être la personne idéale pour vous aiguiller. Il se trouve que l'une de mes amies d'enfance, Lara Eirikur, est devenue une très grande biologiste marine. Nous faisons régulièrement des sorties en mer ensemble à bord de son bateau de recherches. Exerçant son métier depuis une vingtaine d'années, elle saura, j'en suis persuadé, répondre à toutes vos questions. À la réception de votre demande, je me suis permis de lui envoyer une copie de votre message. Ainsi, elle a déjà connaissance de votre intention. Vous pouvez donc la contacter dès que vous le souhaiterez. Restant à votre disposition, bien à vous. Oskàr

Anarson. »

Satisfait, Guillaume enchaîne avec un courrier électronique à cette fameuse Lara Eirikur, biologiste marine.

« *Bonjour, Lara, je suis Guillaume Morrison, reporter pour la télévision américaine. Votre ami, Oskàr Anarson, vous a récemment fait part de ma demande. Voici plus de précisions la concernant. Vous le savez certainement déjà, une orque nommée Reykja, pensionnaire du Centre d'Éducation et de Découverte de Jacksonville, est morte il y a quelques jours. Nous savons que cet épaulard est né en 1980 et a été capturé dans les eaux islandaises dans l'année 1984 pour être envoyé en Floride, d'où il ne partira plus jamais. Mon binôme, Mathias Collins, et moi-même cherchons à savoir de quel groupe il est natif et si des membres de cette famille sont toujours en vie. Si tel est le cas, nous voudrions démontrer que la captivité tue prématurément ses pensionnaires. Nous savons également que les groupes de baleines suivis scientifiquement font l'objet d'études comportementales et que des prénoms peuvent leur être attribués pour une reconnaissance plus aisée. Est-ce également votre méthode ? D'avance, merci pour vos réponses que nous attendons avec impatience et qui nous seront d'une aide précieuse. Voici mes coordonnées pour un échange téléphonique ou par visioconférence qui n'en serait que plus simple et plus agréable. Cordialement, Guillaume Morrison.* »

— Envoyé ! se félicite Guillaume.

Le jeune homme repose son ordinateur sur sa table de chevet et observe le lit vide de son ami. Si tout va bien, Mathias sortira demain. Cette histoire de passeport ne sera plus qu'un mauvais souvenir. Bien que fatigué, l'envie de dormir avait disparu. Le manque de sa jolie vétérinaire française le rappelait à la réalité. Plutôt que de se morfondre, Guillaume décide de prendre une douche et de se remettre rapidement au travail.

Hakan

Une alerte sonore de l'ordinateur arrache Guillaume à son doux rêve, dans lequel il tenait Camille contre lui. Ayant travaillé toute la journée d'arrache-pied sans même prendre le temps de se restaurer, il a fini par tomber de fatigue. Il dormait depuis presque une heure lorsque la sonnerie d'une demande de visioconférence a retenti. Il se frotte les yeux et l'accepte dans la foulée.

— Bonjour, dit-il à cette femme d'environ quarante-cinq ans, qui lui est complètement inconnue.

— Bonjour, monsieur Morrison? Je suis Lara Eirikur! J'espère ne pas vous déranger?

— Oh! Lara, bonjour! Non, pas du tout! Je suis très content de pouvoir discuter avec vous!

— Moi de même! Mon ami, Oskàr Anarson, m'a fait suivre votre e-mail et m'a dit que vous étiez en ce moment même à Taiji, au Japon, c'est bien cela?

— Tout à fait. Nous avons souhaité obtenir des images de ce qu'il se passe ici, pour montrer d'où proviennent les dauphins stars de spectacles et dans quelles conditions ils ont été prélevés à la nature.

— Vous faites preuve de beaucoup de courage. Je vous félicite. C'est pourquoi je suis ravie de pouvoir vous aider. Je vous présente Hakan, mon père, biologiste marin à la retraite. Enfin, officiellement. Parce que je peux vous assurer qu'il est plus souvent à bord de mon bateau que dans sa propre maison !

— Enchanté, Monsieur, merci d'accepter de nous aider.

Ne parlant pas l'anglais, Lara traduit à son père les mots prononcés par Guillaume.

— Moi aussi, jeune homme. Que voulez-vous savoir, exactement ?

— Eh bien, voilà. Une orque dénommée Reykja, un mâle de trente-trois ans, est décédée d'une pneumonie au Centre de Jacksonville il y a environ deux semaines. Nous savons qu'il n'était âgé que de quatre ans à sa capture, en 1984. Sauriez-vous nous dire de quelle famille vient-il ?

Le vieil homme se lève et revient avec un énorme classeur, très ancien, dans lequel il recherche les informations traduites par sa fille. Il regarde attentivement ses documents qu'il n'avait pas feuilletés depuis des années. Le septuagénaire regarde longuement l'un de ses écrits.

— Vous savez, je n'ai jamais oublié aucune des captures auxquelles j'ai assisté. On ne peut ôter de sa mémoire les vocalises de détresse entre une mère et un petit que l'on sépare. Ces pleurs sont gravés dans ma tête depuis des décennies. Mes collègues et moi-même étions évidemment contre le fait de prélever des jeunes pour les enfermer dans des bassins dans le but d'en faire des stars de show. La pratique étant légale et l'argent dirigeant le monde, nous n'avions ni les moyens financiers ni les capacités humaines de mettre un terme à tout cela.

— J'imagine à quel point toutes ces expériences ont dû être douloureuses pour vous, compatit Guillaume.

— C'est la pire des choses qu'il m'ait été donnée de voir. Ces rapts étaient d'une violence extrême pour des animaux aussi intelligents et pleinement conscients d'eux-mêmes, comme des autres. Savez-vous qu'ils possèdent leur propre langage corporel et sonore ? Il a été prouvé que dans certains groupes aux relations très développées, les orques s'appellent en « sifflant » leurs prénoms. Jamais, je ne me lasserai de les étudier. Cependant, je pense avoir mis la main sur l'information que vous cherchez. J'ai sous les yeux mes relevés de 1984. Cette année-là, plusieurs petits ont été capturés, mais un seul mâle a été envoyé aux États-Unis. Approximativement âgé de quatre ans, il était le dernier-né d'un couple que nous suivions depuis longtemps.

— Alors, vous savez exactement de quel pod est originaire Reykja ? se réjouit Guillaume.

— Tout à fait. Au vu des informations dont vous disposez, je peux affirmer que votre orque est le dernier bébé de Sven et Nina, du groupe d'épaulards résidents d'Húsavík. Ils n'ont d'ailleurs pas eu d'autre petit, après lui.

— C'est incroyable… Ses parents sont-ils encore en vie ?

— Parfaitement, reprend Lara. Tout comme ses deux grandes sœurs, Palina et Katrin, qui ont chacune une descendance.

— Je n'en reviens pas ! Mon collègue ne va pas en croire ses oreilles quand je vais lui raconter ce que nous avons découvert ! affirme Guillaume, tout agité.

— Nous sommes ravis d'avoir pu vous aider, déclare Lara.

— J'ai encore une question, si vous me le permettez ?

— Bien sûr, nous vous écoutons.

— Quel était le prénom de Reykja avant qu'il ne soit rebaptisé par le centre ?

Regardant plus précisément son relevé manuscrit jauni par le temps, Hakan se souvient alors.

— À sa naissance, il a été baptisé Alexander. Mais ici, tout le monde l'appelait «Alex».

fin de mission

Poste de police
Taiji, Japon
15 septembre 2013, 8 h, heure locale

— Vous êtes libre, annonce le policier nippon. Voici vos affaires.

Mathias le remercie poliment et récupère ses effets personnels. Appareil photo, caméra, téléphone portable. À l'extérieur, Guillaume et Chris l'attendent.

— Enfin dehors, mon pote! Tu vas bien? l'accueille Guillaume.

— J'ai faim et j'ai besoin d'une douche! Mon portable est déchargé, dis-moi que tu as prévenu Debby?

— Euh, eh bien, en fait… Non…

— Hein? Mais, pourquoi? Elle va s'inquiéter ou pire, s'imaginer que je ne lui donne pas de nouvelles volontairement! s'inquiète Mathias.

— Désolé, je pensais bien faire! Je ne voulais pas l'affoler, je ne savais même pas quoi lui dire! On n'était pas certains que tu puisses sortir ce matin, on attendait l'ouverture du poste, pour justement savoir à quoi s'en tenir.

— Tu as raison… C'est sûrement mieux comme ça… Je la

351

contacterai quand nous serons à l'auberge. Quoi de neuf de votre côté, les gars ?

— Baie bleue, mec, répond Chris. Depuis deux jours, la météo a fait rentrer les pêcheurs bredouilles. Nous sommes très contents.

— Super ! confirme Mathias. Bon, on a assez perdu de temps comme ça. Une fois douché et un bon petit déjeuner avalé, je contacterai Oskàr Anarson. C'est un confrère…

— Islandais, oui, je sais ! le coupe-t-il fièrement.

— Ah bon ? Comment tu le sais ?

— Qu'est-ce que tu crois, j'ai bossé pendant tes deux jours de repos forcés ! se moque Guillaume. J'ai même tellement bien travaillé que tu n'as plus qu'à te consacrer à ta mission.

— Laquelle ?

— Eh bien, raconter la vie de Reykja, comme tu le voulais ! Allez, viens, on rentre à l'hôtel, je t'expliquerai tout ce qu'il y a à savoir. Mais… après ta douche ! se moque-t-il.

Guillaume est installé dans la salle de restaurant de l'auberge. Buvant un café, il attend patiemment Mathias pour tout lui expliquer. Ce dernier arrive, passe se servir au buffet et s'assied, affichant une mine fatiguée, mais ravie.

— Devine qui a reçu plein de messages de Deborah, inquiète que je ne lui réponde pas ?

— T'es content, hein ! Rassuré ? Elle ne s'est pas consolée dans les bras d'un autre ?

— Apparemment non et tant mieux ! Et Camille, au fait ? Est-elle bien arrivée en France ?

— Oui, elle est rentrée chez elle. Elle reprend le travail

demain.

— Et toi, tu tiens le coup ?

— Je t'avoue que ta présence m'aurait été utile afin de ne pas trop cogiter, mais monsieur a eu l'envie de passer deux jours au chaud !

— Oh ! arrête, je m'en serais bien passé de ce séjour inutile. Je ne comprends toujours pas pourquoi ils m'ont gardé, d'ailleurs.

— Des activistes plongeurs ont coupé des filets le 13 au matin et comme tu arrivais seul des hauteurs avec ta caméra, ils ont pensé que tu étais dans le coup. Le fait que tu n'aies pas ton passeport a été la goutte d'eau !

— En effet… Alors, peine-t-il à dire la bouche pleine, qu'as-tu découvert ces deux derniers jours ? Tu as bien avancé ?

— Mieux que ça ! J'ai trouvé la famille de Reykja, lâche-t-il, attendant la réaction de son ami.

— Sérieux ? Mais, comment t'as fait ?

Guillaume lui raconte dans les moindres détails la conversation qu'il a eue avec Lara Eirikur et son père, Hakan. À l'issue de son récit, Mathias le félicite.

— Bravo ! Tu as fait du bon boulot, c'est vraiment super. On a tout ce qu'il nous faut.

— Merci, il ne te reste plus qu'à écrire, avec toutes les informations dont tu disposes. Les cartes sont entre tes mains.

— Ça veut dire qu'on peut rentrer chez nous ? interroge Mathias, sa tasse de café terminée.

— Oui, m'sieur. Au revoir le Japon. On rentre à New York.

Jour J

13 jours plus tard
Siège de CBS
524 W. 57th Street, New York
28 septembre 2013, 19 h 30

De retour à New York, les deux reporters ont retrouvé leurs habitudes, leurs appartements dans le quartier d'Astoria, leurs bureaux respectifs. Chaleureusement accueillis par leurs collègues et leurs supérieurs, il ne leur restait qu'une petite dizaine de jours pour boucler leur documentaire. Dix jours durant lesquels ils jonglaient entre les appels à Camille et Debby et l'absolue nécessité de terminer leur mission. Le travail d'écriture de Mathias lui prend la majeure partie de son temps. Il tenait à ce que tout soit limpide, que les mots choisis transmettent de l'émotion et fassent ressentir de la compassion. Il a d'abord rédigé une introduction dans laquelle il explique les prémices de la vie d'Alex, devenu Reykja. La difficulté d'adaptation, de compréhension de ce que l'on attendait de lui, les rencontres faites au fil des années. Puis, au fur et à mesure, à l'aide d'images d'archives, il énumère sa capture, son arrivée, son adaptation et sa rencontre avec ses congénères captifs. Il y décrit des anecdotes, des moments de vie comme les entraînements, les spectacles, les relations avec ses soigneurs successifs ou bien encore les bébés nés de ses accouplements. Il parle également de la mort de ses compagnons de bassin, des arrivées et des départs. À l'issue de cette tâche lourde de responsabilités, sa voix a été enregistrée. Une fois le montage final réalisé, Guillaume et Mathias visionnent ensemble le résultat de près de six mois de travail. Six mois consacrés exclusivement à ces recherches entre New York, Jacksonville, Miami et Taiji. Ils n'ont plus qu'une hâte : qu'il soit diffusé, un soir de grande écoute.

***

Une heure et demie avant le lancement, c'est l'effervescence. Les deux amis ne tiennent plus en place. Ils connaissent l'importance de l'enjeu de ce soir. Pour l'occasion, tous les membres de l'équipe sont réunis au siège de la chaîne, pizzas et sodas offerts par la direction. Dans la bonne humeur ambiante, Mathias et Guillaume cachent difficilement leur nervosité. Assis sur le rebord d'un bureau, les deux camarades s'isolent pour faire le point.

— Arrête de manger, ordonne Mathias à Guillaume. Comment tu fais pour avaler autant de parts de pizza ?

— Je ne sais pas, quand je suis stressé, je mange.

— «Engloutir» serait un terme plus approprié !

— T'as raison, faut qu'j'arrête, dit-il en se léchant les doigts. J'ai du mal à croire que notre projet sera regardé d'ici quelques minutes par des millions de personnes.

— Tellement de choses se sont passées depuis six mois, hein? continue Mathias, le poussant légèrement avec son coude.

— C'est vrai. On a vu des choses vraiment difficiles, on a voyagé, mais on a aussi rencontré deux femmes merveilleuses.

— Il me tarde de retrouver Deborah. Je m'organiserais bien un séjour surprise sous le soleil de Floride !

— Et moi, je pars pour la France le 1ᵉʳ octobre ! Camille, me voilà…

— Tu vas me manquer, avoue Mathias.

— Toi aussi, mon frère.

Le son de sa voix

Chez Deborah, banlieue de Jacksonville
28 septembre 2013, 21 h

Le salon des Evans est pris d'assaut. Deborah, installée sur le canapé aux côtés de ses parents, a invité Amber, Peter, Olivia, Dimitri et tous les autres à venir regarder le reportage réalisé par Mathias et Guillaume. Ce soir, près de six mois de travail acharné, d'efforts intensifs et de recherches à travers le monde sont diffusés.

— Chut! Chuuut! Ça commence! somme-t-elle à ses compagnons.

Au son de la voix de Mathias, Debby sent son cœur se serrer dans sa poitrine. Elle peine à réaliser. Elle écoute attentivement son introduction, sur fond d'images d'orques nageant en liberté, dans un milieu naturel somptueux, semblable à l'Islande.

« Je m'appelle Mathias Collins et je suis reporter pour CBS. Avec mon confrère et ami, Guillaume Morrison, nous avons réalisé un documentaire sur la captivité des mammifères marins et ses coulisses. À travers ces images, nous avons souhaité vous montrer l'envers du décor, la souffrance et l'ennui qui se dissimulent derrière le monde magique du

spectacle. Certaines scènes peuvent choquer les plus sensibles. Cependant, nous avons choisi de ne rien vous cacher de ce qui se passe réellement sous vos yeux et dans le monde. Vous le savez certainement, une orque du centre de Jacksonville est morte il y a quelques semaines. Nous avons voulu lui rendre hommage, en retraçant sa vie avec l'aide de scientifiques basés en Islande, son pays natal. Nous les remercions pour leurs précieuses indications, que nous ne manquerons pas de détailler. Nous partageons avec vous, ce soir, des mois de recherches, des années de vies animales gâchées par l'Homme. Parce qu'il est de notre devoir de prêter nos voix à ceux qui n'en ont pas. »

Debby et les autres boivent littéralement les paroles de Mathias. Ils savent que le récit qu'ils s'apprêtent à entendre sera poignant. Il enchaîne immédiatement avec des images de Reykja.

« Je m'appelle Alexander. Enfin, je m'appelais. C'est le prénom qui m'a été donné à ma naissance et tout le monde me surnommait Alex. Je suis né en 1980, dans une fratrie très protectrice et unie. Depuis que je suis ici (ne me demandez pas l'endroit exact, je n'en ai aucune idée), les gens qui s'occupent de moi m'ont donné un nouveau prénom, auquel je ne réagissais pas au début. J'ai mis un peu de temps à m'y faire et à comprendre qu'ils s'adressaient bien à moi lorsqu'ils prononçaient le mot "Reykja". Il faut dire qu'on ne parle pas exactement le même langage. Je suis né en Islande, cependant je suis arrivé ici, il y a presque trente ans. J'ai appris à décoder leurs gestes et leurs sons pour obtenir de quoi manger en échange de ce qu'ils attendaient de moi : l'obéissance.

Ma vie a basculé en 1984. C'était il y a si longtemps… Ma mère m'avait pourtant bien dit de ne jamais m'éloigner d'elle, mais à quatre ans, on ne comprend pas encore les dangers et les insécurités de notre monde. On est curieux, plein de vie, on fait confiance facilement. Cette erreur va me coûter ma liberté. Mais je ne pouvais alors pas imaginer le calvaire qui m'attendait. Mes compagnons d'infortune non plus, d'ailleurs. Car oui, nous sommes plusieurs ici. J'en ai vu passer, des âmes perdues, tristes et apeurées. Rares sont ceux toujours en vie, beaucoup n'ont pas tenu le choc de la séparation, de l'enfermement. Parfois même, des bagarres éclatent. C'est un environnement difficile malgré la bonne humeur et les rires des personnes qui s'occupent de nous. Je ne comprends toujours pas ce qui peut bien les rendre aussi heureuses. À croire qu'ils ne se rendent pas compte de notre douleur malgré les nombreuses morts ayant lieu plusieurs fois par an. Des morts qui semblent de faible importance, puisque toujours remplacés par de nouveaux arrivants...

Pourtant, moi, je suis bel et bien là. Ce n'est pas que je me plaise ici. Au contraire. Je dois être un peu plus résistant que les autres, malgré mes dents très usées à force de mâchouiller nerveusement tout ce qui se présente à moi. Peut-être aussi parce que j'ai toujours espoir. Espoir qu'un jour, je retrouve mes proches. Mes parents sont âgés maintenant, mais sûrement encore vivants. Et mes sœurs... Elles sont probablement devenues mères à leur tour. Je dois rester fort, obéir aux ordres, me nourrir, pour espérer qu'un jour ils me retrouvent, me ramènent avec eux afin de retrouver ma liberté, volée il y a des années. Voilà ce qui me fait tenir depuis ma capture, survenue à Húsavík, en 1984. Vous aussi, vous pouvez m'aider. Comment? Tout simplement en ouvrant les yeux... Voici mon histoire.»

Clap de fin

Chez Deborah, banlieue de Jacksonville
28 septembre 2013, 22 h 45

« *Amber n'est plus là. Tout comme Dimitri plusieurs années auparavant et de nombreux autres encore. Mon avertissement semble avoir été pris en compte. Seulement, rien ne se passe. Je suis encore là, coincé entre les vitres de mon bassin ou derrière la grille de ma loge dans laquelle je ne peux rien faire d'autre que flotter, léthargique, pendant des heures. Que faudra-t-il donc que je fasse pour que l'on m'entende ? Que l'on me respecte ? Que l'on me redonne ma vie ? La liberté ne viendra-t-elle qu'avec la mort ?*

Depuis le départ de celle que j'aurais pu noyer, une nouvelle la remplace. Elle s'appelle Deborah. Souriante, joyeuse, pleine de vie, elle montre un enthousiasme débordant, comme tous ceux qui arrivent ici. Je ne comprends toujours pas d'où leur vient cet entrain. Après tout, il lui suffirait de prendre la peine de véritablement voir, plutôt que de simplement regarder. Alors elle comprendrait sans doute ce que l'absence de parole ne me permet pas de hurler.

Ces derniers mois, j'oscille entre la résignation et les coups d'éclat. D'une humeur instable, je me sens tantôt très faible, tantôt très énervé. Les poissons décongelés garnis de médicaments passent inaperçus, tellement ils sont devenus habituels. Quelque chose se passe en moi, ma santé se

363

dégrade et j'en ai bien conscience. Je participe encore aux spectacles, tant que mon souffle me le permet, tant que j'en ai encore la force. Cependant, je ne sais pas si cette force m'habitera encore très longtemps.»

Le silence est tel que la voix de Mathias remplit la pièce de son timbre grave. Le salon des Evans, bien qu'envahi par les amis de Debby, n'a jamais été aussi calme. Tous sont bluffés par les images qu'ils viennent de découvrir. En parallèle de la vie de Reykja, la vidéo de l'attaque d'Amber a été diffusée. Ashley, la mère de Deborah, a presque été victime d'un malaise en la regardant. Guillaume et Mathias ont aussi montré, sans citer le nom du parc, le film tourné dans la pénombre lors de leur infiltration au centre de Jacksonville. Dimitri et Amber, anciens soigneurs, ont particulièrement été touchés par les pleurs des mammifères. Jamais, ils n'avaient eu l'occasion d'observer un tel phénomène. De vieilles vidéos de captures d'orques dans les années 1980, filmées par Hakan et envoyées par Lara, furent très douloureuses à regarder. Sans oublier le récit du voyage à Taiji et de ses abominations dans «la baie de la honte». Les garçons peuvent être fiers d'avoir réalisé un documentaire choc, complet et passionnant. Le reportage s'achève sur quelques photographies prises par un militant, que Guillaume s'est procurées à la dernière minute. On y voit Reykja, soulevé à l'aide d'une grue, pour son dernier voyage. La voix de Mathias accompagne cette série de clichés.

«Aujourd'hui est un jour spécial. La civière fait son apparition. Cette fois, il semblerait que ce soit mon tour. Je ne pensais pas y être réinstallé un jour. C'est étrange. D'habitude, la vision de ce brancard des airs déclenche en moi une peur effroyable, un état de stress immense. À chaque fois que l'un d'entre nous y a pris place, nous ne l'avons plus jamais revu. Mais là, je me sens apaisé. La délivrance est arrivée. Je crois

qu'il est temps pour moi de retrouver ma liberté. Une liberté attendue, espérée, rêvée pendant près de trente longues années. Me ramènent-ils enfin chez moi ? Malheureusement, je ne le saurai jamais. Aujourd'hui, je suis mort. Mais je suis enfin libre. »

Départ surprise

Chez Deborah, banlieue de Jacksonville
28 septembre 2013, 23 h 30

À l'issue de cette soirée, les parents de Debby proposent un café à tous les membres de l'association dont leur fille fait désormais partie. De son côté, la jeune femme est bouleversée. Isolée à l'étage pour téléphoner à Mathias, elle s'est empressée de le féliciter et surtout, de le remercier pour ce fabuleux documentaire. Alors qu'elle vient de raccrocher, Amber entre dans sa chambre et la trouve en larmes.

— Oh ! ma chérie !? Pourquoi pleures-tu ? Ça ne s'est pas bien passé, avec Mathias ?

— Si, répond-elle en souriant. Parfaitement bien. En dépit de nos débuts compliqués, j'ai eu la preuve ce soir qu'il est un homme bon. Un homme admirable et fantastique. Je pleure parce qu'il me manque énormément.

Soulagée, Amber se lève. Elle fait le tour du lit, prend la chaise de bureau de Debby et la place devant son armoire. Elle grimpe dessus et saisit la poignée de la valise rangée là-haut pour la descendre et la jette sur le lit.

— Pourquoi tu me donnes ma valise ? interroge Debby.

— Tu vas y mettre tes plus beaux sous-vêtements, des fringues chaudes, quelques paires de chaussures et une trousse de toilette !

— Des vêtements chauds ? De quoi tu parles ?

— Donne-moi ton ordinateur pendant que tu prépares tes affaires. Vous avez été séparés bien assez longtemps comme ça, ton super reporter et toi. Il faut que tu le rejoignes, c'est un mec en or. Tu pars à New York demain, je te réserve un vol immédiatement. C'est un ordre !

— Alors quoi, je débarque demain, sans prévenir ? Je ne connais même pas son adresse !

— J'ai le numéro de téléphone de quelqu'un qui pourra nous arranger ça, annonce-t-elle, malicieuse. Tu vas lui faire la plus belle surprise de sa vie en frappant à la porte de son appartement, demain. Il est temps de vous retrouver.

— Merci, Amber. Pour tout, depuis notre première rencontre. Ma vie ne serait pas la même, sans toi.

Après une longue étreinte, Debby folle de joie à l'idée de serrer Mathias dans ses bras dès le lendemain, entame la délicate phase de la préparation des bagages. Pendant ce temps, Amber lui réserve une place sur le vol du lendemain après-midi, à destination de New York. Elle en profite pour envoyer immédiatement un message à Guillaume, demandant l'adresse de Mathias et expliquant les détails de la surprise. Elle en est certaine, ces deux-là vont vivre des retrouvailles d'anthologie.

Astoria

C'est après deux heures et demie de vol à bord d'un avion de la compagnie aérienne américaine Delta Air Lines que Debby atterrit à New York. Son bagage en soute récupéré, elle s'avance vers la sortie de l'aéroport de la grande pomme, lorsqu'elle remarque un visage familier.

— Bonjour, Blondie !

— Guillaume ! Je suis si contente de te revoir ! affirme-t-elle, le prenant dans ses bras.

— Ça me fait très plaisir aussi, tu sais.

— Qu'est-ce que tu fais ici ? Mathias est là ?

— Non, il est chez lui ! Rassure-toi, il n'est au courant de rien. Mais je n'allais tout de même pas te laisser traverser les artères urbaines bondées de New York, seule avec tes valises. Quand Amber m'a prévenu, j'ai proposé à Mathias qu'on se fasse un petit repas entre potes, ce soir. Comme ça, je suis certain qu'il ne bouge pas de chez lui. Mais ce qu'il ne sait pas, c'est que c'est toi qui vas apporter le repas de votre soirée, en tête à tête.

— Vous avez pensé à tout ! Merci de faire ça pour nous.

— Ne me remercie pas ! Il est dingue de toi et envisageait de te rejoindre en Floride après mon départ pour la France. Je suis content qu'il n'ait pas à attendre plus longtemps.

— Tu vas rejoindre une certaine… Camille, c'est bien ça ?

— Je vois que je ne suis pas le seul à ne pas pouvoir garder mes petits secrets ! ironise-t-il. Allez, viens, on va prendre un plat à emporter dans le meilleur restaurant thaï de la ville. Je m'en prendrai bien un aussi, tiens !

Guillaume et Debby quittent l'aéroport, montent dans un taxi et filent en direction de «Sompong», à Jackson Heights, sur la 37e Avenue. Puis, ils se dirigent vers Vernon Boulevard et descendent devant l'immeuble où se trouvent les appartements des deux reporters. En arrivant sur le lieu de vie de Mathias, Debby a le trac. Guillaume et elle montent au troisième et dernier étage. Une fois sur le palier, ils se séparent.

— Voilà ma grande. Tu y es. J'habite à gauche, Mathias à droite. Je vous souhaite de belles retrouvailles et une excellente soirée. À demain, lui déclare-t-il, clin d'œil et sourire à l'appui.

— Merci beaucoup, Guillaume. Mathias a de la chance de t'avoir.

Seule sur le palier, Debby respire profondément. Ses mains sont moites, le stress monte. Elle s'apprête à toquer, ayant du mal à réaliser que l'homme qu'elle aime se trouve juste derrière cette porte. Il est là, juste de l'autre côté, sans imaginer une seconde qu'elle a fait tout ce chemin depuis Jacksonville et qu'ils seront bientôt réunis. Du temps a passé, depuis la dernière fois qu'ils se sont vus. C'est incroyable de penser qu'ils se sont vus uniquement quelques heures, mais qu'ils se sont fait ressentir l'un à l'autre, plus que ce que ressentent bien des gens. Il lui en a fait voir de toutes les couleurs, le pire comme le meilleur. Le flirt, le plaisir, le sexe. La trahison, la colère, la déception. La remise en question, le pardon, l'amour. À des milliers de kilomètres, sur des continents différents, depuis leur rencontre plus rien ne les a véritablement séparés. Elle reste là, à repenser à tout cela, à chercher quoi lui dire. Avec ses bagages et leur repas, dont l'odeur est tout simplement exquise.

— Allez, arrête de réfléchir. Frappe à cette foutue porte, et laisse faire le destin.

Retrouvailles

Vernon Boulevard, Astoria, New York
29 septembre 2013, 19 h 30

Prenant son courage à deux mains, partagée entre anxiété et excitation, Debby frappe trois coups à la porte de l'appartement de Mathias. Elle entend d'abord le bruit de ses pas faisant grincer le parquet, puis celui du verrou et enfin la porte qui s'ouvre. Son cœur bat à tout rompre.

— Il paraît que tu aimes la nourriture thaïlandaise ? Je me suis justement arrêtée en chemin pour t'en apporter, dit-elle, sur le ton de l'humour, cherchant à cacher son émotion.

— Debby ! s'écrie-t-il, aussi surpris qu'heureux.

Tétanisé le temps d'une poignée de secondes, Mathias peine à réaliser. Elle est là. Debby est enfin là, devant lui, plus belle encore que dans ses souvenirs. Lui qui a tant espéré ces retrouvailles, tant rêvé de pouvoir à nouveau la serrer dans ses bras. Il finit par réagir en prenant le visage de sa douce entre ses mains. Délicatement, il fait glisser une mèche de cheveux derrière son oreille. Ému, chamboulé, il colle son front au sien, et respire si profondément qu'il se sent renaître. Un frisson lui parcourt le dos, son cœur explose de bonheur. Fou de joie, il joint ses lèvres aux siennes et l'embrasse passionnément. Sans s'arrêter, il la débarrasse de son sac de provisions qu'il pose sur son meuble à chaussures, placé dans le couloir. La serrant contre lui, il l'invite à entrer et prend ses bagages qu'il apporte dans le salon. Elle enlève sa veste, découvrant un intérieur dont les murs en briques donnent un charme fou à la pièce. Mathias l'enlace et poursuit naturellement là où ils s'étaient interrompus. Ils échangent des baisers passionnés, fougueux, comme lors de cette fameuse soirée sur le rooftop du bar à Jacksonville. La magie reprend instantanément entre eux. Ils peuvent enfin se tenir l'un contre l'autre, profiter intensément après des semaines de séparation. Le journaliste et l'ancienne soigneuse peuvent s'adonner aux plaisirs charnels qu'ils ont tant aimé partager ensemble. Le repas asiatique attendra, ils n'ont plus une minute à perdre. Un désir fou naît au moment même où leurs lèvres se frôlent. Complètement absorbé par ses pulsions, Mathias saisit les cuisses de Deborah, la soulève et la porte ainsi jusqu'à sa chambre. Lentement, il la dépose sur le lit. Il lui ôte son tee-shirt et la dévore des yeux. Elle est si belle, si sensuelle, qu'il ne peut s'empêcher de l'embrasser dans le cou, puis de descendre jusqu'à la naissance de sa poitrine. Tandis que Debby savoure ce moment en laissant son amant mener la danse, il s'arrête net et la regarde droit dans les yeux.

— Avant d'aller plus loin, j'ai quelque chose à te dire.

— Quelque chose de grave ? s'inquiète la jolie blonde.

— Non, quelque chose de magnifique, enfin… si c'est réciproque.

— Dis-moi ?

— Depuis notre rencontre, je n'ai jamais cessé de penser

à toi, à nous, à ce qu'on a vécu et que j'aimerais vivre à nouveau. Même sur un autre continent au bout du monde, au fin fond de ma cellule à Taiji, t'imaginer à mes côtés m'a aidé à patienter. À tenir. Tu es une femme incroyablement belle, sensible, intelligente et passionnée. J'ai une chance inouïe de t'avoir rencontrée. Et je dois avouer que je suis tombé fou amoureux de toi, Debby. Je t'aime, comme je n'ai jamais aimé personne.

Bouleversée aux larmes, la jeune femme caresse la joue de son beau reporter. Elle espérait beaucoup de ces retrouvailles, mais ne s'attendait pas à cette déferlante de sentiments. Du moins, elle n'osait l'espérer.

— Dans ce cas, sois rassuré. Tu es le seul qui puisse compter. Je ne veux plus te quitter. Je t'aime aussi, Mathias.

Les deux amoureux enfin réunis plongent sous les draps. Leurs langues ne se détachent plus. Leurs mains sont comme scellées au corps de l'autre. L'acte est encore plus fort que la première fois, car les sentiments apportent une puissance considérable à leurs ébats. Leurs souffles se mélangent, ils se respirent l'un l'autre après des semaines de manque. Deborah prend plaisir à se montrer encore plus sexy et joueuse que lors de leur première fois, dans la chambre d'hôtel. Son but ? Rendre fou Mathias. Pour cela, elle s'agenouille au sol et fait monter le désir en prenant son sexe entre ses lèvres, le caressant de sa langue. Elle prend les mains de son compagnon et les place sur ses joues. Comprenant le message, c'est dans un soupir brûlant qu'il pénètre sa bouche vigoureusement, tenant son visage pour la dominer. Tout en se caressant la poitrine, Debby soutient son regard, ce qui électrise le reporter. Excité par l'effet qu'elle produit sur lui, il prend pleinement conscience de la sensualité de sa partenaire. Il apprécie tellement ses initiatives, le fait qu'elle soit si entreprenante. Complètement transporté, il fait glisser une main à l'arrière de sa tête pour rassembler ses cheveux. D'un coup, il les tire en arrière laissant Debby bouche ouverte, agréablement surprise par ce geste. Après avoir mis son index sur sa langue, il se penche à son oreille.

— J'ai envie de toi.

— Alors prends-moi… susurre-t-elle.

— Comment ? Montre-moi de quoi tu as envie.

Sans un mot, Debby se positionne et lui fait comprendre quelle est la position souhaitée pour la suite. Les mains contre la tête de lit en bois, les reins cambrés, l'ancienne soigneuse s'offre à son journaliste. Lui, semble apprécier la scène, à en voir son sexe gonflé de désir. Elle l'a remarqué et s'en félicite. Il se place derrière elle, lui lèche le cou tout en remontant jusqu'à son lobe droit qu'il mordille, pour le plus grand plaisir de la jolie blonde. Les doigts de Mathias parcourent le corps de Debby, prenant ses seins à pleines mains. Il insiste sur ses tétons, provoquant des gémissements. Puis il saisit sa verge pour la pénétrer.

— Je vais te faire l'amour aussi fort que je t'aime…

— Ne t'arrête pas, Mathias ! supplie-t-elle.

S'ensuivent de longues minutes de plaisir intense, les menant tous les deux à l'orgasme.

Les bases d'une relation

Vernon Boulevard, Astoria, New York
29 septembre 2013, 21 h

Enroulée nue dans la couette, Debby a pris possession du canapé du salon, pendant que Mathias fait réchauffer les plats thaïlandais. Il la rejoint en caleçon, torse nu, pour reprendre communément des forces après cette expérience charnelle torride.

— Combien de temps tu restes à New York avec moi ? sonde-t-il.

— Eh bien, dit-elle entre deux bouchées de nouilles aux légumes, étant donné que je n'ai plus de travail, je n'ai pas franchement d'impératif.

— Je ne vais pas m'en plaindre, répond Mathias ravi.

— Je ne te cache pas que je suis un peu perdue, se confie-t-elle. C'est difficile de tirer un trait définitif sur des années entières d'un rêve qui s'est écroulé. Compliqué de se retrouver sans rien, du jour au lendemain. Sans compter que Reykja… enfin, Alex… me manque beaucoup.

— Je comprends, ma belle. Et je ne peux m'empêcher de partager ton sentiment.

— Comment ça ?

— Eh bien, je suis content de t'avoir ouvert les yeux sur la réalité des parcs et de ce business, mais je ne peux m'empêcher de me sentir coupable. C'est ma faute si ton quotidien s'est effondré. Ta vie était toute tracée et j'ai tout chamboulé. Je m'interroge depuis des semaines à ce sujet : que vas-tu faire ensuite ? Resteras-tu à Jacksonville ? Quelle voie choisiras-tu ?

— Mathias, ne culpabilise pas. Je ne t'en veux plus, au contraire. Pour l'instant, je n'ai pas de réponse à te donner… Je n'en ai aucune idée. Plus jeune, je n'avais qu'une seule véritable passion, les orques. J'imagine qu'il est temps pour moi de m'intéresser à d'autres choses pour découvrir quoi faire dans les années à venir. Et toi ? Quelle est ta prochaine étape après ce reportage qui vous a pris des mois ?

— Eh bien, comme je suis actuellement en congés pour plusieurs semaines, je serai très heureux que la prochaine étape soit de te faire découvrir la ville dans laquelle j'ai grandi. À moins que tu ne connaisses déjà ?

— Non, je mets les pieds ici pour la toute première fois ! Et l'idée d'y passer mon anniversaire avec toi me plaît beaucoup.

— Ton anniversaire ? répète-t-il, manquant d'avaler de travers. Quand ça ?

— Si à l'avenir nous formons un couple normal, il serait judicieux de commencer par les bases. Le 2 octobre prochain, soit dans quatre jours, je fêterai mes vingt-quatre ans. Et toi ?

— Le passage à la trentaine aura lieu pour moi en février prochain. Le 18, précisément.

— Le 18 février, c'est noté, réplique-t-elle en piochant un nem à la crevette.

Mathias reste silencieux. Une idée lui trotte dans la tête. Il se lève du canapé pour prendre son ordinateur posé sur la table basse, puis se réinstalle face à elle, dos contre l'accoudoir, à l'autre extrémité du canapé. Ainsi, elle ne peut voir l'écran. Il commence à taper sur son clavier, effectuant une recherche sur internet.

— À quoi tu penses ? demande Debby. Tu n'es pas en train de me chercher un cadeau j'espère, car pour moi, tu sais, être ici avec toi, c'est tout ce dont j'ai besoin !

— Il y a bien un projet que j'aimerais réaliser… Est-ce que tu m'aimes assez pour me faire une totale confiance ?

— Bien sûr, confirme-t-elle. De quoi s'agit-il ?

— Nous allons profiter des innombrables activités qu'offre New York durant les deux prochains jours. Je te propose de te faire visiter la ville et de te montrer mon univers. Le lycée où Guillaume et moi sommes allés, les bureaux de la chaîne pour laquelle on travaille, par exemple. Et puis les lieux incontournables comme Central Park, Broadway…

— Ce serait merveilleux ! J'adorerais en découvrir davantage à propos de toi, des lieux que tu fréquentes.

— Et le 1ᵉʳ octobre, nous partirons en voyage. Tous les deux.

— En voyage ? Mais, où veux-tu aller ?

— Tu le sauras bien assez tôt. Patience, mademoiselle Evans, clame-t-il tout en se rapprochant d'elle pour déposer un baiser sur ses lèvres.

Destination inconnue

Aéroport John Fitzgerald Kennedy, New York
1er octobre 2013, 7 h 30

À bord du taxi qui les dépose à l'aéroport, Mathias, Deborah et Guillaume se réjouissent. Bien que l'heure très matinale les ait privés de sommeil supplémentaire, cela en vaut la peine. Guillaume part pour la France retrouver Camille qui s'impatiente à l'idée de le recevoir chez elle. Mathias a hâte de faire découvrir leur destination à Debby, qui elle, est plus qu'enthousiaste de partir vers l'inconnu. À l'arrêt du véhicule, les garçons descendent les bagages alors que vient le moment de se dire au revoir.

— Bon voyage, mec ! Embrasse Camille pour moi et profitez à fond de ces quinze jours, conseille Mathias.

— Merci, frérot. J'ai hâte d'y être. Vous aussi, profitez-en bien ! Si Camille ne travaillait pas, j'aurais adoré vous rejoindre !

— Allez, Guillaume, donne-moi un petit indice ? supplie Debby.

— Certainement pas ! Si je gâche son effet de surprise, Mathias va me tuer ! Et je tiens à arriver en France sain et sauf. On se téléphone. À très vite, les amis. Et joyeux anniversaire en avance, Blondie !

Tandis que Guillaume s'éloigne, Deborah et Mathias se dirigent vers le comptoir d'enregistrement des bagages.

— Bon, je ne vais pas pouvoir garder le secret plus longtemps, car tu vas bientôt savoir où nous partons. Sache qu'il s'agit d'une belle destination, très symbolique, qu'il me tarde de découvrir avec toi.

Arrivée devant l'emplacement de la compagnie aérienne Icelandair, Debby joint ses mains devant son visage, ne laissant plus apparaître que ses yeux mouillés. Cherchant à retenir son émotion sans y parvenir, Mathias est touché par sa réaction. Il a visé juste.

— Je crois que tu as compris, rit-il. À nous l'Islande.

L'Islande

Deborah et Mathias sont arrivés fatigués, mais heureux à Reykjavik la veille en fin de journée. Après une nuit de repos, c'est très excités qu'ils ont pris un vol interne de la compagnie Eagle Air Iceland, à destination d'Húsavík, petit port de pêche du littoral nord de l'île. Ce voyage est en quelque sorte le point de départ de leur nouvelle vie. Une sensation de devenir un couple capable de durer dans le temps. Chose qui semblait impossible à leur rencontre, tant tout les opposait.

Un taxi les conduit au très bel établissement dans lequel ils vont séjourner, le «Húsavík Cape Hotel», à deux pas du port. Pas encore installés, Mathias téléphone à Oskàr Anarson, son confrère journaliste tandis que Debby admire la chambre, ainsi que la vue. Elle ne sait plus où donner de la tête, tant elle ne veut rien manquer. Être ici, avec Mathias, la comble de bonheur et de sérénité.

Le tout nouveau couple va à la rencontre d'Oskàr, qui les attend déjà sur place, en marchant main dans la main à la découverte des paysages environnants.

— Cet endroit est magique, soupire Debby. Tu as vu cette

nature sauvage, ces montagnes ? Ce n'est pas en Floride que l'on peut voir ça !

— À New York non plus ! plaisante-t-il. Tu as raison, c'est superbe. Ce pays n'a rien à voir avec ce que l'on peut voir au quotidien. La nature est partout, et c'est réellement ce qu'il nous fallait.

— Merci de m'avoir emmenée ici, tu ne peux pas imaginer à quel point ça me fait du bien de changer d'air.

— De rien, ma chérie. Mais attends. Tu n'as encore rien vu… dit Mathias le regard pétillant, apercevant Oskàr arriver de l'autre côté de la plage.

Le journaliste islandais se présente et les invite à le suivre.

— Mais, où va-t-on ? demande Deborah, curieuse.

— C'est une surprise. Suis-nous ! lui indique Mathias, les yeux plein de malice, sûr de lui.

Prenant la direction du port, Oskàr les précède et monte à bord d'un grand navire, semblable à un bateau de recherche. Une femme s'approche de lui. Ils se saluent chaleureusement et se parlent en islandais. Mathias et Debby restent en retrait, jusqu'à ce qu'Oskàr fasse les présentations.

— Lara, voici Mathias Collins, mon confrère américain et sa fiancée, Deborah Evans. Mathias, Deborah, je vous présente Lara Eirikur, mon amie biologiste marine.

— Enchantée de vous connaître, dit Lara, leur tendant une poignée de main. Êtes-vous prêts à voir le plus merveilleux spectacle de votre vie ? demande-t-elle, tout sourire.

— Mathias, ne me dis pas que…

— Que nous allons voir des baleines ? D'accord, je ne te le dis pas, plaisante-t-il, extrêmement fier de sa surprise.

Surexcitée, Deborah s'empresse de prendre place à bord du bateau. Le contact des cétacés lui manque. L'idée d'en voir évoluer dans leur milieu naturel lui semble surréaliste et pourtant, l'impensable devient réel. Quelle chance ! Lara leur explique les différents groupes d'orques visibles en Islande.

— Certaines populations d'orques sont nomades. Elles ne viennent au large de nos côtes qu'en été ou en hiver. Ces groupes peuvent parcourir des centaines de kilomètres, jusqu'en Écosse par exemple, pour se nourrir d'espèces de poissons spécifiques ou d'autres mammifères marins. Mais il existe des orques résidentes. Elles vivent toute l'année au large du pays et se déplacent dans les fjords voisins, selon leurs humeurs, leurs envies, leurs préférences. Ce sont des groupes familiaux qui se séparent fréquemment pour s'adapter aux bancs de harengs détectés. Ils déterminent les techniques de chasse à adopter, si la nourriture est suffisamment abondante pour tous ou non. Puis ils se reforment pour continuer leur vie, ensemble.

— Quelle intelligence incroyable !… C'est de vous et votre père que Mathias et Guillaume parlaient dans leur reportage, n'est-ce pas ? demande Deborah.

— Tout à fait ! répond la scientifique. Mon père, Hakan, m'a tout appris. Il a réalisé beaucoup d'études sur les orques résidentes du pays et tout cela me passionnait tellement que j'ai décidé de suivre ses traces. Tenez, regardez là-bas. Voyez-vous la même chose que moi ?

Debby observe attentivement dans la direction indiquée par Lara, lorsque soudain, elle aperçoit une nageoire dorsale.

— Mathias ! Regarde ! Une orque, là, droit devant !

— Je la vois ! Elle est énorme ! Vous la connaissez, Lara ?

— Oui, et le reste du groupe ne devrait pas être très loin ! Il s'agit d'une femelle d'une quarantaine d'années, Palina. Regardez, il y en a d'autres qui arrivent. Voici Nina, la matriarche du groupe. Elle a plus de soixante-dix ans aujourd'hui ! À ses côtés, il y a Katrin, sa seconde fille, ainsi que ses petits-enfants. Et à votre gauche, le plus vieux mâle, c'est Sven.

Debby marque un temps d'arrêt. Elle quitte le cockpit du navire où Lara tient la barre et se dirige vers la proue. Cheveux au vent, l'air marin particulièrement frais rougissant ses joues, elle avance, suivie de près par Mathias. Puis elle se retourne, le regarde et n'osant y croire, tente le tout pour le tout.

— Palina, Katrin, Nina et Sven ? Est-ce que… ? Non… C'est impossible.

Mathias se met derrière elle, l'entoure de ses bras. À cet instant, une vague d'amour submerge Debby. Avant même que Mathias ne prononce un mot, cette fois, elle en est certaine. Ce jeune journaliste new-yorkais, rencontré par le fruit du hasard au parc marin de Jacksonville, est l'homme de sa vie. Leur histoire a commencé sur un mensonge, mais continue sur des sentiments purs et vrais. Ce qu'il fait pour elle relève de l'improbable. L'organisation de ce périple est bien plus qu'un simple voyage pour eux. Il lui montre la voie pour se réconcilier avec sa propre vie. SA voie, celle pour laquelle elle est réellement faite. Il aurait pu la détruire, il est en train de la réparer. Et jamais, elle ne pourra se montrer assez reconnaissante de tout cet amour qu'il lui porte, de ce cadeau inestimable.

— Tu méritais une magnifique surprise et je suis content que la nature nous offre cette occasion aujourd'hui. Je te présente la famille de Reykja. Ou plutôt devrais-je dire, Alex. Mon amour, que cette journée soit gravée à tout jamais. Joyeux anniversaire.

Mot de l'auteure

Si vous lisez ceci, c'est que vous êtes certainement parvenus au bout de cette lecture et je vous en remercie mille fois. La captivité des mammifères marins est un sujet encore trop méconnu, qui n'interpelle pas assez les gens, selon moi. C'est pourquoi, j'ai délibérément choisi de ne pas l'évoquer clairement dans le titre du livre, le résumé, et ce, jusqu'au trente-cinquième chapitre. Ainsi, chacun d'entre vous a pu imaginer ce que bon lui semblait et de ce fait, prendre un peu plus à cœur l'histoire d'Alex. J'espère que vous n'avez pas été trop déçus en découvrant que le personnage principal était une orque ! L'important pour moi est de faire passer un message, en dévoilant (à mon humble échelle) les coulisses de cette captivité. Les spectacles de cétacés paraissent magiques, la réalité est malheureusement tout autre. Vous avez peut-être été vous-même assis dans ces gradins un jour, émerveillés par les prouesses de ces formidables animaux. Si j'ai pu, par le biais de ce livre, dissuader ne serait-ce qu'une seule personne de mettre (ou remettre) les pieds dans un parc marin, alors je n'aurai pas écrit ce livre pour rien.

En 2018, la demande en viande de dauphins au Japon est semble-t-elle un peu plus faible. Beaucoup de questions se posent autour de la captivité de la faune marine en Europe et aux États-Unis. Or, en Chine, c'est une véritable manne financière qui explose. Déjà détenteur d'une soixantaine de parcs du genre, le pays en construit actuellement une douzaine d'autres. Pour approvisionner ses bassins, de nombreuses commandes d'orques, de dauphins, de bélugas, d'ours polaires sont passées à la Russie qui, pour des millions d'euros, capture et encage la population des océans.

Cependant, d'autres pays comme la Norvège ou l'Islande peuvent nettement mieux faire en matière de protection animale. En effet, la chasse à la baleine y est fortement pratiquée. Tout comme les «grind» aux Îles Féroé — Danemark, un rituel consistant à abattre au couteau traditionnel les cétacés qu'ils soient mâles, femelles, ou bébés, sur les plages. La viande est ensuite partagée. Chaque pays possède ses propres coutumes. Je n'ai aucunement la prétention d'être un exemple, je revendique simplement mon opinion via la liberté d'expression. Je pense que toutes les traditions barbares, peu importe leurs origines, telles que la corrida en France, devraient être interdites. Un grand débat peut être ouvert sur le sujet, mais j'ai écrit cet ouvrage dans le but premier de lutter contre l'industrie de la captivité. Taiji y est citée car elle en est l'un des principaux berceaux.

Je vous invite à faire vos propres recherches sur le net, pour comprendre que les faits évoqués dans ce livre sont majoritairement bel et bien tirés de la réalité :

— Orque Lolita au Seaquarium de Miami, qui vit depuis près de cinquante ans dans des conditions aussi spartiates qu'illégales ;

— Orque Kasatka au SeaWorld de San Diego, ayant eu environ neuf attaques à son actif et morte dans d'affreuses conditions ;

— Orque Kandu V au Seaworld de San Diego morte suite à une collision avec une autre baleine en plein spectacle, se vidant de son sang sous les yeux du public ;

— Orque Kshamenk au Mundo Marino en Argentine, qui vit seul dans le plus petit bassin du monde ;

— Orques Valentin, Freya, etc… toutes mortes avant l'âge dans les bassins du Marineland d'Antibes, chez nous, en France ;

Je vous recommande également de visionner les documentaires suivants, qui m'ont beaucoup inspirée pour écrire et qui m'ont définitivement convaincue de ne plus jamais visiter l'un de ces parcs :

— «Blackfish» de Gabriela Cowperthwaite, sur l'orque Tilikum au Seaworld d'Orlando, ayant tué trois personnes mais que l'on a exploité jusqu'au bout de sa vie ;

— «The Cove: la baie de la honte», réalisé en 2009 par Louie Psihoyos à Taiji, montre les actions de Richard O'Barry à travers son association «Dolphin Project». Cet ancien dresseur de dauphins de la série télévisée «Flipper» consacre désormais sa vie à la protection des cétacés.

— «Behind "The Cove"», de Keiko Yagi, est également un documentaire, datant de 2015. Il s'agit d'une réponse des japonais au film cité précédemment. De manière objective, je vous invite à comprendre la position des japonais sur ce sujet délicat. Ainsi, vous verrez qu'aucun pays, même le nôtre, n'est irréprochable.

– «Born to Be Free» de Gayane Petrosyan. De la capture au spectacle de bélugas, entre autres.

Précision : le parc marin dans la ville de Jacksonville a été purement inventé pour les besoins de l'histoire. Les prénoms des orques également. Ce livre mêle ainsi fiction et réalité.

Remerciements

Un merci tout particulier à mes cobayes lecteurs pour leurs avis, leurs corrections et leur soutien : Anaïs C. R., Lalie L., Catie B., Magali G., Annie G. (ma mère). Merci à Anaïs Mony, mon éditrice aux Éditions Caméléon, d'avoir cru en ce livre et de l'avoir signé pour qu'il soit proposé au plus grand nombre.

Un grand merci à tous les lecteurs de mon premier roman, «Quoi qu'il puisse arriver», toujours disponible sur Amazon. Je suis très fière des retours reçus et vous m'avez encouragée à continuer !

Et encore, merci à vous d'avoir acheté ce livre et de lui avoir consacré plusieurs heures de votre temps. Que vous soyez finalement tombés d'accord avec moi, ou non ! Sachez que je respecte les avis et les considérations de chacun, même lorsque je ne les partage pas. J'espère cependant avoir majoritairement éveillé des consciences et rallié des lecteurs à cette cause. Car la première des choses à faire pour soutenir ces mammifères marins est très simple : n'achetez pas de tickets. Ignorez les publicités, expliquez à vos enfants la réalité des situations. Dites-leur la vérité. Que derrière la fausse magie, la mise en scène, la musique, les acrobaties effectuées sous les feux des projecteurs, il y a des animaux qui souffrent, quand les lumières s'éteignent.

Bibliographie et contact

Quoi qu'il puisse arriver (2018)
Les silences qui nous entourent (2020)

Contact

Retrouvez Mélissa sur Facebook et Instagram
Mail : leseditionscameleon@hotmail.com
Site Web : http://www.leseditionscameleon.com

Impression: BoD - Books on Demand